KB109889

나는 오늘도
제복을 입는다

나는 오늘도 제복을 입는다

발행일 2018년 4월 13일

지은이 황 미 옥
펴낸이 손 형 국
펴낸곳 (주)북랩
편집인 선일영　　편집 권혁신, 오경진, 최승헌, 최예은
디자인 이현수, 김민하, 한수희, 김윤주, 허지혜　　제작 박기성, 황동현, 구성우, 정성배
마케팅 김회란, 박진관, 유한호
출판등록 2004. 12. 1(제2012-000051호)
주소 서울시 금천구 가산디지털 1로 168, 우림라이온스밸리 B동 B113, 114호
홈페이지 www.book.co.kr
전화번호 (02)2026-5777　　팩스 (02)2026-5747

ISBN 979-11-6299-062-9 03810(종이책)　979-11-6299-063-6 05810(전자책)

이 도서의 국립중앙도서관 출판예정도서목록(CIP)은 서지정보유통지원시스템 홈페이지(http://seoji.nl.go.kr)와 국가자료공동목록시스템(http://www.nl.go.kr/kolisnet)에서 이용하실 수 있습니다.
(CIP제어번호 : CIP2018010687)

제복을 입는다
북랩 book Lab

추천의 글

'일하고 애들 키우는 것만으로도 피곤하다. 그냥 이렇게 살자.'

저자와 다시 연락을 하기 전 나는 이런 마음을 가지고 살았다. '영어를 마스터해서 해외 주재관으로 가자!'는 내 목표는 희미해져만 갔다.

지구대에서 주야간 근무를 한 지도 벌써 6년이 흘렀다. 4일마다 야간근무를 하고 아이들을 돌보는 삶을 살면서 피곤은 쌓여갔고 내 목표에는 신경 쓸 에너지조차도 없게 되었다. 주재관이라는 목표는 마음속에 고이 접어 두었다.

작년부터, 저자는 나에게 매일 새벽 좋은 글을 보내주었다. 어느 날 전화 통화를 하면서 11년 전, 중앙경찰학교에서의 내 모습을 이야기해주었다. 그때부터 접어두었던 내 꿈이 꿈틀댔다.

"언니야, 지금이라도 안 늦었다. 공부해라!"

이 말을 누가 해주길 얼마나 기다렸던가. 내 꿈을 알고 지지해주는 저자에게 고맙다는 말을 전하고 싶다.

피곤하고 시간 없다는 말은 핑계에 불과하다. 나 자신을 사랑하기로 했다. 경찰관이지만 아이를 키우는 엄마로서 내 목표를 이루기로 결심했다. 목표를 향한 끊임없는 열정과 노력을 일깨워준 저자에게 다시 한 번 고맙다는 말을 전하고 싶다

지금 이 순간 국민을 위해 일선 현장에서 근무하고 있는 경찰관이 있음을 알아줬으면 좋겠다.

나 역시 오늘도 제복을 입는다.

- 대구중부경찰서 서문지구대 경사 손송희

나의 삶은 저자를 알기 전과 후로 나뉜다. 그녀는 피곤한 일상에 찌들어 살아가던 나에게 새로운 삶을 선물해주었다. 늘 반복되는 하루가 저자에겐 늘 감사한 하루이다. 제복을 입고 사람들의 일상에서 근무하는 저자의 눈을 통해 매일 똑같아 보이는 하루에서 특별함을 발견할 수 있다. 내가 그랬듯이 이 책을 읽는 모든 이들의 삶이 새롭게 달라질 것이다.

- 부산지방경찰청 제1기동제대 경사 이은주

이 책을 본 순간 저자와 같은 지구대 동료로 함께 고생하며 흘렸던 땀 냄새가 나는 느낌을 받았다. 경찰수험생, 신임경찰관, 경찰에 관심 있는 모든 사람들에게 필독서가 될 것이다.

- S경찰서 순경 고봉삼

1년이라는 짧은 시간이었지만, 함께 근무하며 옆에서 지켜본 부장님의 삶은 열정 그 자체였다. 15만 대한민국 경찰 중에서 일선 현장에서 근무하는 지구대 경찰관의 삶이 담겨 있는 책이다. 또한 경찰이 되고자 하는 이들에게 용기와 따뜻한 손길을 건네준다. '글로벌 캅' 부장님의 열정이 앞으로도 널리 퍼지길 바란다.

- J지구대 순경 김태관

대한민국 경찰관의 살아가는 이야기를 담은 책이다. 읽는 이는 지구대 경찰관의 삶을 음미할 수 있을 것이다. 주야간 근무를 하며 쌓은 소중한 추억들을 공유한다. 주민 한 사람, 한 사람과 만나며 그들의 이야기를 통해 자신이 성장하고 있다고 말하는 그녀의 삶을 만날 수 있을 것이다.

- 부산지방경찰청 제2기동대 순경 김동진

PROLOGUE

'오늘 죽어도 이 일을 할 것인가?'

내가 근무하는 곳은 지구대이다. 군인들이 최전방 부대에서 근무하는 것을 선호하지 않는 것처럼 경찰들도 지구대에서 근무하는 것을 선호하지 않는다. '야간근무를 해야 하고 힘든 곳'으로 여기는 것이다. 실제로 지구대 근무는 위험한 것이 사실이다. 텔레비전 뉴스에서 접하는 경찰관 부상이나 사망 소식도 대부분 일선 현장에서 일어난 경우가 많다.

나는 지구대에서 근무하기 전에 부산관광경찰대에 지원했다. 외사과에서 근무해보고 싶은 꿈이 있었기 때문이다. 나의 의지로 부산관광경찰대에 지원했듯이 그 부서에서 나오는 것도 나의 선택이었다.

관광경찰대 근무를 마치고 예전에 근무했던 경찰서로 돌아왔지만 3년 전 근무했던 곳과는 분위기가 전혀 달랐다. 3년 전만 하더라도 전체 여경의 수는 30명이 조금 넘었지만 이제 70명 가까이 된다. 특히 경찰서에 근무하는 내근부서 여경들은 더 많았다. 나는 예측했던

대로 결국 지구대로 배치받았다. 주변에는 아직도 나를 만나면 힘든 야간근무를 하냐며 묻는 사람들이 있다. 아이를 임신해서 출산하는 것처럼 자기가 가게 될 부서도 하늘이 정해주는 운명이라고 말한다. 나는 아이를 키우면서 4일에 한 번씩 밤샘 근무를 시작하게 되었다. 내 나이 34살에.

9명의 낯선 사람들과 순찰 3팀에서 근무하게 되었다. 10년 전 지구대에서 근무할 때만 하더라도 모든 것을 수기로 작성했다. 근무일지, 각종 서류 등 수기로 하는 것이 많았다. 그러나 새로 적응해야 하는 곳은 근무일지는 물론이고 모든 서류를 경찰 PDA나 컴퓨터를 사용해서 만들었다.

순찰차를 타는 일이 나의 하루 일과의 시작이었다. 제복을 입고 무전기와 경찰 장구를 차고 말이다. 차가 씽씽 달리는 도로에서 교통단속 스티커를 발급하는 지구대 경찰관의 일이 나의 일이었다. 모든 하루의 시작은 낯설었다.

해보지 않은 일들이었기에 설렜지만 동시에 두려운 일도 많았다. 교통단속 중에 만나는 항의가 심한 민원인도 있었고, 112 신고 출동 현장에서 어린이부터 어르신들까지 모두의 불편함을 잘 해결해 주어야 했다. 그러기 위해서는 상황판단을 잘 해야 했다.

평소 저녁 9시나 10시면 잠을 잤지만 그 시간에 야간근무를 시작해야 하는 생활로 바뀌다 보니 새벽 내내 눈을 뜨고 잠을 참는 것부터 연습해야 했다. 밤새 잠을 참는 것도 힘이 드는데 사람들이 자는 새벽시간에 술 취한 사람들과도 상대를 해야 했고 폭행 현장이나 절도 현장에 출동해서 해야 할 일을 해야만 했다. 야간근무를 마치고 퇴근하고 나서도 주말에는 바로 잠을 자지 못했다.

나는 왜 굳이 아이를 키우면서 힘들게 야간근무까지 하는 지구대를 선택했는지 후회가 되기 시작했다. 괜찮겠지 했던 나의 선택은 점점 후회로 변질되고 있었다 체력이 바닥나는 내가 느껴졌기 때문이다. 야간근무 다음날은 병든 닭처럼 뭐든 의욕이 없는 사람으로 변했고 그 에너지가 며칠씩 이어지기도 했다. 명절이나 달력의 각종 빨간 날은 교대 근무자에게는 무의미했다. 가족과 보내는 시간도 점점 줄어들고 있는 것만 같았다.

내 마음은 내가 바꾸는 것이 가장 좋다. 나는 힘들다는 생각을 버리기로 했다. 대신 글 쓰는 시간을 늘리고 운동을 더 해서 체력을 키우기로 정했다. 지구대에서 근무하며 힘든 일이 생기면 매일 새벽 글을 썼다. 쉬는 날에는 독서와 글쓰기로 마음의 회복을, 달리기와 근력운동으로 신체의 회복을 위해 단련했다.

1년 동안 지구대 생활을 해오면서 깨달은 점은 두 가지다.

첫 번째는 내가 지금 하고 있는 일이 최고라는 것이다. 힘들다고 생각하면 한도 끝도 없다. 모든 생각의 시작은 내가 기준이다. 내가 마음을 달리 먹으니 힘들다고 느꼈던 일도 덜 힘들었다. 악성 민원인이나 야간근무 중 일어났던 일이 힘들다고 말할 때는 모든 게 힘들게만 보였다. 마음을 달리 먹고 내가 근무하는 곳이 최고라고 생각하니 내 주변이 눈에 들어왔다. 내 옆에 근무하는 동료의 소중함, 근무를 마치고 오면 나를 배려해주는 남편과 시어머니, 나를 반겨주는 우리 딸이 보였다.

두 번째는 모든 사람에게 배울 점이 있다는 것이다. 지역경찰은 현장에서 주민들을 만난다. 그들이 요구하는 것은 모두 다르다. 불법주정차가 되어 있는 차량을 이동해 달라는 요청부터 가족 간의 다툼,

상호간의 시비 등 제각각이다. 심지어 술이 취한 분들도 요구하는 바가 달랐다. 매일 만나는 각기 다른 사건사고 현장에서 삶의 현장을 만났다. 선배 경찰관에게 업무나 대처 능력을 배우든 민원인의 따뜻한 마음을 알아가든 뭐든 배울 점이 있었다. 세 명이 길을 가면 그중 누구에게라도 배울 점이 있다는 말처럼, 하나라도 배웠다.

이것들이 지구대에 근무하며 쓴 글을 읽어보며 찾은 두 가지 깨달음이었다. 내가 지금 하는 일이 최고이며 모든 사람에게는 배울 점이 있다.

지구대 근무의 가장 큰 장점은 매일 다른 사람들을 만난다는 점이다. 다른 사람들의 라이프 스타일과 삶의 이야기를 통해서 나를 볼 수 있었다. 그들이 힘들어하는 삶의 이야기가 나의 성찰로 이어졌다. 모든 것이 내 글감이 되었다. 제복을 입고 글을 쓰면서 점점 사람들의 삶의 이야기 속으로 빠져 들고 있었다.

한편 9명의 동료라는 또 다른 가족을 얻었다. 화재 현장이나 가정폭력 현장 등 도움이 필요한 현장에서도 서로를 돕는 가장 큰 빽이었다. 생일날이면 케이크를 준비해 서로를 챙기기도 하고, 가족처럼 서로를 아꼈다.

아이를 키우는 엄마지만 하루 12시간씩 주야간 교대근무를 하는 경찰이다. 나는 제복을 입고 근무한다. 나의 일터는 모든 동네에 있는 지구대이다. 누구나 출퇴근 길이나 하루 일과 중에 지나치며 보는 경찰관 중 한 명이다. 제복을 입고 교통단속을 하는 경찰관, 112 신고를 하면 출동하는 경찰관이다.

어쩌면 보이는 곳보다는 보이지 않는 곳에서 활동할 때가 더 많기도 하다. 지금 이 시간에도 보이지 않는 곳에서 열심히 근무하고 있을 전국의 많은 지역경찰관에게 박수를 보낸다. 내가 하는 일이 가장 최고다. 내가 하는 일이 가장 잘하는 일이다.

비선호 부서인 지구대도 사람이 사는 곳이다 한 가정의 가장이 일하고, 나처럼 아이를 키우는 워킹맘도 함께 근무하는 곳이다. 지금 내가 보내는 시간이 가장 귀중한 시간이다. 나는 오늘도 9명의 동료들과 좁은 골목길을 누비며 관내 순찰을 돌며 주민들을 만난다. 나의 미션은 범죄예방이다. 내가 하는 일을 사랑하며 한결같은 마음으로 나는 오늘도 제복을 입는다. 당신 곁에서.

일선 현장에서 근무하는 선후배 경찰관들이 매일 평범한 일상에서 보람을 찾는 특별한 하루를 찾아가길 바란다.

2018년 4월

황미옥

/나는 오늘도 제복을 입는다/

CONTENTS

PART 03 근무, 또 근무

PART 04 요절복통 사건 이야기

나는 오늘도 제복을 입는다

PART 01

| 내가 걷는 길 |

★

여자, 아내, 엄마, 그리고 경찰

여자 35년, 아내 9년, 엄마 4년, 경찰 11년. 시간으로 보면 엄마의 역할 빼고는 3가지 역할에 제법 많은 시간을 투자했다. 여자 외의 역할은 내가 선택한 길이다. 24살에 경찰이 되었고 2년 만에 결혼을 했으며 5년 후에 아이를 가졌다.

나에게 주어진 삶은 선택의 연속이었다. 여러 역할 속에서 나는 매일 성장하고 있는 중이다. 나 혼자 시간을 보내며 하루를 시작한다. 가족이 자고 있는 새벽 4시에 일어나 글을 쓴다. 가슴속에 담고 있던 무거운 짐을 내려놓는 데 도움이 된다. 좋아하는 책을 필사한다. 한 구절, 한 구절 음미하면서 적어본다. 작가가 무슨 의도로 적었는지 생각하면서 한 문장을 통으로 옮긴다.

아침에 잘 자주는 딸이지만 한 번씩 자다가 깨면 엄마를 찾는다. 며칠 전에도 아침 6시가 조금 넘어서 안방에서 익숙한 목소리가 들려왔다. '엄마!'를 여러 번 부르는 낯익은 목소리. 나는 '응, 예빈아. 엄마 여기 있어' 하면서 방으로 달려가 아이를 품에 안고 다시 재웠다. 서툰 엄마는 다시 방에서 나와 마음을 쓸어내리며 하던 필사를 마저 했다.

주간근무 출근 시간이면 전쟁이다. 나도 씻고 화장도 해야 하고 아이도 챙겨야 한다. 어린이집 가방도 챙겨줘야 한다. 알림장에 선생님께 알리는 글도 간단하게 적어드려야 한다.

그 많은 일을 나는 50분 안에 다 한다. 아이를 깨우기 전에 우선 나부터 출근 준비를 한다. 씻거나 화장할 때 오디오 파일을 틀어 두는데 예빈이는 그 소리에 깨서 일어난다. 딸은 화장하고 있는 나에게 달려와 '엄마!' 하며 안긴다. 화장하는 내 모습을 따라하며 씩 웃는다. 그렇게 순한 딸이 집을 나서려고만 하면 신발을 안 신으려고 했다. 실랑이를 하고서야 비타민 하나 받아먹고 신발을 겨우 신었다.

아이를 시댁에 맡기고 드디어 나는 자유의 몸이 된다. 밤이 되면 아이는 엄마를 찾는다. 야간근무 날은 아이를 남편에게 또는 시댁에 맡겨야 한다. 한 번은 남편에게서 전화가 왔다. 급한 신고를 받고 가고 있는 중이었다. 딸이 자기 전에 엄마 목소리 들으려고 했다는 것을 알 수 있었다. 조수석에 앉아 있던 나는 '죄송합니다. 주임님' 하고 전화를 급히 받았다. 머릿속에 딸이 그려져 차마 받지 않을 수가 없었다. 전화기 너머로 들려오는 구슬픈 목소리. '엄마, 엄마, 엄마' 세 마디.

"예빈아, 엄마 없어도 잘 자고 우리 딸 좋은 꿈꿔. 엄마 내일 보자."

전화를 끊었다. 남편에 의하면 그날 안 울고 잘 잤다고 했다.

J지구대. 내가 일하는 곳이다. 매일 이곳에서 주민들을 만난다. 매일 걸려오는 전화를 받는다.

"감사합니다. J지구대 경사 황미옥입니다. 무엇을 도와드릴까요?"

상냥한 목소리 톤으로 변한다. 프로 경찰인 나는 서비스 정신이 투철하다. 부드러운 목소리와 구수한 사투리가 섞여 있다. 주민들에게 조금 더 잘해 주고 싶고 친절해지고 싶은 마음에서다. 경찰은 누군가를 돕는 직업이다. 상대방이 겪은 불편하거나 어려운 일을 해결해주는 역할을 한다. 구청 당직실에서 민원 전화가 왔다. 불법 주차된 차량이 있는데 조회를 해도 전화번호가 나오지 않는다며 순찰차로 현장에 가서 방송을 해달라는 요청이었다. 불법 주정차된 차량으로 인해 소통이 잘 안 되어 구청당직실에 민원이 들어간 모양이다. 이처럼 경찰은 일상에서 일어난 불편한 일을 해결해준다. 특히 J동에서 일어난 일은 J지구대에서 모두 해결한다. 누군가를 돕는 마음. 경찰관에게 가장 많은 덕목이다. 경찰의 길을 걷고 있지만 세상을 바꾸고 싶은 욕심은 없다. 내가 일하는 곳에서 주민들과 소통하며 도움을 주고 동료들의 성장을 돕는 역할을 하고 싶을 뿐이다.

나에게 주어진 네 가지 역할을 잘 소화하기 위해서는 균형이 필요하다. 생각만으로는 다 잘할 수 있을 것 같지만 실제 현실은 다르다. 나는 나를 돌아보기 위해 기록한다. 나의 일정을 기록하면 내 역할에 충실했는지 한눈에 알 수 있다.

가족과 보내는 시간도 경찰 일만큼 중요하다. 가장 소중한 게 가족이지만 너무나 잘 알기 때문에 제일 소홀할 수 있는 것도 가족이다. 나는 되도록 저녁시간은 가족과 보내려고 한다. 쉬는 날도 일주일에 한 번은 꼭 아이와 남편과 외출을 다녀온다.

지난달에 대구에서 자이언트 스쿨 비전 선포식이 있었다. 행사 당일 야간근무였지만 나는 아이를 데리고 대구까지 외출을 감행했다. 서툴지만 열정 가득한 엄마다. 아이와 대구에 갈 때까지는 사진도 찍고 간식도 먹으면서 기차 안에서 시간을 보냈다. 행사를 마치고 대구역으로 가는 택시 안에서 아이는 잠에 들었다. 기차 시간이 20분도 더 남아 기차역에서 아이를 안고 있었다. 힘이 빠진 채 겨우 기차를 타서 자리에 앉았다. 앗! 나의 실수. 더울까 봐 잠바를 벗겼는데 잠에서 깨 버렸다. 잠에 깬 아이는 잠을 덜 자서 온갖 짜증을 다 부렸다. 대구에서 부산까지 가는 기차 안에서의 한 시간이 그렇게 길게 느껴진 건 처음이다.

황미옥으로 내 삶을 살아가면서 새로운 역할이 추가될 때마다 찾아오는 두려움이 있었다. 아내라는 역할을 맡아야 했을 때 남편은 서툰 아내를 잘 이해해주었다. 엄마의 역할이 찾아 왔을 때는 시어머니가 계셨다. 늘 내 곁에 계셨지만 아이를 낳고 나서야 어머니의 손길을 느낄 수 있었다. 어머니의 모습을 옆에서 지켜보면서, 아이가 하는 행동을 유심히 보면서 나의 서툰 모습을 있는 그대로 보게 되었다. 나는 서툰 나를 인정했다. 지금은 두려움이 다가오면 '우와 신난다!'고 외친다. 말 그대로 신나게 받아들일수록 두려움보다는 기대감으로 변했기 때문이다.

누구나 처음 겪는 일은 서툴다. 경찰 초임 때는 민원전화를 받는 것 자체를 두려워했다. 씩씩하게 전화를 받지만 혼자서 처리할 수 있는 일은 하나도 없었다. 늘 옆에 계신 선배님께 물어야 했다. '이거는 어떻게 해야 하지요?' 하면서. 어리바리 황순경은 여기저기 메모를 해두고 잘 찾지를 못했다. 분명히 여기 둔 거 같은데…. 어디 있지? 매일 찾다가 지쳤다. 거기다 상사가 뭐라고 하면 얼굴 표정이 변했다. 크리스털 같은 나의 감정을 숨길 수가 없었다.

아이를 낳고서도 아는 게 하나도 없는 나는 당황했다. 아이를 출산하고 일주일 동안 조리원에서 생활했을 때 메르스가 유행하던 때라 일체 외부인 출입이 금지되던 때였다. 아이를 방에 데리고 와서 남편과 돌보고 있는데 아이가 계속 울었다. 우는 이유를 몰라서 까꿍도 해보고 안아도 보고 했지만 계속 울었다. 알고 보니 기저귀였다. 쉬를 해서 우는 것이었다. 문제는 기저귀를 푸는 데까지는 성공했는데 어떻게 채우는지 전혀 모른다는 점이었다. 지금이야 밤에 잘 때 불이 꺼진 상태에서도 빠른 손동작으로 기저귀를 갈아버리지만, 그때는 발을 동동 구르며 인터넷에 찾아보기도 했다.

서툴렀지만 그런 일들이 소소한 추억으로 남게 되었다. 그 당시 찍었던 사진을 보고 있으면 나의 부족한 행동들이 새록새록 떠오른다. 친정엄마가 있었다면 얼마나 좋았을까 하는 생각도 들었지만 내가 함께할 수 있는 가족을 가진 것만으로도 행복했다.

20대까지는 삶의 모든 중심이 나였다. 결혼을 해도, 직장을 다녀도, 상대방이 아닌 나를 위해 살았다. 내가 하고 싶은 공부를 하고, 내가 하고 싶은 경찰 일을 했다. 하고 싶지 않은 일도 하면서 살아야 한다는 사실을 전혀 모르고 살았다. 외동딸이었던 나는 형제도 없다 보니 살면서 무언가를 나눠본 적도 별로 없었다.

출산하고 직장으로 복직을 했을 때 나는 관광경찰대에서 근무 중이었다. 동갑내기인 동료가 예전보다 많이 변했다는 말을 했다. 사람들을 향한 말투도 부드러워지고 상대방을 먼저 생각하고 배려해주는 모습이 보기 좋다고 했다. 어떻게 1년도 안 된 사이에 그렇게 많이 변할 수 있냐고 물었다. 동료의 생일날 케이크를 챙겨주고, 나를 험담하는 직원에게 꽃을 선물하는 사람으로 변해갔다.

나는 한순간에 변한 게 아니었다. 경찰의 길을 걸으며 만난 수많은 사람들을 통해 변했고, 결혼 뒤 아내와 한 아이의 엄마로 살아가면서 조금씩 변하고 있었다. 글을 쓰면서 나의 역할을 많이 되돌아볼 수 있었다. 나의 있는 그대로의 모습을 인정하면서 나를 변화시킬 수 있었다.

바라보는 태도에 따라 나의 삶은 달라진다. 친정엄마를 원망하고 내 삶을 비뚤게 볼 때는 희망이 보이지 않았다. 그런데 삶은 선물이라는 걸 깨달았다. 그러자 모든 게 빛으로 보였다. 내 마음가짐만 바꿨을 뿐인데 선명하고 푸르게 보였다. 일상을 감사하는 마음은 내 입에서 불만불평이 나오지 않게 했다. 당신이 걷는 모든 길에 감사하는 마음을 담아보라. 잘 풀리지 않던 일도 풀리게 되는 마법 같은 비밀을 알게 될 것이다. 나의 보물은 황미옥이라는 나 자신과 가족, 경찰동료 그리고 함께하는 주민들이다. 그들에게 감사할수록 내 삶은 더 풍요로워졌다.

★

나는 왜 경찰이 되었는가

'저를 살려주시면, 남은 인생 착하게 살게요.'

2001년 9월 11일 미국 뉴욕 맨해튼 무역 센터 테러 현장에서 내가 마음속으로 했던 말이다. 내 손은 누군가의 책가방을 잡고 있었다. 내 뒤에는 누군가가 내 책가방을 잡고 있었다. 우리는 그렇게 셋이서 뛰고 또 뛰었다. 땅바닥에 물건들이 널브러져 있었는지 발에 계속 무언가 걸렸다. 안개도 아닌 것이 연기가 자욱한 곳에서 실눈을 뜨고 기침을 콜록콜록 하면서 벗어나려고 발버둥치고 있었다.

다행히도 첫 번째 페리를 타고 현장을 벗어날 수 있었다. 강을 건너 반대편에서 바라보는 맨해튼은 참담했다. 저기와 여기. 현장을 벗어났다는 기쁨도 잠시, 무역센터가 있는 그곳에 가족, 동료가 있다며 울부짖는 사람들 속에서 나도 함께 울고 또 울었다. 이제껏 내 인생에 아무런 관심도 없이 살았는데 뇌리에 꽂힌 한 장면이 잊히지 않았다. 나는 나를 위한 삶을 살았고 경찰관과 소방관들은 다른 사람을 살리는 삶을 살고 있었다. 사람들을 구조하는 장면을 목격하고 처음으로 진지하게 내 인생에 대해 질문을 던졌다.

'나는 왜 살지?'

누군가를 돕는 사람이 되고 싶었다. 돕기 위해 경찰의 길을 선택했다. 그 길을 걸어온 지 15년이 넘었다. 준비기간 5년, 현직에서 11년.

'나는 왜 경찰을 하는가?', '나는 죽고 나서 어떤 사람으로 기억되길 바라는가?' 이 질문들을 꽤 오랫동안 스스로에게 물었다. 때로는 고민으로 끝났고 때로는 이게 답인가 하는 의구심이 들 때도 있었다. 진지하게 묻고 답하기 위해 같은 주제로 나와 대화하는 50시간을 가지기도 했다. 매일 아침 이런 질문들을 나에게 던지고 답하는 식이었다. 하루에 한두 시간씩 여섯 장의 여백을 글로 채웠다. 어떤 날은 질문에 답을 내릴 수 없어 너무 답답한 나머지 우울한 나날을 보낸 적도 있었다.

나는 이 문제를 고작 2년 남짓 고민하고 있었다. 경영철학을 공부하는 자리에 참석했다. 강사가 물었다. "당신은 삶의 미션을 가지고 있는가요?" 속으로 뜨끔했다. 나름대로 평생계획, 연간계획을 가지고는 있었지만 이 계획들이 내 삶의 올바른 방향을 제시하는 미션인지는 확실하지 않았기 때문이다. 그 뒤에 강사는 덧붙였다. "걱정하지 마세요. 분명히 찾으실 거예요. 저도 15년이나 걸렸는걸요." 강의가 끝나고 집으로 돌아가서도 강사의 말을 잊을 수가 없었다. 귀에서 계속 윙윙거리고 있었다. '괜찮아. 곧 찾게 될 거야. 의미 있고 가치 있다고 믿는 삶을 따라 가다 보면 왜 경찰을 하는지, 어떤 사람으로 기억되고 싶은지 알게 되고 삶의 미션을 반드시 가지게 될 거야'라고 말이다. 삶은 여행이다. 내 소명을 찾아가는 과정이다. 내가 아직 찾지 못했다면 분명 찾아가는 중일 것이다.

우리 팀 고참 한 분은 자주 나보고 사차원이라고 말했다. 왜냐고 물었더니 다른 여경들과 다르다고 했다. 구체적으로 설명을 듣지는 않았지만 특이하다고 했다. 아마도 평소에 엉뚱한 질문을 자주 해서 그런 게 아닐까. 한 번은 순찰차 안에서 그분께 이렇게 물은 적이 있었다

"주임님, 근데 왜 사세요?"

"주임님은 왜 경찰 하세요? 생계형이에요?"

이렇게 대답하셨다.

"그런 어려운 질문 안 하면 안 되나?"

나는 지금 어디쯤 서 있을까? 가끔 이런 질문이 떠오르면 종이에 그래프를 그려본다. 맨 왼쪽에서 오른쪽까지 선을 쭉 긋고 중간마다 점을 찍는다. 10대부터 100세까지 10개의 점을 찍는다. 그 밑으로 내가 겪은 주요 사건들을 적어본다. 그리고 지금부터 내가 원하는 삶을 연령별로 생각해보고 적어본다. 30대인 지금의 위치를 보며 생각에 잠겼다. 나는 지금 행복한가?

"공무원 합격은 불행의 시작이다."

강의에서 이 말을 처음 들었고, 책에서도 읽은 적이 있었다. 그 이유는 꿈을 너무 빨리 이뤘기 때문이라고 했다. 내 꿈은 딱 경찰까지였다. 나의 문제는 꿈 넘어 꿈이 없었다는 것이었다. 하버드 대학교 학생들 중 한국인이 입학 대비 졸업하는 사람이 가장 적다고 한다. 나와 똑같이 그들의 꿈은 딱 하버드까지였기 때문이다. 나는 24살에 꿈을 이루었다. 행복한 줄만 알았다. 제복을 입은 경찰관으로서 내 인생은 이제 술술 잘 풀릴 줄만 알았다. 오랜 시간 뒤에 깨달은 것은 꿈 넘어 꿈이 필요하다는 것이었다. 우연히 글 쓰는 삶을 살게 되면서 경찰인 나도 작가의 꿈을 꾸게 되었다. 꿈은 꼭 하나가 되어야 할 필요는 없다. 꿈을 이루고 나면 또 다른 꿈이 필요하다. 꿈 넘어 꿈이

나를 성장하게 하고 있었다.

경찰 이전의 삶은 어두운 부분이 많았다. 엄마가 돌아가신 후 많이 방황했다. 아빠의 술 문제가 나를 망칠 것만 같았다. 삶에서 방황하는 시간은 반드시 필요하다. 힘든 시절이 있었기에 시간의 소중함도 알게 되었다. 지치고 힘든 여정이 있었기에 경찰이 된 이후에도 경찰을 넘어 작가의 꿈도 꿀 수 있었다. 진정한 행복은 내가 이미 가지고 있었다. 나만 몰랐을 뿐이었다. 내가 하고 싶은 일이 무엇인지 나 자신에게 귀 기울이고 나에게 집중하면 되었다.

고등학교를 졸업하고 경찰학원을 다니며 3년 가까이 수험생활을 했다. 그중 1년은 고시원에서 생활했다. 집과 학원을 왔다 갔다 하는 시간을 아끼기 위해서였다. 내가 쓰던 책상에 합격생의 사진을 붙여두었다. 그 사진을 보면서 제복을 입고 있는 내 모습을 매일같이 상상했다. 나에게는 그 상상이 하루를 버티게 해주는 힘이 되어 주었다.

한 번은 고시원에서 아침을 먹는데 반찬으로 소시지가 나왔다. 소시지 중에서도 제일 저렴한 아주 기다란 소시지였다. 소시지 테두리에 계란도 조금씩 붙어 있었다. 먹음직스럽게 보이는 소시지를 내 식판에 덜었다. 그런데 아주머니께서 자리에 앉으러 가는 뒤통수에다 대고 큰소리로 이렇게 말하시는 게 아닌가. "소시지 너무 많이 가져가는 거 아니야. 혼자 먹는 것도 아니고." 살면서 뒤통수가 그렇게 따갑게 느껴본 적은 처음이었다. 소시지 몇 개 더 집어 간 것 가지고 왜 그렇게 큰소리로 얘기하시는지 창피하기도 하고 서운했다. 내 자리로 돌아와 소시지를 꾸역꾸역 먹으며 마음속으로 다짐했다. 반드시 합격해서 소시지를 마음껏 먹을 거라고! 아직도 그 아주머니의 얼굴을 기억한다. 지금도 반찬으로 소시지를 먹을 때면 옛날 생각에 혼자서 웃는다. 남편은 내가 왜 웃는지 알고 있다. 자기 쪽에 있는 소시지를 옮겨서 나에게 더 준다.

나 자신에게 이렇게 물어본다 '지금 당장 경찰직을 그만 둘 수 있니?' '네'라고 대답할 수 없었다. 남편은 나처럼 경찰을 하고 싶었던 건 아니다. 반반이었다. 직장도 구해야 했고 경찰이라는 직업이 괜찮았다고 했다. 지금도 자기 입으로 생계형 직업이라고 말한다. 나는 소명으로서의 직업을 가지고 있다고 믿었다.

그러나 어느 순간 지금 당장 그만두지 못하는 나를 발견하고는 나도 남편과 마찬가지로 생계형임을 깨달았다. 처음에 경찰이 된 이유도 중요하지만 그 직을 유지하는 동안의 의미도 중요했다. 원해서 시작하게 된 경찰이었지만 지금은 가족들을 위해 쉬고 싶어도 그만두지 못하는 의무와 책임이 함께 존재하는 직업이 되어 버렸다. 내가 가치를 부여할수록 더 고귀해지는 법이다. 제복을 입는 그날까지 생계형인 나는 가치 있는 일이라고 여겨지는 일을 하며 나누는 삶을 살다 가고자 한다.

가치 있는 삶이 무엇인지 자주 묻는다. 책을 볼 때나 영화를 볼 때면 나를 투영하기도 한다. 지금까지 나의 가치는 사랑이다. 주변 사람을 돕는 일이다. 말로만 도와야지 하는 게 아니라 당장 실천할 수 있는 일부터 행하는 사랑을 말한다.

그러나 그 사랑도 나를 먼저 돌볼 수 있어야 한다. 내 자신은 물론 내 가족도 챙기지 못하면서 타인을 챙기고 아껴줄 수는 없는 법이다. 매일 나를 위한 시간을 보내고 나를 존중하는 것도 나를 향한 사랑이 우선임을 알기 때문이다. 나를 사랑하고, 내 가족을 사랑하면 주변을 돌아보는 눈이 생긴다. 잊지 않고 주기적으로 질문을 던지면 된다. 삶의 방향을 잘 나아갈 수 있도록 말이다.

모든 건 마음가짐에서 시작되었다. 내 삶을 바꾸고 싶다는 마음을 먹기 시작하면서부터 계기가 찾아왔다. 9·11 테러 사건 이후로 시간이 많이 걸렸지만 진정으로 원하는 일을 할 수 있게 되었다. 많은 것에 욕심 부리지 않고 내가 가진 것에 감사하고 내가 실천하는 것을 매일 할 수 있는 일상에 감사하며 산다. 감사할수록 내 마음을 평온하게 누릴 수 있었다. 사랑이 넘치는 감사하는 마음을 가져보자. 세상은 당신이 생각하는 것보다 아름답다.

★

출근하는 길

기분 좋게 나만의 시간을 가진 아침이었다. 조용한 시간 아이는 자고 있었다. 혼자서 키보드를 계속 쳤다. 여백에 나만의 이야기를 담았다. 아무런 망설임도 없이 그냥 바삐 손을 움직였다. 무슨 할 말이 그렇게도 많은지 2시간 가까이 글을 쓰고 나서야 키보드에서 손을 내렸다.

나는 책상이 따로 없다. 부엌 식탁에 앉아 독서대를 펼쳤다. 남편이 경찰 공부할 때 썼던 아담한 나무 독서대다. 거기에 피터 드러커의 『자기경영노트』를 펼쳤다. 공책을 열고는 한 문장씩 써내려갔다. 혼자서 한 문장씩 음미하면서 저자의 숨은 뜻을 생각했다. 긴 문장은 혼자서 입으로 여러 번 되뇌면서 옮겼다. 같은 행위를 반복할수록 옮기는 시간이 단축되고 있음이 느껴졌다. 눈으로 읽을 때와는 달리 와 닿는 문장도 달랐다. 당연히 밑줄 친 부분이 바뀌었다. 한참 필사하는데 낯익은 목소리가 들려왔다.

"엄마, 엄마, 엄마."

안방에서 나를 찾는 우리 딸의 목소리였다. 간혹 자다가 깨면 나를 찾는데 오늘이 그날이었다. 부엌에 불을 켜둔 채 방문을 약간 열어두고 방 안으로 들어갔다. 뒤척이고 있는 딸을 안고는 달랬다. "예빈아, 조금 더 자도 돼. 엄마랑 같이 자자." 잘 때 즐겨 듣는 자장가를 틀어주고 배 위에 손을 토닥토닥하자 딸은 다시 잠에 들었다. 까치발을 들고 살며시 방을 빠져 나왔다. 문도 소리 안 나게 아주 천천히 닫았다.

조금 전까지 하던 필사를 끝내고 운동을 했다. 출근 준비를 위해 씻고 화장을 해야 했다. 자투리 시간 동안 오디오 파일을 틀어 두었다. 필사하고 있는 『자기경영노트』 영문판을 듣는 중이었다. 귀로는 들으며 손은 화장을 하며 바삐 움직이고 있었다. 외국인 아저씨의 힘찬 목소리에 깬 예빈이는 내가 있는 옷 방으로 달려왔다. 엄마를 세 번 외치며. 딸을 꼭 안아서 방으로 데려갔다.

딸이 일어나서 꼭 하는 첫 번째 행동은 쭉쭉이다. 어릴 때부터 늘 해왔던 스트레칭이라 익숙했다. 다리를 마사지해주고 손도 만세 해서 쭉쭉쭉 주물러 주었다. 마무리는 간질간질. 부쩍 말이 는 예빈이는 "엄마 뭐야"라며 깔깔깔 웃었다. 내가 야간근무로 집에 없고 남편과 잘 때도 딸은 일어나면 꼭 옷 방에 먼저 들른다고 했다. 옷 방에서 화장하고 있는 엄마를 맞이했던 습관 때문이었다. 내가 집에 있을 때면 딸은 힘껏 달려와 안겼다. 내가 하는 동작을 따라했다. 손바닥으로 볼을 톡톡 치면서. 입술에 립스틱을 바르면서 화장을 마쳤다. 내가 아닌 딸의 작은 입술에.

이 모든 행동이 50분 안에 이루어졌다. 8시 전에 집을 나서야 했다. 분리수거가 있는 날이었다. 신발장 앞에 버릴 것들을 미리 나눈 상태였다. 이제 신발만 신으면 되는데 그 신발을 안 신겠다고 난리였다. 모든 삐침에는 이유가 있다. 알고 보니 집에서 장난감을 가지고 더 놀고 싶은데 내가 할머니 집에 가자고 해서 삐진 거였다. 삐지면 "엄마, 바보" 하면서 다른 방으로 달려가 문을 닫아버렸다.

평소에는 혼자서 풀고 몇 분 후에 다시 돌아오곤 하지만 아침시간은 금쪽같은 시간이었다. 방으로 달려가 설명했다. 아니 설득했다. "예빈아, 어린이집 다녀와서 루피랑 놀자. 엄마 분리수거 이거 해야 하는데 예빈이가 엄마 도와줘야 해." 몇 번을 설명한 후에 자진해서 신발을 신었다.

엘리베이터가 도착하자 문을 누른 채 한 손으로 플라스틱이 든 봉지와 비닐이 담긴 큰 봉지 2개를 들고 한 손으로는 예빈이 손을 잡고 발로는 박스들이 차곡차곡 담긴 종이박스 한 개를 밀어 넣었다. 아이 손을 잡고 한 손으로 분리수거하는 나를 보고는 아파트 청소해주시는 아주머니 한 분이 옆으로 걸어 오셨다. "바쁜데 어여 가봐~ 이건 내가 해 줄게." 수요일이면 어김없이 도와주시는 아주머니께 고맙다며 인사를 하고 시댁으로 향했다. 나비야 노래를 부르며 도착한 시댁에서 어머니께 아이를 맡겼다.

여유롭게 주머니에서 이어폰을 꺼내 휴대폰에 꽂았다. 피터 드러커의 『자기경영노트』 오디오 파일을 들으며 사무실로 향했다. 아파트 단지 안에서 요구르트 아주머니와 경비원 아저씨를 만나 입꼬리 활짝 올라간 미소를 지으며 힘차게 인사했다. 출근길은 즐거워야 한다. 신나는 마음으로 향했다.

마인드 세팅을 한다. 경찰 마인드 세팅을 한다. 집을 나설 때 짧은 시간이지만 마음가짐을 단정히 하면 일하면서 무슨 일이 생겨도 다시 평온한 마음으로 돌아올 수 있었다. 그만큼 내 마음을 살피는 일이 하루를 시작하기 전에 중요했다. 혼잣말도 한다. "오늘 왠지 좋은 일이 생길 것 같다." 행복한 마음과 경찰 마인드 세팅은 일상에 감사한 마음을 가지게 해주는 첫 걸음이다.

일단 눈에 확 들어온다. 높은 건물 사이에 낯선 파출소 크기의 지구대. 양 옆에 신축 건물이 지어져 유난히 오래되어 보이는 느낌이 든다. 유리 출입문을 열고 들어가 힘차게 인사한다. 안에서 순찰 1팀이 반겨주었다. "안녕하세요!" 인사를 하고 2층으로 올라갔다.

여경 탈의실로 들어가 제복을 갈아입었다. 근무복에는 흉장과 두 어깨의 계급장이 놓여 있다. 흉장은 10년 넘게 같은 것을 차고 있다. 추운 겨울에는 발열내의와 조끼도 안에 같이 입었다. 두꺼운 근무복 잠바를 입는다. 그 위에 노랑색 형광 조끼를 입으면 준비 끝. 형광조끼에 호루라기, 삼단봉, 볼펜, 노트, 수갑이 잘 위치해 있는지 확인하고 아래층으로 내려갔다. 근무를 마치고 들어온 직원들과 함께 작은 사무실은 북적북적했다. 20명 가까운 인원이 한곳에 있으니 그럴 수밖에.

교대 시간이었다. 무전기 통에서 내 무전기를 꺼내 조끼 오른쪽에 끼웠다. 38 권총이나 테이저 건을 왼쪽 편에 잘 차고 무기고 대장에 기록하고 나면 모든 준비가 끝났다. 근무일지를 살피고 아침 조회를 시작했다. 팀장님은 오늘 특별히 해야 할 일이나 알아야 할 일을 전달해주셨다. 커피 한잔 하면서 주간 12시간 근무가 시작되었다.

엄마 역할 30분. 출근하는 날 아이를 준비시키는 시간이다. 그 짧은 30분 안에 해야 할 일이 많다. 내가 그렇게 많은 일을 소화할 수 있는 것이 신기했다. 닥치면 다 하게 된다는 말에 공감이 간다. 특히 남편이 없는 날은 혼자서 처음부터 끝까지 다해야 한다. 잠시도 여유가 없다. 하지만 나는 즐기고 있었다. 문득 나를 돌아보면 아이의 엄마가 되어 있는 모습이 신기했다. 한 가정에서 남편과 아이를 챙기고 있는 내 모습도 신기했다. 아침 시간은 나를 포함한 가족을 챙기는 시간이다.

내가 아닌 누군가를 돌보게 된 지도 벌써 수년 째. 익숙해질 법도 한데 서툰 엄마는 여전히 바쁘다. 아침마다 거실은 놀이방으로 변해 있었다. 여기 저기 장난감과 인형이 널브러져 있었다. 책도 마찬가지다. 엄마 미소를 지으며 제자리에 물건을 둔다. 그것도 잠시, 딸은 자기가 두기 편한 자리에 다시 옮겼다. 시어머니가 근처에 사셔서 아이는 7시 반까지 잘 수 있었다. 아니면 일찍 깨워서 밥을 먹여 어린이집에 데려다 주어야 한다. 출근하는 날은 시어머니께 무한 감사한 날이다. 남편과 아이의 아침을 챙겨주시는 어머니는 나에게는 하늘에서 내려온 천사나 다름없었다.

불과 작년까지만 해도 출근시간이 오래 걸렸다. 내가 근무했던 곳은 부산관광경찰대였다. 자갈치에 본부가 위치해 있었다. 총 3년 근무기간 중, 임신 기간에는 지하철을 타고 이동했다. 지하철로 오고가며 오디오 파일을 들었다. 지하철로 걸어가는 시간 등 모두 포함하면 40분 정도 이동시간이 걸렸다. 내가 좋아하는 영어 팟캐스트를 오고가며 들었다. 아이를 낳고 복직을 하고 나서는 자동차로 운전을 했다. 차 안은 작은 도서관이었다. 한참 중국에 관심이 많았던 터라 도올 김용옥 선생이 출연한 '차이나는 도올' 프로그램을 반복해서 듣고 또 들었다. 『도올, 시진핑』, 『아리랑』, 『역정』과 같은 책을 같이 읽고 있던 중이라 강의가 쏙쏙 귀에 들어왔다.

한 번은 지각을 한 적이 있었다. 나는 보통 8시가 조금 넘으면 사무실에 도착했다. 그날따라 터널을 지나는데 차가 도무지 움직이질 않았다. 직감적으로 터널 안에서 사고가 났음을 감지했다. 시간이 지나도 앞으로 전진할 기회가 보이지 않아 팀장님께 전화를 걸었다. 터널 안인데 차가 움직이질 않는다며 늦을 것 같다고 했다. 20분이면

갈 거리를 2시간이 걸렸다.

터널을 겨우 지나고 보니 사고차량이 눈에 들어왔다. 2대가 도로 밖에 정차되어 있었다. 사고가 심하게 났는지 자동차의 형태가 많이 훼손된 상태였다. 처음이자 마지막으로 의도하지 않은 지각을 하게 되었다. 출근하니 내가 사고가 나서 늦은 줄 알고 팀원들이 걱정해주는 말을 들은 기억이 난다.

출근길은 늘 즐겁다. 하루를 시작하는 좋은 에너지는 종일 행복한 날이 이어지게 해준다. 출근하며 엘리베이터에서 만나는 주민, 수고하시는 경비아저씨나 청소하시는 아주머니께 인사를 건네는 것만으로도 신나는 하루를 보내는 데 도움이 된다.

아이는 엄마의 모습을 보고 자란다. 나의 인사습관처럼 아이가 인사하는 모습을 보면 사뭇 흐뭇하다. 내 기분이 업되면 감사하는 마음도 절로 생긴다. 하루를 시작하는 출근길에 행복을 뿌려보자. 일상에 대한 감사하는 마음은 작은 것에서 출발한다. 그 행복을 나누자.

나에게는 엄격하게 타인에게는 관대하게

약속은 나와 한 약속이 가장 중요하다. '계획을 많이 세우는 나'에서 '하나라도 제대로 하는 나'로 변화할 수 있었던 건 나를 엄격하게 관리했기 때문이다. 하루를 살아도 나만의 원칙이 있었다. 매일 이런 원칙을 지키려고 애를 쓰면서 어른이 될 수 있었다. 아침 일찍 하루를 시작하기, 약속장소 30분 전 도착하기, 매일 한 장이라도 독서하기, 시간 기록하기, 운동하기, 많이 웃기, 자기 전 피드백 일지 쓰기, 감사일지 쓰기, 말하기 전에 생각하고 말하기. 사소하지만 중요한 것들이다. 살면서 잘 안 지켜지는 것들을 습관으로 만들며 자기관리를 훈련해왔다. 나를 가장 많이 변화시킨 것은 하루에 감사한 3가지를 적는 것과 새벽 글쓰기, 필사 습관이다.

'재민이 삼촌이 예빈이에게 예쁜 선물을 주었어요. 해맑게 웃는 예빈이를 보니 재민이에게 더 감사한 마음이 듭니다. 재민이와 대화 나누며 귀한 시간 가질 수 있어 감사합니다.'

이렇게 쓰는 자체만으로도 내 마음을 긍정, 해피 모드에 둘 수 있었다. 여백을 채우는 아침 글 쓰는 시간과 한 자 한 자 써 내려가는 필사는 나를 되돌아보는 시간이었다. 반성하고 깨닫는 수행의 시간이었다.

'선배님, 안녕하십니까. 부산 관광경찰대에서 근무하는 경사 황미옥

입니다.'

뉴욕경찰주재관으로 근무하시는 선배님께 연하장을 보냈다. 내 꿈을 잊지 않기 위해 보내는 꿈의 편지였다. 20년 전 친정 엄마는 낯선 땅 뉴욕에서 지병으로 돌아가셨다. 친정 아빠가 엄마의 유골을 부산으로 모시기 위해 가셔야 했다. 우리는 공항에서 이별을 했다. 아빠의 초라한 뒷모습을 보며 나는 다짐했다. 뉴욕으로 꼭 돌아와 나처럼 힘든 상황에 있는 한인들을 꼭 돕겠다고.

10대 때 가슴에 새겨두었던 다짐을 성인이 되어서도 잊지 않기 위해 내가 택했던 방법은 그 꿈을 이뤄 살고 계신 분들께 나도 그 길을 가고 있다고 알리는 것이었다. 그 행위 자체만으로도 내가 올바른 길을 잘 가고 있는지 방향을 잡을 수 있었다.

약속시간이 되면 꼭 늦게 나타나는 사람이 있다. 나는 그를 비난하지 않는다. 일찍 도착하면 독서하면서 기다리면 된다. 덕분에 늦게 온 시간만큼 독서를 더 할 수 있어 좋다. 내가 지키며 사는 원칙을 다른 사람들에게 바라지는 않는다. 나를 바로 세우는 원칙은 내 것일 뿐이다. 나 스스로 선택한 길이다. 다른 사람에게 나만의 원칙을 지킬 것을 요구하는 순간 나 스스로가 힘들어진다. 비난을 입에 달고 살아야 하기 때문이다.

남편은 나처럼 계획을 세우며 살지 않는다. 아침잠도 많아서 새벽에 일어나기는커녕 새벽까지 드라마를 보고 잘 때도 많다. 내 생활과 비교하면 남편은 자유로운 영혼이다. 엄격한 규칙도 없다. 그때그때 해야 할 일을 할 뿐이다. 일하고, 가족과 함께 생활하고 운동하고 말이다. 약속이 생기면 그냥 만나러 간다. 시간이 비어 있는지 확인하지도 않는다. 남편의 삶을 존중한다. 사람은 누구나 사는 방식이 다르다. 서로가 보내는 시간을 인정해주면 다툼도 준다.

내가 아는 경찰 동료의 꿈 넘어 꿈은 가수다. 쉬는 날 10시간 넘게 피아노를 치기도 한다. 그녀는 나처럼 기록하는 삶을 살지 않는다. 쉬는 날이면 보컬 수업을 듣고 혼자 연습한다. 볼펜을 입에 물고 연습도 한다. 그녀의 삶을 돌아보면 그녀만의 방법이 있었다. 그녀는 한 번에 하나씩 꿈꾸었다. 무언가를 기록하지 않아도 매번 완벽한 수준으로 해낼 수 있었다. 가수의 꿈을 꾸기 전에는 2년 내내 중국어를 공부했다. 중국인 학생에게 과외를 받으면서까지 중국어 작문연습을 했다. 한 가지의 꿈을 위해 1만 시간 넘게 투자한 셈이다. 자기만의 엄격한 방법으로 작은 성공을 맛본 친구는 비밀을 알고 있다. 쉬는 날 대부분의 시간을 꿈 넘어 꿈인 가수의 길을 가는 데 쓰는 경찰동료는 자신만의 방법으로 자신을 가꿔가고 있었다.

나에게 엄격한 규칙을 세우고 타인에게 관대할수록 내 마음이 평온했다. 모두 내 탓이라고 말할 수 있다면 세상은 더욱 아름다워 보일 것이다. 삶은 만들어 가야 한다. 미래를 창조하는 것은 나만의 방법으로 나를 단련시키고 훈련시켜 내가 원하는 삶을 사는 것이다. 몸과 마음이 탄탄한 삶을 말한다.

나는 책을 읽거나 공부하고 뇌를 성장시키는 일에 대해서는 많은 시간을 투자하는 반면 밀가루를 좋아하고 밤늦게 먹는 습관으로 몸과 체력을 관리하는 일에는 소홀하기도 했다. 조금만 방심하면 눈에 보이는 복부, 허벅지, 팔, 다리 부위는 살이 빨리 쪘다. 해결 방법은 덜 먹고 운동 시간을 늘리는 것뿐이다. 단순한 행위지만 엄청난 자제와 엄격한 훈련을 필요로 한다. 머리만을 살찌우고 몸을 관리하지 않는 것 또한 나에게는 바꾸어야 할 숙제였다.

남편이 하루는 아주 진지한 표정으로 나에게 이렇게 물었다.

“여보, 근데 꼭 그렇게 힘들게 살아야 해?”

매일 기록하고 자기 자신을 돌아보는 삶을 말하는 것이었다. 나는 이렇게 답했다.

“응, 나는 이게 행복해.”

시어머니가 바라는 며느리의 삶은 집에서 가족을 위해 요리하고 청소하고 낮잠도 좀 자주면서 가정을 먼저 챙기는 역할이었다. 어머니는 알고 계셨다. 책을 읽거나 내가 해야 할 일을 하고 나서 후다닥 집을 치우는 며느리의 행위에 대해서. 한 번은 참지 못하시고 내뱉으셨다.

“옥아, 엄마는 옥이가 좀 편하게 살았으면 좋겠어. 책 좀 그만 보고!”

남편은 사람을 좋아한다. 사람들과 어울려 이야기하고 술 한잔 하는 자리를 즐긴다. 당연히 귀가 시간도 늦을 때가 많다. 남편이 술을 먹고 들어오는 날이면 잔소리가 많아지고 언성이 올라갔다. 말투도 까칠하게 바뀔 때가 많았다. 참을성이라고는 찾을 수 없는 나로 변해 갔다. 마인드 컨트롤이 필요했다. 이것 또한 일종의 수행이라는 사실을 깨달았다.

집에서 남편을 기다리는 어느 날이었다. 늦은 시간인데도 남편은 귀가하지 않고 있었다. 짜증을 내는 것이 아닌 진심으로 걱정하고 있는 나를 발견했다.

수년 전 법륜 스님의 특강을 다녀온 적이 있었다. 대전까지 기차를 타고 갔다. 사람들은 법륜스님께 온갖 질문을 했다. 그중에 한 분이 남편이 술을 먹고 늦게 온다는 이야기를 했다. 나도 궁금한 질문이라 귀담아 들었다. 스님은 남편이 술 먹고 늦게 오는 일에 간섭하지 말라고 하셨다. 내 일이 아니라고 했다. 화를 낼 필요도 싸울 필요도 없다고 했다. 스스로 마음먹기까지는 아무것도 바뀌지 않을 것이라고 했다.

누워서 남편을 기다리는데 문득 법륜스님을 만나고 온 기억이 떠올랐다. 그래, 내 마음부터 달리 먹어보자고 태도를 바꾸었다. 남편이 늦은 것에 대해 '아이 짜증나, 또 늦어? 나도 예빈이 본다고 힘들어 죽겠는데'에서 '남편이 늦네, 곧 집에 들어와야 할 텐데 아무 일 없을 거야'로 내 마음만 바꿨을 뿐인데 하늘과 땅 차이였다. 나의 잣대로 남편을 평가하면 안 된다는 사실을 배웠다. 나와 남편은 각각 다른 인격체니까.

예전의 나는 남편 탓을 했다. 말끝마다 '여보 때문이야'라고 했다. 설거지를 하다가 그릇을 깨도 남편이 말을 걸어서 그렇다며 '여보 때문이야'라는 변명을 했다.

택시 안에서 임신 21주 차에 교통사고를 당한 적이 있었다. 응급실에서 치료를 마치고 무사히 집으로 귀가했다. 다음날 출혈으로 병원에 재방문하게 되었고 응급한 상황으로 당장 입원을 하게 되었다. 혼자서 입원 소속을 밟고 일반 병실 침대에 앉았는데 점심시간이라 밥이 나왔다. 밥그릇을 앞에 두고 남편에게 전화를 걸고는 울면서 나는 이렇게 말하고 있었다. "다 여보 때문이야…." 마치 습관처럼 나도 모르게 입에서 툭툭 튀어나오는 말이 되어 있었다.

모든 나쁜 습관은 그 행위를 있는 그대로 인정하면 바꿀 수 있다. 나는 나의 모습을 인정했다. 그 습관을 바꾸기 위해 엄청난 훈련이 필요했다. 자제하는 훈련이 얼마나 가혹한지 해본 사람은 안다.

고등학교를 다닐 때 뉴욕 소호 거리에서 아르바이트를 한 적이 있었다. 네일아트 가게를 다녔다. 나에게는 자격증이 없었다. 처음에는 청소만 하다가 네일아트를 배우게 되었다. 매주 한결같이 손톱 색을 바꾸러 오는 외국인 손님을 마주하며 수다쟁이로 변해갔다. 한 번은 발을 칠해주었다. 검정색이었다. 색을 다 칠하고 보니 내가 봐도 너무 심했다. 돈을 주고 네일을 받았다기에는 엄청나게 화가 나는 장면이었다. 더 신기한 건 고객은 나에게 화를 내지 않고 기분 좋게 팁까지 주고 갔다는 사실이다. 타인에게 관대함을 베풀었던 그 외국인 고객의 행동이 나에게는 충격이었다. 진정한 어른이었다. 엄격해야 할 필요가 있다면 그 대상은 타인이 아닌 내가 되어야 한다는 사실을 새삼 생각하게 해주는 사건이었다.

내 마음의 평정심 찾기. 매일 공부하고 훈련을 통해 실천해 나가야 한다. 항상 배움 뒤에는 아쉬움과 깨달음이 찾아오기 마련이다. 나를 되돌아볼 수 있다면 성장의 기회는 얼마든지 있다. 나에 대한 관심이 점점 나를 가꿔 나가는 데 도움을 준다. 나이를 많이 먹었다고 해서 모두 어른은 아니다. 나이를 떠나 진정한 어른은 나를 가꿀 줄 안다. 엄격해야 한다면 그 대상은 자기 자신이라고 말해보면 어떨까. 당신이 하고 싶은 일이 있다면 타인보다는 나 자신에게 엄격한 사람이 되자. 이미 가진 것에 감사하고 자신을 사랑할수록 당신이 원하는 모든 일을 이루게 될 것이다.

★

느리지만 꾸준한 전진

쉬는 날이었다. 아이를 어린이집에 갈 준비를 시켜 시어머니께 맡겨야 했다. 그런데 이게 웬일! 나가기 직전에 어디서 스멀스멀 똥냄새가 났다. 내 손은 바쁘게 움직였다. 얼른 닦이고 씻기고 로션을 발라서 옷을 다시 입혀 시댁으로 향했다. 아이를 맡기고 뛰었다. 오르막 하나만 오르면 되는데 전화가 왔다. "황 부장 아직 멀었나?" 숨이 넘어가는 목소리로 "죄송해요 다 와가요"라며 전화를 받았다. 오늘은 약속 장소에 일찍 도착하기 실패였다.

팀원들과 함께 산에 가기로 약속한 날이었다. 차로 한참을 달렸다. 창문 너머로 보이는 경치를 보며 드디어 집을 벗어났음을 실감했다. 바쁘게만 살다가 푸른색이 계속 눈에 들어오니 눈이 편안해졌다. 차를 주차하고 산을 오르기 시작했다. 조금만 더 올라가면 평지가 나올 거라는 기대는 사라진 지 오래였다. 올라도 올라도 오르막만 있을 뿐이었다. 선두로 가고 있던 나는 힘들었다. 맨 뒤에서 낯익은 팀장님의 목소리가 들렸다.

"힘들면 무조건 서서 쉬어야 한다."

산을 구경하기보다는 숨을 헐떡이면서 산을 올랐다. 내가 얼마나 운동이 부족한지 또 한 번 깨닫는 시간이었다. 걷다가 쉬다가 반복하면서 중간쯤 올랐다. 드디어 돌산이 끝났다. 사람들이 만든 것으로 보이는 나무계단이 나왔다. 억새풀 같은 모양이 산 전체로 퍼져 있는 모습이 한눈에 들어왔다. 고개를 돌리니 반대편 산이 눈에 들어왔다. 팀장님은 위를 손짓하시며 저 계단만 올라가면 정상이라고 하셨다. 나무계단을 오르기 시작했다. 팀장님은 나무계단을 오를 때마다 뒤를 돌아보라고 하셨다. 계단을 좀 오르다 밑을 내려다보고, 조금 더 올라가 밑을 내려다봤다. 걸어서 올라간 만큼 눈에 들어온 경치가 달랐다.

"산은 정직하다. 땀 흘린 만큼 좋은 경치를 선물해준다"라고 팀장님이 말씀하셨다.

나는 정상까지 산을 오르며 '산은 마치 우리의 삶과 같다. 행동하지 않으면 결과도 없다'고 핸드폰 메모 창에 글을 남겼다. 산을 오를 때 좋은 경치를 볼 수 있는 것처럼, 인생에서도 경험이라는 점을 찍을 때마다 무엇이든 이룰 수 있는 법이다.

나는 수능을 치지 않았다. 고등학교 졸업식에도 참석하지 않았다. 남들 좋은 대학 가려고 공부할 때 경찰공무원이 되겠다며 다른 공부를 했다. 동료들이 승진 공부할 때 나는 성장을 위한 책을 읽고 강연에 참석했다. 남들이 자는 시간에 굳이 새벽 4시에 일어나 글을 쓰고 필사를 한다. 나만의 방법으로 인생을 살고 있었다. 느리지만 한 걸음이라도 발을 옮기고 있었다. 그토록 원하는 경찰이 되어 5개의 부서에서 경험을 쌓았다. 지구대, 수사지원팀, 유치관리팀, 여성청소년과, 관광경찰대. 지금은 지구대다.

내가 지금 있는 곳이 내가 있어야 할 곳이다. 서른 중반을 바라보고 있는 나는 계급과 부서 욕심보다는 내가 해야 할 일에 집중하는 삶을 선택했다. 경찰관으로서 내가 해야 할 일에 집중할수록 사사로운 욕심보다는 세상을 향한 공헌에 초점을 맞출 수 있었다. 고객만족. 경찰이 존재하는 이유는 주민이 경찰을 필요로 하기 때문이다. 나의 미션은 내가 소속한 부서에서 고객이 요청하는 일을 잘하는 것이다.

성인이 되어 본격적으로 배우는 삶을 살기 시작했다. 부족한 나를 알기에 더 열심히 배울 수 있었다. 전력질주로 빨리 달리면 숨이 턱까지 차오를 때가 있다. 힘은 들지만 텁텁한 맛이 입으로 느껴지는 그 때, 나는 살아 있음을 느낄 수 있었다. 달리기도 연습을 해야 체력을 늘릴 수 있다. 삶도 도전하고 행동해야 한다. 거북이처럼 느려도 올바르다고 생각하는 일에 몸을 움직여야 한다. 매일 실천하는 사람만큼 강한 사람도 없다. 내 인생에 공짜는 없었다. 오랜 시간을 투자해서 힘겹게 얻어낸 결과물이 대부분이었다. 하지만 비밀을 알고 있다. 포기하지 않는 한, 모든 꿈은 이룰 수 있다는 사실을 안다.

매년 10월 21일은 경찰의 날이다. 전국에서 온 경찰관들이 모여 무도대회가 펼쳐진다. 나는 신임 순경이었고 경찰서 태권도 선수로 뽑혔다. 한 달 동안 비합숙 훈련을 해야 했다. 오전마다 산을 뛰었다. 산을 걷는 게 아니라 뛸 수도 있다는 사실을 처음 알았다. 10명 가까운 선배님들과 코치님과 함께 뛰었다. 내가 제일 젊었는데 제일 뒤에서 뛰었다.

힘겹게 산 정상에 도착하면 끝이 아니었다. 이제부터가 시작이었다. 발차기용 매트를 들고 오신 코치님 앞으로 줄을 섰다. 발차기 훈련이 남아 있었다.

그렇게 오전 훈련을 마치면 오후에는 고등학교 태권도부가 있는 곳으로 향했다. 호구를 입고 패기 넘치는 10대들에게 두들겨 맞았다.

정말 많이 맞았다. 태권도를 어릴 때부터 해왔지만 겨루기가 아닌 품새 위주로 배웠다. 경찰이 되어서 태권도 겨루기를 하게 될 줄은 꿈에도 몰랐다. 그렇게 맹훈련을 했는데 출전한 충주 중앙경찰학교 시합장에서 나는 호구를 한 번 입어보는 것으로 만족해야 했다. 내 순서가 5번째였는데 앞에 출전한 선배가 져서 나까지 순번이 오지 않았다. 단체전은 여경이 5번째였다. 내 나이 24살이었다. 한 달 동안 지독하게 훈련했지만 발 한 번 못 차고 부산으로 돌아와야 했다.

그 다음해, 똑같은 훈련을 반복했다. 입에 단내가 날 정도로 열심히 했다. 이번에는 호구를 입고 실전경기를 치를 수 있었다. 서울청 여경과 첫 시합이었다. 상대방 선수는 태권도 선수 출신이었다. 나는 동네 태권도 도장 출신. 격이 달랐다. 타점만 노리고 점수를 내고 있는 서울청 선수였다. 나의 목표는 1점만 내는 것이었다. 보통 5점 이상 득점하면 경기를 그만 시키는데 내가 일방적으로 맞는 게 재밌었는지 10점을 내주고 있는데도 경기를 정지시키지 않았다. 덕분에 나는 1점을 낼 수 있었다. 이긴 것보다 더 통쾌했다.

서울청 여경은 시합이 끝나고 내가 있는 자리로 돌아와 괜찮느냐며 말을 건넸다. 그녀는 프로였다. 그 이후 대구청 여경과 시합이 남았다. 나와 똑같은 비선수 출신이었다. 해볼 만한 경기였다. 쉬는 타임마다 감독님이 뭐라고 하셨는지 기억이 나지 않는다. 이성을 이미 잃은 뒤였다. 경기가 끝나고 계기판을 보니 5대0이었다. 이겼다.

이겨놓고 발을 다쳐 입원하게 되었다. 지구대에서 한 달이나 차출가서 인원 없이 근무한다고 팀원들을 힘들게 했는데 또 병가까지 가는 신임 순경이 되어버렸다. 병실에 누워서 꿈은 포기하지 않는 한 이루어진다고 속삭였다.

우리 친정 아빠는 선천적으로 눈이 좋지 않다. 운전을 못 하신다. 한평생 혼자서 할 수 있는 장사를 하셨다. 안 해본 장사가 없을 정도로 열심히 사셨다. 고3인 내가 한국에 다시 돌아왔을 때 아빠는 슈퍼를 하고 계셨다. 내가 어릴 때부터 오토바이를 타셨다. 배달을 가야 하니, 잘 보이지 않아도 먹고 살기 위해서 타셨다. 물건을 가져오고 해야 하니 탈 수 밖에 없었다. 아빠에게는 상처가 많다. 내가 어릴 때부터 아빠 뒤에 탔던 오토바이지만 아빠는 혼자서 수없이 넘어지셨다. 입술에도 찢어진 상처가 아직도 남아 있다. 아빠는 몸으로 터득하셨다. 가족을 위해 위험한 도전을 해오셨다.

내가 경찰에 합격하기 직전에 오토바이를 처분하셨다. 무면허 운전을 하셨던 아빠는 살면서 한 번의 단속도 당하지 않으셨다. 경찰이 될 딸에게 피해가 갈까 봐 오토바이를 타지 않기로 마음을 정하셨다. 아빠를 통해 꾸준히 하면 뭐든 안 되는 건 없다는 사실을 배웠다.

몇 년 전, 같은 경찰서 동료를 응원해주기 위해 경찰청 고객만족대회에 참석한 적이 있었다. 맞춤 응원복까지 입고 응원하러 갔다. 전국에서 온 경찰관들이 자기가 소속한 곳에서 고객 만족을 위해 1년 동안 열심히 노력해 온 결과물을 가지고 강연하였다. 보이지 않는 곳에서 열심히 일하는 직원들의 이야기를 한곳에서 들을 수 있었다. 문 앞에 순찰표를 걸어두면서 범죄가 줄었다는 이야기부터 과학수사 장비를 개발했던 이야기, 학교폭력 예방 성과를 낸 결과물까지 공감 가는 이야기들이 이어졌다. 1년 동안 지치지 않는 열정으로 노력한 모습이 그들의 발표하는 모습을 통해 상상이 되었다. 전국의 경찰관들이 성과를 이룬 것처럼, 꾸준히 전진하면 길은 반드시 보인다. 거북이처럼 느려도 앞으로 나아가면 답은 있다.

게으른 삶과 부지런한 삶. 어떤 삶을 살아야 하는가. 우리는 365일 부지런한 삶을 살 수는 없다. 때로는 게으름도 필요하다. 쉬어가는 시간도 필요하다. 꼭 필요한 건 한 발짝 전진이다. 꾸준히 하고 있다면 조금 게을러도 괜찮다. 멈추지 않는 것이 중요하다. 우리의 삶은 결과보다는 여정이 중요하기 때문이다. 가는 동안 주변도 살피고 맛있는 것도 먹어야 한다. 내가 사랑하는 일을 포기하지 말자. 내가 가고자 하는 길을 뚜벅뚜벅 걸어가자. 걸어가다 보면 분명 당신 주변에는 감사한 일로 가득하게 될 것이다. 작은 것에 감사하면 느려도 괜찮다. 서두를 필요 없다. 내 삶은 내 속도대로 갈 뿐이다. 조금 늦어도 괜찮다.

★

단순하고 검소한 삶

108배를 한 적이 있었다. 아침에 방석 하나를 깔고 시작했다. 문득 마음을 비우는 데 집중하는 게 아니라 숫자를 잘못 셀까 봐 걱정하는 나를 발견했다. 절을 하면서도 여러 가지 일이 떠올랐다. 당시 고민하고 있는 일이 대분이었다. 여러 생각들은 내 머릿속에 둥둥 떠다니며 나를 괴롭히고 있었다. 마음이 복잡해 시작한 108배가 내 마음을 더 괴롭히고 있었다. 왜 스님처럼 마음의 평온을 갖지 못하는 것인지 의문이 찾아왔다.

한 번은 지인의 추천으로 아침에 일어나자마자 25분 정도 눈을 감고 명상을 하였다. 어느새 잠이 들었다. 앉아서도 해보고 누워서 완전히 몸의 긴장을 푼 채로도 해봤다. 누워서 하는 게 더 빨리 잠에 들었다. 언젠가 나도 잠을 자지 않고 명상을 통해 평온함을 맛볼 수 있는 날이 오겠지.

독서모임에서 알게 된 분이 있다. 배트맨 아저씨라는 별명을 가지고 계신다. 집에서 복분자를 만들어 한 병에 5천 원씩 팔아 생활을 유지하신다. 모자를 쓰시는데 한쪽 면에 '어린이는 희망입니다'라는 문구를 붙이고 다니신다. 아침이면 초등학교 등굣길 횡단보도 앞에서 아이들을 위해 교통 보조 활동을 해주신다. 철학을 공부하셨던 배트맨 아저씨는 붓글씨도 쓰시고 사람들과 독서모임도 하신다. 마라

톤 풀코스도 뛰시며 검소하게 사시는 분이다. 남포동에서 근무할 때는 내가 일하는 곳에 한 번씩 들러 해맑게 웃으시며 "경관님 잘 지내시지예" 하면서 안부를 꼭 물으셨다. 그분께 추천받아 읽었던 책 중에서 가장 좋았던 책이 『일침, 달아난 마음을 되돌리는 고전의 바늘 끝』이었다.

오래 전 서울에서 강의가 열렸다. 강사가 이런 질문을 했다.

"지금 당신에게 천만 달러를 준다면 그 돈으로 무엇을 하시겠습니까?"

나는 머릿속으로 물질적인 것들을 마구 그리고 있었다. 아주 넓고 호화스러운 주택, 외제차, 예쁜 옷, 하고 싶었던 일들, 듣고 싶었던 고가의 강의, 사고 싶은 목록들. 돈으로 할 수 있는 모든 것을 떠올리고 있었다. 작년 부산에서 열린 강의였다. 강사는 이렇게 물었다.

"당신은 죽은 뒤에 어떤 사람으로 기억되고 싶습니까?"

머리를 한 대 얻어맞은 기분이 들었다. 이런 질문은 처음이었다. 이 질문에 꽂혀 한동안 수많은 글을 쓰며 나에게 묻고 답했다. 이 질문은 가치를 묻는 것이었다. 내가 하고 싶은 일보다 내가 해야만 하는 일을 묻고 있었다. 이제껏 나는 20대부터 30대 중반까지 내가 하고 싶은 일을 하며 살아왔다. 이 질문 하나가 나를 바꾸었다. 삶의 방향을 바꾸어 주었다. 그토록 찾고자 했던 삶의 이유를 이제 곧 찾을 수 있을 것만 같은 희망이 보였다. 오랜 고민 끝에 내린 결론은, 나는 죽고 나서 경찰관으로 기억되고 싶다는 것이었다. 글을 쓰는 이유도 경찰관에게 도움을 주기 위해서다.

지구대 상황 근무 중에 스님이 찾아오셨다. 스님이 다른 지역에서 무단횡단을 하시다 경찰관에게 단속을 당하셨는데 용지를 잃어버리서서 재발급받으러 방문하셨다고 했다.

나는 보통 절에 가면 스님께 미래의 일을 물어보곤 한다. 그때도 어쩌다 보니 스님이 지구대에 있는 몇 명의 경찰관의 사주를 봐주게 되셨다. "스님! 저도 봐주세요!" 하며 내 차례를 기다렸다. 스님께 올해 둘째를 가질 계획인데 괜찮느냐고 물었다. 겨울에 들어선다고 하셨다. 엄마 닮아서 아주 똑똑한 아이일 것이라고 하셨다. 검소한 삶을 사시는 스님의 말씀인지라 나는 일단 믿기로 했다. 나는 농담으로 이렇게 덧붙였다.

"스님, 안 똑똑하면 절에 찾아갈 거예요!"

욕심을 내면 검소하게 살기 어렵다. 여러 가지 일에 욕심을 내면 생활만 바쁘고 아무것도 이루지 못한다. 단순하고 검소한 삶의 출발은 나만의 정의를 내리는 것에서부터 시작된다. 나에게 단순하고 검소한 삶이란 물질적인 것에 욕심 부리지 않고, 올바른 일을 하며, 나와 내 가정을 돌보고, 경찰관으로서 해야 하는 일을 하며 돕는 삶을 사는 것이다.

계급과 자리 욕심을 내려놓자 삶이 정말 단순하게 다가왔다. 내 마음도 바쁘지도 않았다. 부족한 부분이 있으면 스스로 공부를 하며 채워 갈 뿐이었다. 나를 단련시켜 갈수록 조바심도 걱정도 줄어들었다. 남의 말에 휘둘리지도 않았다. 무엇보다 불필요한 시간을 줄이고 나니 가족과 보내는 시간이 많아졌다. 배움에 대한 욕심도 삶을 아주 바쁘게 만든다. 그 배움의 길 위에서 허둥대는 나를 발견했다. 뒤를 돌아보니 내 가족이 행복하지 않음을 뒤늦게 깨달았다. '5 Why 기법'을 사용해 삶을 고민하다 나에게 질문을 던진 적이 있었다.

'왜 경찰이 되셨습니까?', '사람을 돕고 좋은 일을 하려고 그러지!',

'왜 사람을 돕고 좋은 일을 하려고 그러십니까?', '사람을 돕고 좋은 일을 하면 내 삶이 좀 더 의미 있고, 가치 있어지니까', '왜 좀 더 의미 있고 가치 있는 삶을 살고 싶습니까?', '한 번뿐인 내 인생 멋지게 살고 싶으니까', '인생을 왜 멋지게 살고 싶으십니까?', '죽을 때 후회를 덜 하기 위해서지', '죽을 때 덜 후회하고 싶다고 하셨는데, 어떤 후회를 덜 하고 싶으십니까?', '눈 감기 전에 그래, 내 인생 잘살았어라고 미소 지으면서 말하고 싶어. 내 마음속에 사랑하는 가족들과 친구들과의 아름다운 일상을 떠올리며 가고 싶어', '왜 인생을 스스로 잘 살았다며 미소 짓고 싶으십니까?', '내가 가치 있고 의미 있다고 생각되는 일을 내 삶 전체에 실천하면서 살았다면 죽을 때 미소 지을 수 있을 테니까.'

이렇게 질문을 이어가다 깨달은 사실은 내 삶의 가치는 사랑이라는 점이었다. 사랑하는 사람을 돌보지도 않은 채 배우는 삶에 치우쳐 사는 삶은 내가 원하는 게 아니었다. 질문의 중요성을 느낄 수 있었다.

아이를 보살피고 잘 자라게 먹이고 입혀야 하는 시기이기에 엄마의 자리는 엄청 중요했다. 나는 절제하기로 마음을 먹었다. 아이가 자는 시간에 글쓰기와 독서를 하며 배우는 것만으로도 충분하다는 것을 깨달았다. 주변에는 책을 좋아하고 글쓰기를 좋아하는 사람들이 많다. 매일 같은 행위를 반복하며 사는 특별한 사람들이다. 비록 각자 가정을 돌보며 멀리 떨어져 살지만 서로 간의 소통은 엄청난 힘이 된다. 그들의 글을 읽고 어떻게 지내는지 모두 알 수 있었다. 단순하지만 검소하게 사는 엄마들의 삶이 위대하게 느껴졌다.

어릴 때 친정엄마가 돌아가시고 할머니와 고모와 살았다. 낯선 땅 뉴욕에서 내가 의지할 사람은 두 사람뿐이었다. 할머니는 절에 다니셨다. 일찍 자고 일찍 일어나셨다. 저녁 9시 전에 주무셔서 새벽 4시면 어김없이 일어나셨다. 불교책을 읽으셨다. 작은 나무 책상을 펼치시고는 꼬깃꼬깃한 책을 읽고 또 읽으셨다. 손에 침을 퉤퉤 뱉으시면서 말이다. 읽다가 목이 마르시면 밥그릇에 떠다 놓은 물을 한 모금 마시셨다. 그 일을 한 시간 넘게 매일 같이 하셨다. 마지막에는 가족들의 이름을 불러가며 기원하셨다. 할머니는 30년 넘게 미국에서 사시면서 고생을 많이 하셨다. 내가 할머니와 같이 살 때만 해도 칠순이 넘으신 나이였다. 할머니의 삶은 단순했다. 새벽에 기도하고, 가족들 아침을 챙기고, 낮에는 밭에 가서 채소를 가꾸고, 저녁이면 가족을 돌보는 데 시간을 보냈다. 일요일이면 절에 가서 다른 할머니들과 이야기도 나누셨다. 옷이 떨어지면 바느질을 해서 버리지 않고 입으셨다. 검소한 삶이 몸에 밴 채 평생을 사셨다.

그런 할머니가 혼자서 사시게 되었다. 고모와 내가 한국으로 나와 살게 되었기 때문이었다. 할머니는 외로우셨는지 뉴욕에서의 생활을 정리하고 한국으로 귀국하셨다. 모든 짐을 정리하고 부산에서 사시게 되었다. 그러던 할머니는 6개월 만에 심근경색으로 쓰러지셨다. 다행히 병원에서 고모가 지극정성으로 할머니 병간호를 해준 덕분에 상태가 호전되었다.

병원에서 생활하던 어느 날이었다. 고모가 할머니에게 점심을 못 먹어서 배가 많이 고프다고 투정을 부렸다고 했다. 할머니가 바지 주머니 안에 돈 있으니까 가서 밥 사먹고 오라고 하셨단다. 바지 주머니에 보니, 미국에서 한 푼 두 푼 모아둔 달러를 꼬깃꼬깃 모아둔 작은 지갑이 있었다. 지금도 고모 집에 놀러 가면 고모는 파랑색 동전지갑을 보여주며 할머니가 검소하게 사셨다며 눈시울을 붉힌다.

무언가를 많이 이루어야 행복한 삶은 아니다. 세상에는 할 수 있는 일이 너무나 많다. 평생 동안 한 가지 일에 최선을 다해 세상을 아름다운 곳으로 바꾼 사람도 많다. 내 삶의 방향이 어디로 가고 있는지 주기적으로 점검하는 것이 중요하다. 그 방향을 선택한 다음에는 내가 선택한 삶을 그대로 살면 된다. 나는 이동할 때 바인더와 책, 종이와 펜을 가지고 다닌다. 언제든지 다른 사람의 삶을 읽고 중요한 것은 기록하며 삶을 만들어갈 준비가 되어 있다. 당신은 죽고 난 다음 어떤 사람으로 기억되고 싶은가? 나는 오늘도 일찍 일어나 살아있음에 감사하며 하루를 시작한다. 나는 대한민국 경찰이다.

| J지구대 |

★

여기는 부산

"사이소. 보이소. 오이소."

부산에 오면 꼭 가야 할 곳이 자갈치 시장이다. 길거리를 걷고 있으면 아지매들이 비닐로 된 옷을 입고 긴 장화에 앞치마를 두르고 계신다. '오이소, 싸게 해줄께예' 하면서 손짓하며 손님을 부른다. 부르는 와중에도 식당에서 식사를 마치고 손님이 나오면 장갑을 낀 채 앞치마 속에 손을 넣고 잔돈을 뺀다. 익숙한 손놀림으로 돈을 계산하고는 '또 오이소' 하면서 손님을 배웅한다.

부산에서 회를 먹어야 한다면 나는 아지매들이 정답게 맞이해 주는 이곳으로 손님을 모시고 온다. 싱싱한 회도 먹을 수 있고, 새로 생긴 부산항대교 경치도 함께 볼 수 있다. 부산하면 바다가 빠질 수 없다. 매년 여름이면 해운대 바닷가와 광안리 해수욕장에 외국인을 포함해서 엄청난 사람들이 다녀간다. 늘어난 크루즈 관광객으로 비프 광장, 감천문화마을, 송도해수욕장, 용궁사는 이미 부산을 대표하는 명소가 되었다.

부산에는 하야리아 미군 부대가 있었는데 몇 년 전 그곳이 없어지고 큰 공원이 들어섰다. 부산에는 어린이 대공원 외에는 아이와 함께 갈 만한 공원이 없었는데 그 공원은 아이를 유모차에 태우고 산책하기 너무 좋은 곳이 되어주었다. 얼마 전에도 남편과 아이와 함께 공원을 걸으며 대화도 나누고 놀이터에서 딸과 함께 신나게 놀았던 기억이 난다.

J지구대는 J 1, 2, 3동에서 일어난 사건사고를 처리한다. J지구대는 10차선 도로가에 위치해 있다. 차들이 씽씽 달린다. 지구대가 생긴 지는 아주 오래되었다. 건물이 낡고 작다. 비좁지만 그 안에서 하루에 20명의 직원들이 교대를 한다. 지구대 문을 열고 들어가면 반겨주는 사진이 있다. '총알같이 달려가겠습니다'라는 문구가 적힌 이미지다. 제복을 입고 지구대를 방문하는 민원인을 맞이한다. 지구대로 걸려오는 민원 전화도 처리한다. 지구대 상황근무자는 일반신고가 들어오면 전산으로 접수하고 무전으로 신고를 내린다. 해당 순찰차는 신고접수를 받고 현장으로 출동한다. 현장에서 필요한 조회나 접수는 경찰 PDA로 한다. J동에는 대학교가 있다. 학생들이 수업을 마치고 나면 밥집, 술집에 많이 들른다. 어김없이 학교가 개학하는 기간에는 새벽시간대면 집을 찾지 못하고 도로에서 방황하는 학생들이 종종 발견된다. 순찰차에 태워 집에 데려다 준다. 술이 너무 과했는지 순찰차 창문을 내려 달라며 속이 불편해 하는 친구도 있었다. 이기지도 못할 술을 먹은 이유가 있겠지 하면서 등을 두들겨 주었다.

J지구대에서 하루가 시작되면 막내들은 장비 점검을 한다. 막내들이 휴가 가면 내가 대신 장비점검을 한다. 순찰차가 이상이 없는지 살피고 경찰 PDA, 음주감지기 등 개수 확인도 한다. 근무일지도 정리해야 하고 무기고 정리도 해야 한다. 지켜보면 누가 고참이고 신참인지 알 수 있다. 우리 팀 막내 고 반장과 김 반장은 출근도 일찍 해서 미리 준비를 해둔다. 일을 하다가도 누군가 지구대에 들어오면, 하던 일을 멈추고 '안녕하세요' 라고 인사를 한다. 귀여운 녀석들이다. 각

자 근무 준비를 모두 마치면 팀장님의 전달사항을 듣는다. 근무 준비 끝. 해당 순찰차에 2명이 탑승한다. 경광등을 켜고 J동 순찰을 돈다. 1동은 아파트 단지가 많고 2동과 3동은 주택이 많다. 주택 골목길은 앞에 양옆으로 차들이 주차가 많이 되어 있어 지나가려면 한쪽으로 바짝 붙어서 가야할 때도 많다. 순찰차를 운전하다 보니 주민들이 양보를 잘 해준다. 나는 아직 순찰차 무사고다. 순찰을 돌다보면 여기저기 인도에서 할머니들이 바구니에 야채를 담고 파시는 모습들이 보인다. 하교시간에는 순찰차를 발견한 아이들은 머리를 숙여 배꼽 인사를 한다.

J지구대는 내가 근무하는 곳이다. 하루 12시간 사람들과 소통하는 일터다. 아무리 주변 환경이 낡고 불편한 점이 많다고 해도 내가 있어야 할 곳이라는 사실은 변함이 없다. 각종 사건사고가 일어난다. 좋은 일도 있고 나쁜 일도 있다. 그중에서 경찰은 보통 좋지 않은 일에 관여하는 게 대부분이다. 싸움이 있다든지, 업무를 방해하는 사람이 있다든지, 물건을 훔쳐간 사람이 있다든지 말이다. 경찰은 사람들의 불편함을 해결해주는 사람이다. 경찰은 처벌만 하는 사람이 아니다. 지난 추석에 가정폭력 현장에 신고를 간 적이 있었다. 동생이 누나를 폭행한 사건이었다. 누나는 화가 많이 나 있었다. 동생은 뉘우치고 있었고 누나는 처벌을 원했다. 경찰 입장에서는 처벌하는 것이 더 편할 수도 있다. 명절 당일 날이었고 형제지간인 당사자의 마음도 편치 않았다. 고참이었던 김 주임님은 누나와의 대화를 시도했다. 처벌은 언제든지 가능한 것이었다. 가족과의 관계회복을 우선으로 판단했던 주임님과 나는 그날 남동생을 처벌하지 않았다. 진심으로 반성하는 남동생의 모습에 누나가 마음이 돌아섰기 때문이다. 때로는 처벌만

이 능사가 아니라는 것을 현장에서 배웠다.

부산은 내 운명. 경찰 공무원 학원에서 공부했을 때, 매번 부산지방경찰청에 순경채용시험 원서를 접수했다. 부산은 여자 경찰관을 아주 적게 뽑았다. 한 번은 경기도에서 뽑는 여경의 수가 엄청 많았다. 100명이 넘었던 걸로 기억한다. 같은 고시원에서 생활했던 언니는 매번 경기로도 시험을 치러 갔다. 그 언니를 따라 경기도로 시험을 치러 가기로 했다. 전날 경기도에 도착해서 숙소를 잡았다. 다음날 아침 일찍 서둘러서 시험장으로 향했다. 학교가 너무 조용했다. 시간이 지나도 시험장이라고 보기에는 인적이 드물었다. 그제야 이상하게 여긴 우리는 학교를 잘못 찾아왔다는 사실을 알았다. 택시를 타고 서둘러 올바른 학교에 도착했지만 내 마음은 조급해하고 있었다. 늦지 않게 제시간에 도착했지만 두근두근거리는 심정으로 시험을 쳤다. 나는 그 시험에 불합격했다. 그 이후 아무리 부산에서 여경을 적게 뽑아도 흔들리지 않고 부산만을 고집했다. 여자경찰을 7명 뽑는데 합격할 수 있었던 이유는 부산에서 꼭 합격한다는 내 믿음 때문이었다.

초등학교 4학년 때 이민가방 6개를 들고 가족들과 뉴욕으로 이민갈 때는 내가 부산으로 다시 돌아올 거라고는 생각지도 못했다. 태어나고 자란 부산에서 다시 살게 된 만큼 부산을 안전한 곳으로 만들기 위해서는 내가 지금 있어야 할 곳에서 해야 할 일을 하면 된다.

일을 하다가 일이 막히거나 잘 풀리지 않을 때면 나는 높은 곳을 찾아간다. 부산은 산이 많다. 내가 찾은 곳은 공원이었다. 구덕터널을 지나 직접 운전해서 갔다. 집에서 15분 정도 떨어진 곳이었다. 오전인 만큼 그리 사람이 많지 않았다. 제일 높은 곳으로 올라가 밑을 내려다보았다. 망원경에 돈을 넣으면 멀리까지 볼 수 있었지만 보지 않았다. 한동안 부산을 내려다보며 생각에 잠겼다. J지구대에서 내가 해야 할 일들, 내가 지금 하고 있는 일들을 떠올렸다. 시야에 들어온 넓은 관경을 바라보고 있으니 내가 하는 고민은 너무 작게만 느껴졌다. 아래를 내려다보는 이유는 바로 그것이다. 내 고민이 세상의 고민인 것처럼 여기지 않기 위해 높은 곳을 찾는다. 복잡한 내 마음을 정리할 수 있었다. 부산을 내려다보며 내 진심을 알 수 있었다.

부산은 내가 선택한 곳이다. 부산을 떠날 때는 부모님을 따라갔지만 다시 부산에 돌아왔을 때부터는 온전히 나의 선택이었다. 그곳에서 선택한 직업 경찰. J지구대에 온 것도 내 선택이었다. 내 삶은 내가 정해야 한다. 다른 사람이 아닌 내가 정해야 한다. 후회도 내가 해야 한다. 당신이 가고 있는 길이 자신이 선택한 길인지 돌아보라. 그 길이 맞다면 뒤도 돌아보지 말고 그 길을 가라.

우리는 한 팀이다

"충성! 신고합니다."

근무복을 챙겨 경찰서로 향하는 길이었다. 새로운 환경에서 새로운 사람들과 근무하게 된 첫날이었다. 경찰서에 도착해서 근무복을 갈아입고 소회의장에 도착했다. 절반은 낯선 사람들이었지만 나와 같은 팀이 될 사람들이 한자리에 있었다. 관광경찰대에서 같은 경찰서로 발령난 후배와 이야기를 나누며 시간을 보내고 있었다. J지구대 관리반에서 전화가 한 통 왔다. 내가 근무할 팀이 순찰 3팀이라는 사실을 알게 되었다. 간단하게 신고식을 마치고 사복으로 갈아입고 J지구대로 향했다. 같은 지구대에 발령받은 후배와 이야기를 나누며 지하철을 타고 짧은 동행을 했다. 평소 J지구대 위치는 알고 있었지만 한 번도 들어가 본 적이 없었다. 남편이 내가 아이를 출산하고 육아휴직 중이었을 때 J지구대에서 1년을 근무했었다. 익히 이야기는 많이 들어서 잘 알고 있었다. 후배와 같이 J지구대 유리 출입문을 열었다. "안녕하세요" 인사를 했다. 어서 오라며 반겨주는 선배님들 앞에서 신상명세서를 기록했다.

관리반 선배가 사진이 필요하다고 했다. 입꼬리를 살짝 올린 채 쑥스럽게 웃었다. 그날 찍은 사진이 팀별 사진첩에 들어갈 줄이야. 기본현황 바인더에 첨부된 내 사진, 내 눈으로 다시 보고 있자니 틀림없는 30대였다. 내 마음만큼은 20대 신임시절과 다름없었지만 말이다. 나는 서른 중반을 바라보는 아줌마였다.

근무복을 여경휴게실 사물함에 넣었다. 출근 첫날 주간근무였다. 바로 근무복으로 갈아입고 근무를 시작했다. 생각보다 긴 12시간 근무였다.

J지구대 순찰 3팀은 9명의 직원 중에 5명이 교체되었다. 고참 5명, 중간고참 2명, 신임 순경 2명이었다. 다른 경찰서에서 오신 주임님 두 분, 방범순찰대에서 온 내 또래 부장님, 고속도로 순찰대에서 오신 주임님, 그리고 관광경찰대에서 온 나였다. 출근하면 12시간 동안 밥도 같이 먹고 신고출동도 같이 간다. 힘든 사건은 서로 의지하며 사건을 풀어 나간다. 아들이 정신병원에서 퇴원했는데 옷을 벗고 도망가려고 한다는 신고였다. 신고자를 밖에서 만났다. 신고자의 아들이 최근까지 정신병원에서 치료를 받았고 명절이라고 잠깐 퇴원을 하였는데 옷을 벗고 밖으로 나가려고 했다. 긴급한 상황이 벌어지기 전에 어머니는 입원을 원했다. 옷을 입지 않으려는 신고자의 아들과 실랑이가 시작되었다. 나는 현장이 보이지 않는 계단에 서서 대기하고 있었다. 옷을 모두 벗고 있어서 다른 동료와 함께 방 안으로 들어가지 않았다. 아들이 혼잣말로 계속 이야기를 하는 게 들렸다. 엄마의 말로는 약도 밥도 먹지 않고 과일만 먹는다고 했다.

오랜 설득 끝에 옷을 입혔다. 순찰차에 태워 병원에서 진료를 받기 위해 다니던 병원으로 향했다. 어머니는 익숙한 손놀림으로 아들이 유일하게 먹는 과일을 봉지에 담으셨다. 함께 출동한 동료들은 아들을 보호하기 위해 순찰차 한 차에 탔고, 다른 순찰차에는 내가 어머니를 태웠다. 병원에 도착한 우리 팀은 간호사에게 오늘 있었던 일을 말해주고 서류 작성을 도왔다. 말하지 않아도 각자 자기 위치에서 일사천리로 움직이는 한솥밥 먹는 팀이었다.

첫 외박. 추운 겨울 어느 날 우리 팀은 내기를 했다. 통영경찰수련원에 방을 예약해서 당첨이 되면 1박 2일 팀 야유회를 가는 걸로 정했다. 운이 좋게도 방 4개가 당첨되었다. 수련원에 가져갈 짐을 모두 챙겨서 출근했다. 김치 두 통에 전기버너, 개인물건을 넣은 가방만 해도 짐짝이 세 개나 되었다. 도저히 혼자서 들고 갈 수가 없었다. "짐이 너무 많아서 출근 불가능하겠는데요"라며 팀 단체 카톡방에 글을 남겼다. 고 반장이 출근길에 태워 간다는 기쁜 소식의 댓글이 달렸다. 고 반장 대신 김 주임님이 데리러 오셔서 편하게 출근할 수 있었다.

12시간 야간근무를 마치고 차 두 대에 나눠서 9명이 탑승했다. 어디를 가려면 꼭 전날 많이 바쁘다. 새벽까지 신고가 많이 들어와 다들 피곤했지만 처음 가는 야유회인 만큼 군소리 안 하고 차에 탔다. 또래 4명이 한 차에 타려고 했었는데 주임님 한 분이 우리와 타는 바람에 계획 실패였다. 오후 3시가 되어야 통영수련원에 입실이 가능했다. 그 시간까지 밖에서 시간을 보내야 했다. 통영시장 부근에서 굴요리 코스를 먹었다. 통영하면 꿀빵이 유명하다. 꿀빵도 샀다. 식사 후에 저녁에 먹을 것을 살 때 고참들은 유람선을 타러 갔다. 사진을 찍어 보내 주셨다. 저녁에 먹을 음식들을 한가득 장을 봤다.

입실시간에 맞춰 통영 경찰 수련원에 도착했다. 그날 저녁 맛있는 삼겹살을 구워 먹었다. 그날 김 주임님 생신이셔서 준비한 케이크로 서프라이즈 축하 노래를 불러드렸다. 낚시를 좋아하시는 주임님께 작은 선물을 드렸는데 해맑게 어린아이처럼 웃으셨다. 환하게 웃는 모습을 동영상으로 담았다. 피곤한 비번 날 각자의 방으로 돌아가 일찍 취침모드에 들어갔다.

문제는 다음날 발생했다. 어제 먹은 생굴이 탈이 났는지 아침부터 배탈이 난 나는 그 이후 이틀을 더 고생했다. 잊지 못할 첫 야유회였다. 다음날 출근하니 나 말고도 2명이 더 배탈이 나 있었다. 아파도 같이 아픈 의리 있는 우리 팀이었다.

한 팀은 한 마음이어야 한다. 한 사람이 잘한다고 해서 팀이 잘 돌아가는 건 아니다. 서로 돕는 마음도 있어야 한다. 우리 팀은 의문점이 있으면 서로에게 의견을 묻는다. 혼자서 풀기 어려운 일도 같이 풀어나가면 해결되는 걸 여러 번 경험했다. 근무모를 쓰고 교통단속을 하게 되면 순찰차 2대가 함께 단속을 한다. 여러 차가 위반하면 2명이 단속하기가 벅찰 때가 있다. 경찰 PDA와 프린트기를 들고 서 있다. 제일 많이 들었던 민원인의 말은 '왜 나만 단속하느냐, 앞 차도 같이 위반을 했는데'였다. 실랑이를 30분 넘게 하는 민원인을 본 적도 있었다.

교차로에서 단속을 할 때면 나는 일일이 위반상황을 동영상으로 촬영했다. 위반하신 분들께 영상을 보여주면 단속하는 경찰관에게 소리를 지르거나 하는 사람이 적었기 때문이다. 현명한 선택이었다.

우리 팀은 자유로운 분위기에서 근무한다. 고참들과 얘기할 때도 어려워하며 말을 꺼내지 않는다. 김 주임님은 나를 보면 '행님이라 불러라, 알겠제' 하셨다. '최강' 3팀이라고 말하고 다니는 나는 보고서를 작성할 일이 있으면 문서 제목에 '최강'을 꼭 붙여둔다. 12시간씩 주야간 근무를 하다보면 집에서 가족들과 보내는 시간만큼 함께하게 되는 시간이 많았다. 서로가 무엇을 좋아하는지, 쉬는 날 무엇을 했는지 다 알고 있었다. 땀 흘려 운동한 사이가 빨리 친해지듯이 사건

사고 현장에서 서로 돕고 의지한 시간들이 있었기에 한 마음이 될 수 있었다.

나이가 많다고 해서 일을 안 하려는 선배들은 절대 없었다. 젊은 우리보다 더 앞장서서 순찰을 돌고 해야 할 일을 하는 모습을 보고 후배들도 더 따랐다. 선배들의 잔소리에도 순응하고 군소리 안 하는 이유도 아껴주는 마음을 알고 있기 때문이다. 회식자리에서 속에 있는 말을 털어 놓을 필요도 없이 평소에 할 일을 했다. 언제나 스스럼없이 속에 있는 말을 할 수 있는 팀이었다. 나는 내 위에 선배님들을 잘 챙기고 후배들이 서운함이 없이 조금이라도 편하게 근무할 수 있도록 중간 역할을 해야 했다. 동료들의 생일날 꼬깔콘 모자를 쓰게 하고 생일축하 노래를 부르는 이유이다. 나는 순찰3팀 분위기 메이커 황미옥 부장이니까.

현장에서 내 목숨만큼 소중한 건 동료의 생명이다. '코드 제로' 신고가 떨어지면 팀장님을 비롯하여 전 순찰차 3대가 출동해서 돕는다. 신고자는 부인이었다. 밖에 피신해 있었다. 신속히 출동해서 아주머니를 밖에서 만났다. 아저씨가 무서워 피해 계셨다. 개인적인 문제로 자주 폭행이 있었다고 했다. 아저씨와 대화를 시도해야 하는 상황이었다. 아파트 출입문이 잠겨 있었다. 대화를 시도하기 위해 김 주임님이 초인종을 눌렀다. 출동한 나와 고 반장, 유 부장은 혹시 모를 긴급한 상황을 대비하기 위해 테이저 건을 잡고 있었다. 아니나 다를까 아저씨는 아직도 화가 난 상태였고 술을 드셔서 대화가 어려웠다.

유일하게 김 주임님과 대화를 하려고 하였고 김 주임님만 집 안으로 들어오게 해주었다. 유 부장이 현장을 지키려고 출입문에 발을 끼워 넣는 순간 아저씨가 뭐하냐며 소리를 지르면서 실랑이를 하다 유

부장의 발이 모서리에 쿵 찍혔다. 겨우 진정을 시켜 대화를 이어갔다. 그 이후 나는 아파트 밖에서 아주머니와 함께 기다리고 있었다. 조금 후 신고자의 아들이 왔고 아버지와 대화를 하며 중간 수습에 나섰다.

지역경찰은 어떤 신고현장을 만나게 될지 모른 채 사건현장을 접한다. 어떤 위험이 도사리고 있는지 모르다 보니 긴급한 상황이나 아찔한 상황에서 순간의 판단이 많은 걸 좌우한다. 최전방에서 근무하는 군인들이 가장 긴장하며 근무하듯이 지구대 순찰요원들도 마찬가지다. 항상 매 순간 몸은 긴장되어 있다. 위급한 상황에서 나와 출동한 내 동료만이 나의 가장 큰 빽이다.

우리 팀은 각자 좋아하는 취미도 다르다. 팀장님은 쉬는 날이면 등산을 가신다. 낚시를 좋아하는 주임님부터 헬스장에서 몸을 만드는 후배, 글을 쓰는 나까지. 자신이 좋아하는 일을 가지는 것은 업무에도 도움이 된다. 나의 삶은 직장과 여가시간으로 완성되기 때문이다. 경찰의 삶과 함께 취미생활은 활력소가 된다. 가족과 보내는 시간도 분명 필요하다. 나 자신이 좋아하는 일을 하는 것도 나의 선택이다. 당신이 좋아하는 일로 여가시간을 채워보라. 분명 하루의 모든 면에서 행복해하는 당신을 발견하게 될 것이다.

★

여자를 버리고 경찰이 되다

경찰 15만 명 중에서 여경의 비율은 10%도 안 된다. 내가 근무하던 경찰서는 3년 전까지만 해도 여경수가 30명 정도 되었는데 지금은 두 배 이상이 늘어 70명 가까이 된다. 예전에는 지구대에 여경이 한두 명 있었는데 지금은 각 팀마다 여경을 한두 명씩 찾아 볼 수 있다. 여경의 비율이 점점 늘고 있는 추세다. 여경은 모든 고객을 만나지만 특히 여자 고객들과 함께한다. 택시에 만취한 여성 승객을 깨워 귀가시키고 유치장에 입감해야 하는 여자 유치인들도 여경들의 몫이다.

여자라서 도움을 줄 수 있는 일도 있지만 나는 되도록이면 스스로 여경이라는 이름표를 수식어로 붙이려 하지 않는다. 중앙경찰학교 졸업식에서 경찰 정복을 입고 거수경례를 할 때부터 대한민국 경찰로서 마무리하는 그날까지 최선을 다하겠다고 다짐했다. 여경이 아닌 경찰관으로서 말이다. 여경의 날인 7월 1일보다 매년 찾아오는 경찰의 날인 10월 21일이 나에게는 더 의미 있는 날이다.

제복을 벗는 그날까지 나는 대한민국 경찰이다.

경찰은 쉬운 직업이 아니다. 현직에서 제복을 입고 근무를 하고 있지만 한계를 느낄 때가 많았다. 여경으로서 배려를 바란다면 내가 근무하는 이곳이 더 열악하고 힘들게만 느껴질 게 분명하다. 12시간 주간근무는 버틸 만했지만 12시간 야간근무를 마치고 나면 파김치가 되었다. 피부는 점점 까칠해졌고 피부톤도 어두워졌다. 쉬는 날 얼굴에 팩을 해도 예전처럼 피부가 회복되지는 않았다. 무엇보다 나에게 중요한 건 보람이었다. 힘든 근무였지만 제복을 벗고 퇴근했을 때 보람은 있었다. 치매어르신을 가족의 품으로 돌려 보냈다고 생각하면 퇴근하고 집으로 돌아가는 발걸음이 가벼웠다. 경찰관으로서 내가 해야 할 일을 하며 충실히 보낸 하루가 나에게는 보상 그 자체였다. 술에 심하게 취한 분을 만나도 예전과 달리 인내심이 많이 늘었다. 제복을 입고 지낸 세월만큼 수많은 사람을 만나면서 말도 늘었고 사람을 대하는 능력도 발전했다.

새벽에 순찰을 도는데 갑자기 택시 운전기사분이 창문을 내리더니 도와달라고 소리치셨다. 소리를 지르셔서 큰일이 있는 줄 알고 깜짝 놀라서 순찰차를 옆에 재빨리 정차하고 내려서 보니, 손님이 술에 많이 취해 있었다. 집을 잘 찾지 못하고 계셨다. 아주머니가 택시를 운전하셨는데 손님은 앞좌석에 타고 있었다. 경찰인 우리를 본 순간부터 온갖 시비를 하셨다. 실랑이 끝에 택시 기사분은 돈을 받고 가셨다. 그때부터 본격적인 술주정이 시작되었다. 순찰차 운전석 문을 열고 승차하려고도 하고 욕설도 이어졌다. 한참을 원망하시더니 목 놓아 우셨다.

"너네가 내 마음을 알아…? 아냐고."

집에서 속상한 일이 있으신 모양이다. 술에 취하신 분들은 경찰관의 마음을 알까? 술에 취했다는 이유만으로 화풀이 대상이 되는 현실이 안타까웠다. 그렇다고 처벌이 능사는 아니었다. 술은 미워해도 사람은 미워하지 말아야 한다. 술 취하신 택시 승객을 달래서 집으로 귀가시켰다. 순찰차 한 대에 2명의 경찰관이 근무한다. 나는 남자경찰관의 보조를 받는 경찰이 아니라 다른 동료에게도 도움을 주는 한 사람의 경찰관이라는 마인드를 항상 가지고 있다.

내 마음이 아무리 굳건하다고 해도 우리 팀장님은 나를 배려해 주셨다. 선후배들도 내 걱정을 해주었다. 다툼이 심한 폭행 현장에 신고를 받게 되면 무전으로 들려온다. 'J 2호도 현장에 지원 가보세요'라며 지구대에서 순찰차 한 대를 더 보내 주었다. 매일 체력을 유지하기 위해 운동을 하고, 야간근무 때는 낮잠을 필수적으로 자준다. 사람인지라 새벽 4시가 넘으면 잠이 오기 마련이다. 그 시간을 버티려면 운동과 낮잠은 꼭 지켜줘야 한다.

경찰은 제복을 입는 그날까지 누군가를 돕는 마음을 간직해야 하는 직업이다. 모든 경찰관에게는 돕는 마음이 있다. 머리로 생각하기 이전에 몸이 먼저 움직인다. 위급한 상황에서 순간의 판단이 모든 것을 좌우한다는 것을 안다. 현장에서 고참의 판단을 따르는 이유도 그들이 오랜 경험으로 더 나은 판단을 한다는 것을 알기 때문이다.

첫 번째 원칙은 '내 가족처럼'이다. 신고출동을 가면 '내 가족처럼'이라는 마음가짐은 어려운 문제도 쉽게 풀어준다. 한마디라도 부드럽게 하게 되고 짜증도 덜 난다. 쉬는 날, 근무하는 경찰관을 만나면 새삼 반갑다. 무슨 근무를 하는지 알고 있기 때문에 더 마음이 간다. '수고하십니다' 하면서 인사를 건넨다. 씩 웃으면서 지나간다. 그들의 모습을 통해 가끔은 내 모습을 보기도 한다.

출근해서 가장 설레는 일은 오늘 누구를 만날지 모른다는 사실이다. 지구대는 4교대 근무 체계다. 2개 팀이 하루에 주야 근무를 맞교대한다. 이틀 일하고 이틀 쉬는 셈이다. 일하는 날은 삶의 이야기 속으로 들어가는 시간이다. 어떤 새로운 일상이 나를 기다릴지 기대감을 갖고 간다. 새삼 모든 게 새롭다. 뜻하지 않은 일들이 나를 기다리고 있다. 동료의 특진 소식이 내 일처럼 기뻤던 적도 있었고, 동료의 사망소식에 내 가족이 떠난 것처럼 마음이 저려 올 때도 있었다 평범한 일상이 매일 새롭게 와 닿았던 것은 내가 그렇게 하기로 마음을 먹었기 때문이다. 여경이 아닌 경찰관으로 살아가겠다고 마음먹었던 것처럼 말이다.

10년 전 중앙경찰학교 교육생 시절, G지구대에서 실습을 한 적이 있었다. 체육대회가 있었던 날이었다. 운동장에서 분필 가루가 든 작은 기계로 선을 그으며 운동장을 뛰어다녔다. 예비순경답게 인사도 크게 하고 씩씩했다. 누가 봐도 나는 여경이 아닌 듬직한 순경이었다.

경찰이 아닌 여자가 되고 싶은 적도 있었다. 새벽에 너무 잠이 오거나 체력의 한계를 느낄 때면 그냥 여경이고 싶은 때도 있었다. 팀원들의 배려에 익숙해져 나도 모르는 사이에 배려받고 있는 것이 당연하다고 생각했는지도 모르겠다. 그럴 때마다 일침을 놓는 순간이 찾아왔다. 점점 게을러지는 나를 발견한 것이다.

우리 팀 선배님 한 분은 야간근무가 할 만하다고 하셨다. 집에 가면 바로 잘 수 있어서 오후가 되면 회복이 된다고. 아직까지는 야간도 버틸 만하다는 말에 나는 공감이 가지 않았다. 아이를 키우는 엄마는 퇴근 후에 아이를 혼자 두고 잘 수가 없다. 육아와 경찰관으로서의 근무가 연이어져 오는 피로감 때문에 배려받고 싶을 때도 있었다. 그때마다 구세주처럼 나타나 챙겨주는 남편과 시어머니 덕분에 마음을 고쳐먹고 다시 일어설 수 있었다. 직장을 다니며 아이를 키우는 엄마들을 대표하여 여자경찰이 아닌 경찰이 되어야 한다.

여자가 아닌 경찰이 되기까지 많은 도움을 준 건 다름 아닌 글 쓰는 시간이었다. J지구대 순찰팀에 근무를 시작하게 된 1월부터 두 번째 책을 쓰고 있었다. 퇴근 후에 바로 잠을 자지 않고 컴퓨터 앞에 앉아 타자기를 두드렸던 수많은 시간들이 있었다. 글을 구상하기 위해 하얀 A4 용지에 적어 두었던 에피소드들. 남편이나 동료에게 하지 못하는 이야기나 감정도 모두 글로 풀었다. 글을 적는다고 해서 변하는 건 없었다. 오직 내 마음만이 변했다. 글을 적는 행위는 내 행동을 돌아보는 작업이다. 나에게 일어났던 일을 글로 쓰면서 깨달음을 얻었다. 자기성찰을 통한 반성은 나를 성장하게 해주었다. 방향이 잘 잡힌 경찰관의 길을 걸을 수 있도록 도와주었다.

여자경찰이 아닌 경찰이 되고자 하는 것은 나의 선택이다. 동료들에게 배려를 받으면서 여경으로 지내는 것도 나쁘진 않다. 안락한 생활을 벗어나 경찰관 한 개인으로서 우뚝 서는 길은 외롭고 희생이 따른다. 특히 여자는 더 그렇다. 나보다 덩치 큰 남자를 상대해야 한다. 어쩔 때는 위험한 상황에서 빠른 판단력까지 필요하다. 우리들의 삶은 태어나서부터 죽을 때까지 선택을 하며 산다. Birth와 Death 사이에서 Choice를 한다.

내 별명은 열정글로벌 캅이다. 아무리 힘이 들어도 나는 경찰의 길을 가고자 한다. 도움을 받는 사람이 되기보다 동료에게 도움을 주는 존재이고 싶다. 신임경찰관일 때 운전이 서툴러서 중고차를 사서 쉬는 날마다 하루 종일 운전만 했던 그 열정처럼 J동에 사는 주민들에게 도움이 되는 경찰이고자 한다. J지구대에서 함께 근무하는 동료들에게 폐가 아닌 도움이 되는 사람이고 싶다. 제복을 벗는 그날까지 내가 원하는 경찰의 삶을 이어가고 싶다. 당신이 근무하는 곳에서 당신은 여자이고 싶은가? 아니면 남성들과 똑같은 존재로 대우를 받기를 원하는가? 당신의 선택에 따라 동료의 대우도 달라질 것이다. 오늘의 선택이 모든 것을 좌우한다. 당신은 어떤 선택을 할 것인가.

J지구대는 내가 지킨다

나는 황 부장으로 불린다. 경사는 부장, 순경과 경장은 반장으로 통한다. 경위는 주임이다. 우리 팀에서 나는 분위기 메이커다. 내가 조용히 있는 날은 삐친 줄 알고 내 눈치를 본다. 나는 입을 항상 열고, 입꼬리를 올린 상태로 있어야 한다. 아니면 사람들을 걱정시키기 때문이다. 후배들에게 솔선수범하는 선배가 되고자 한다. 성과보고서든 뭐든 해야 할 일이 있으면 후배를 시키기보다 스스로 하려는 이유다.

특히 청소는 기본이라고 생각한다. 우리 팀 막내가 실습을 마치고 중앙경찰학교를 졸업했다. 실습받던 우리 팀에 정식 발령을 받게 되었다. 실습생에서 정식 직원이 되었다. 지구대에서는 5시 상황근무자가 보통 청소를 한다. 그날 막내가 근무였는데 밖에서 근무를 마치고 돌아오니 쓰레기통도 비워 있지 않고 청소가 되어 있지 않았다. 막내에게 청소를 해야 한다고 얘기를 시작하자. 이런 말이 오고갔다.

"꼭 청소를 해야 합니까? 청소하시는 아주머니가 계신데 말입니다."

순간 버럭하려는 마음을 바로 잡고는 말을 이어갔다.

"니 일 잘하나?"

"아니요."

"니가 열심히 근무하고 있다는 걸 어떻게 증명할 건데? 신임의 기본은 청소다. 나는 11년째 청소 중이다. 니가 우리 팀에 있는 한 나는 청소 습관을 길러줄 생각이다."

"네, 알겠습니다. 부장님."

고참들은 일 잘하는 사람보다 자기가 하는 일에 최선을 다하는 모습, 사무실 정리도 하고 청소도 하는 후배를 아껴준다. 나는 신임 순경이 아니지만 11년이 지나고 보니 내가 챙겨야 하는 후배가 둘이나 생겼다. 나와 함께 일하는 동료가 기본을 아는 사람이길 바란다.

CEO 마인드를 가져야 한다. 내가 근무하는 지구대에서는 지구대장 마인드를 가진다. 순찰을 돌 때도 민원인을 대할 때도 직원이 아닌 대장 마인드를 가지면 생각도 커지고 화가 나는 일도 자제력을 가지게 된다.

이른 아침이었다. 밤새 근무하고 112 신고가 들어왔다. J 3동에서 자신의 차가 없어졌다는 신고였다. 평일 아침 출근시간인데도 아직도 술이 깨지 않은 상태였다. 자신이 왜 여기에 서 있는지 몰랐다. 친구와 서면에서 술을 먹고 차를 타고 온 것 같다는 말만 반복해서 했다. 친구의 이름도 친구의 차 번호도 모르고 알고 있는 정보가 하나도 없었다.

도로가 옆에서 술에 취한 사람과 대화가 잘되지도 않고 위험하다는 판단에 일단 동의를 구해 지구대로 데리고 왔다. 휴대폰 배터리가 없다며 충전을 해달라고 했다. 그 이후부터 말꼬리를 잡기 시작했다. 술은 어디서 먹었느냐, 내 친구는 어디에 있느냐. 젊은 친구는 소리를 지르고 행패를 부렸다. 자제력을 가진 황 부장은 그럼에도 불구하고 지구대장 마인드로 술이 어느 정도 깬 상태에서 귀가조치시켰다.

지구대에서 근무하다 보면 하루에 찾아오는 민원인이 꽤 많다. 주간에는 불편에 대한 민원을 넣거나 상담을 하러 오는 분들이 많다면 야간에는 거의 모두가 사건사고와 관련된 112 신고다. 특히 주취 신고가 많은 건수를 차지한다. 왕복 10차선 도로가에 위치해 있는 터라 지구대를 가장 많이 찾는 손님은 택시기사분이다. 술에 취해 손님이 잠들어 버렸다며 도움을 요청한다. 깨우면 바로 가는 경우는 드물다. 대부분 시비로 이어진다. 택시기사님들이 지구대로 데려다 주신 주취고객님들은 우리의 고객이 된다. 지구대를 찾아오는 택시기사님들도 지구대 고객이기 때문이다.

조용한 새벽이었다. 해가 뜨기 전, 지구대 앞 도로가에도 차가 아직 몇 대 다니지 않을 정도로 조용했다. 택시 한 대가 지구대 앞에 섰다. 택시 뒷좌석에서 여학생 두 명이 자고 있었다. 팀장님과 내가 상황근무를 서고 있었다. 한 명은 지구대 안을 지켜야 했다. 걸려오는 전화나 무전을 들어야 했기 때문이다.

택시 뒷좌석에 곤히 자고 있는 두 명을 확인하고 문을 열어 어깨를 흔들어 깨웠다. 야무지게 깨워도 도통 일어날 생각이 없었다. 한참을 깨운 후에야 한 명이 속이 불편한지 입에 손을 갖다 댄다. 택시 기사님은 첫 손님이라며 차 안에 실수를 할까 봐 불안해했다. 부축해서 택시에 내리자마자 바닥에 실례를 했다.

옆에서 자고 있던 친구 한 명이 갑자기 차 문을 열더니 인도 밑으로 뛰었다. 위험하다는 직감이 왔다. 구토하던 학생을 옆에 앉히고는 소리를 질렀다. "팀장님 이 학생 보고 있으세요" 팀장님은 지구대 문을 열어둔 채 앞에 서서 학생을 주시하고 귀는 무전기 소리에 가 계셨다. 나는 곧바로 한 손으로 무전기 키를 잡고 뛰면서 J2호 순찰차를 불렀다. 전력질주를 해서 뛰었다. 술이 많이 취해보였는데 어찌나

빨리 뛰는지 두 블록이 지난 다음에야 뛰는 걸 멈추게 할 수 있었다. 왜 뛰는지 물으니 자기도 모르겠다고 했다. 술이 취해 그랬다는 말만 했다. 다시 무전기를 잡고 현재 있는 장소로 순찰차를 다시 불러 상황이 종료되었다. 한 명은 집에 태워주고 한 명은 친오빠에게 인계해 주었다. 여성고객님들의 안전은 내가 지킨다!

지구대 상황근무자는 정신을 바짝 차리고 있어야 한다. 신고가 많이 들어올 때는 어느 차가 어디에 신고를 갔는지 파악을 하고 있어야 다음 신고가 올 때 올바른 순찰차를 지정해 줄 수 있다. 지구대로 걸려오는 민원 전화도 응대해야 하고, 습득물 신고를 하러 찾아오는 방문 민원인도 응대해야 한다. 두 명이서 이 모든 걸 처리해내야 한다.

가끔은 현장에서 처벌해야 하는 사람들을 지구대로 데리고 오기도 한다. 한쪽에서는 조서를 받고 보고서를 만든다. 시끄럽게 소리를 지르기도 하고 욕설도 오고간다. 그와 상관없이 상황근무자는 정신을 차리고 자기 업무를 해야 한다. 살면서 평생 지구대나 경찰서 출입을 한 번도 해보지 않은 사람도 많다. 반면에 내 집 들락거리듯이 자주 오는 사람들도 있다. 단골 고객님들의 특징은 절대 말을 높이지 않는다는 것이다. 특히 여자라고 나에게는 더 말을 낮췄다.

지역경찰은 현장에서 근무하는 사람이다. 위급한 상황에서는 119 구급대원이 올 때까지 심폐소생술도 해야 하고 범인이 도망가면 끝까지 따라가 잡아야 한다. 체력은 필수다. 흉기를 든 사람을 제압하려면 호신술도 익혀두면 도움이 된다. 칼이나 망치 같은 흉기를 들고 있는 범인을 제압하기 위해서는 총이나 테이저 건 같은 경찰 장구를 잘 사용할 줄 알아야 한다. 제일 중요한 건 매번 바뀌는 현장 상황에서의 대처 능력이다. 아무리 잘하고 싶어도 하루아침에 되지 않는 기술이다. 신참과 고참이 다른 이유이자 고참이 현장에서 빛이 나는 이유다. 20년 넘게 현장 경험이 있는 선배들은 일사천리로 움직인다. 현장마다 선배들의 대처 능력을 하나하나 보고 익힌다. 이때 지구대장 마인드를 발휘하는 것이 좋다. 신임 순경 마인드를 넘어서 지구대장 마인드는 매 상황을 유심히 관찰하게 된다. 다음번 현장에서는 내가 이렇게 해야 한다고 생각하기 때문이다. 신임 순경과 전혀 다른 관점이다. 넓은 시야를 가지게 해준다.

평소에 운동하고 체력관리를 해주어야 야간근무 때, 특히 새벽에 버틸 수 있다. 법 공부도 계속해야 한다. 새로 나오는 판례를 숙지하고 있어야 민원인과 상담이 가능하다. 경찰 장구를 잘 사용할 줄 알아야 내 몸도 지키고 위험한 상황에서도 동료를 지킬 수 있다. 경찰관도 자기관리가 필수인 시대다.

지구대 방문 민원인 중 가장 반기는 손님이 있다. 바로 꼬마 손님들이다. 가끔씩 세 살도 안 된 아이들을 데리고 부모님이 지구대를 방문하신다. 아장아장 걷는 모습이 너무 귀여워 문 앞에까지 나가 마중을 한다. 아이들 지문 등록하러 지구대에 오신다. 특히 남자아이들은 한자리에 앉아 있기를 힘들어한다. 지문등록까지는 잘 마치더라도 사진을 찍을 때는 요리조리 움직여서 여러 번을 찍어야 성공한다. 나도 아이를 키우는 엄마로서 지문 등록하는 내내 사랑스러운 눈빛으로 아이와 눈을 맞추고 지구대에서 최대한 편안하게 있을 수 있게 해준다. 아이가 어려서 기억하지 못하겠지만 경찰관서에 방문한 따뜻한 추억이 되어주고 싶다.

한 번은 초등학생 남자 아이 두 명과 어머니 한 분이 지구대를 찾아오셨다. 어머니께서 아이들이 장래의 꿈이 경찰이라고 했다. 몇 가지 인터뷰해갈 게 있다며 답변해 줄 수 있는지 물었다. 5가지 정도의 질문에 성심성의껏 답변해주었다. 아이들은 공책에 내가 하는 말을 받아 적고 있었다. 학교 숙제였던 모양이다. 수줍어하는 아이들에게 정말로 경찰이 꿈이 맞는지 물으니 고개를 끄덕인다. 커서 꼭 이모랑 같이 근무하자고 말하니 또 고개를 끄덕인다. 나는 그 반장, 아이들과 함께 지구대 앞에서 추억으로 사진 한 장을 남겼다. 그 아이가 꿈을 꼭 이루길 마음속으로 빌었다.

지구대는 두 번째 집이다. 가족들과 보내는 시간만큼 많은 시간을 지구대에서 보낸다. 제복을 입고 사람을 만나는 직업이다. 만나는 사람을 내가 정할 수는 없다. 매일 만나는 사람이 다르다. 내가 선택할 수 있는 것은 태도이다. 어떤 마음가짐으로 하루를 보낼지는 선택할 수 있다. 제복을 입는 사람의 마음가짐은 달라야 한다. 내가 만나는 사람보다는 넓어야 한다. 만나는 사람을 통해서 나를 본다. 내가 얼마나 속이 좁고 부족한 사람인지 말이다. 당신이 만나는 사람을 통해 자신을 돌아보라. 3명이 길을 걸어가면 한 명에게는 꼭 배울 점이 있다고 했다. 당신이 오늘 만날 사람 중에 반드시 배울 만한 사람이 있을 것이다. 그를 통해서 자신을 찾고 성장하라.

한 번 고객은 영원한 고객

사용한 근무수첩은 버리지 않는다. 다 쓴 근무수첩은 차곡차곡 모아둔다. 언제 필요할지 모르기 때문이다. 매번 새로운 근무수첩으로 바꿀 때마다 A4용지 반을 접어둔 종이를 옮긴다. 특히 야간근무 중에는 꼭 필요한 정보다. 단골 고객님들의 정보를 적어둔 메모지이다.

술에 만취해서 상습적으로 집을 못 찾아 가는 고객들은 안전하게 가족이 있는 집까지 모셔다 드려야 한다. 매번 신분증도 없고 그때마다 지구대에서 보호하기도 힘든 상황이 많았다. 5번 이상 자주 오는 고객을 기준으로 적어두었다. 김 할아버지는 주요 단골 고객이다. 알콜 중독일 정도로 매일 같이 술을 드신다. 아주머니가 일을 가셔서 하루에 용돈을 주시는데 모두 소주 사는 데 쓰신다. 정상적인 생활이 힘들 정도다. 처음에는 술에 취해 자고 있다는 신고가 대부분이었는데 사모님이 돈을 안 주신 이후부터는 술을 먹기 위해서 돈을 훔치기 시작했다. 자동차 문이 안 잠긴 차를 열어서 훔친 동전으로 술을 사 먹었다. 그 정도로 하루라도 술을 먹지 않으면 안 되었다. 어렵게 찾아온 집 아파트 입구에서 경비 아저씨가 김 할아버지를 알아보셨다.

"이 아저씨, 맨날 순찰차 타고 실려 옵니데이."

사모님께 알콜 중독 상담을 받아보라고 권해드렸지만 아저씨가 안 가려고 한다며 시도해볼 생각도 하지 않으셨다. 매번 말씀드려도 소용없었다. 술이 좀 덜 취하신 날은 할아버지는 나한테 '가씨나' 하면서 목소리를 높이실 때도 있었다. 아무리 술을 드셔도 J동 내 일터에서 만나는 고객임은 변함없었다.

관내 병원에서 신고가 들어왔다. 신고를 받고 가면 보통 피해자보다 가해자가 경찰을 힘들게 한다. 그러나 이번은 달랐다. 여자 분이 모르는 사람으로부터 추행을 당했다는 신고였는데 현장으로 출동해서 얘기를 들어보니 병원 출입문 앞에서 환자복을 입은 사람이 자신에게 이야기를 건네고 손을 앞으로 뻗었다고 했다. CCTV상으로 확인되지는 않았지만 전체적인 상황을 종합해 보니 신빙성은 있어 보였다. 동의를 구해 지구대에 왔다. 피해조서에 불필요한 개인적인 사연을 넣어달라며 실랑이를 하였다. 같은 여자로서 그 마음을 헤아려주려고 애를 쓰다 보니 4시간이 훌쩍 지났다. 고객 스타일에 맞게 프로답게 대처해야 한다.

고객 만족 시대다. 고객의 만족을 넘어 감동을 전해줘야 하는 시대다. 싫든 좋든 우리의 단골 고객님들은 다루기 힘든 상대임은 틀림없다. 속에서 천불이 나도 참아야 한다. 이때 '가족 마인드'는 힘든 상황을 전환시킨다. 내 가족이라고 생각하면 말 한마디라도 부드럽게 나온다. '넛지 이론'처럼 조금 부드럽게 말하고 행동하는 것 자체가 실제로 도움이 된다.

고객은 두 종류다. 외부와 내부. 외부 고객이 핵심이다. 만나는 주민들의 불편사항이나 요구사항에 경청하고 관심을 갖는 것이 경찰관이 해야 하는 일이다. 순찰을 돌다가도 차를 불러 세우며 상담을 요구할 때도 있다. 예를 들어 저녁만 되면 앞집에서 너무 시끄럽다며 순찰을 좀 돌아 달라고 하거나 밤길에 혼자 걷기 무섭다며 원룸에 혼자

사는 대학생은 여자 경찰관과 동행을 요청하기도 한다.

내부 고객인 경찰관의 만족과 성장 또한 신경 써야 한다. 경찰서에서 법률이나 경찰 장구 교육을 하는 이유이다. 내부, 외부 고객에게 필요한 것은 시간이다. 주민들과 친해지고 소통하기 위해서는 자주 인사하고 순찰을 돌면서 이야기를 건네야 한다. 마음이 통해야 힘든 점을 얘기하기도 쉽고 경찰관을 어렵게 느끼지 않고 자주 찾게 된다. 가족처럼 지구대에서 함께 근무하는 동료인 내부 고객도 마찬가지다. 쉬는 날 무엇을 즐겨하는지 관심을 갖고 이야기를 나누어야 친해질 수 있다.

무엇이든 평소에 잘해야 한다. 지금 같이 근무하는 팀이 평생 함께 할 팀은 아니다. 습관이라는 게 참 무섭다. 지금 팀원들에게도 평소에 잘 못하는 사람은 팀이 바뀌어도 잘할 확률이 낮다. 내 주변을 챙기는 건 어려운 숙제다. 누구나 마음은 갖고 있지만 실천하기 어렵다. 생전 연락 안 하다가 필요할 때 전화 오는 사람을 우리는 달가워하지 않는다. 그런 사람이 되지 않으려면 나와 인연이 된 동료를 챙기는 습관부터 들여야 한다. 태도와 습관의 문제이다. 지금까지 7번 정도 부서를 옮겼지만 함께 근무했던 동료들을 챙겨왔다. 경조사는 물론이고 안부전화도 한다. 나는 내 일정표에 전화 1통을 꼭 적어둔다. 사람을 챙기는 방법이다. 평소에 안부를 묻고 평소에 실천해야 한다. 나에게 찾아온 인연은 소중하게 여긴다. 매년 1월이 되면 감사한 분께 연하장으로 안부를 묻는다. 현장에서 영원한 내 빽이 될 동료에게 평소에 잘하자. 위험한 순간이 예고 없이 찾아오듯이 사람의 인연도 예고 없이 찾아온다. 내 사람이라고 알아차리는 사람만이 고객을 알아본다. 가까이 있는 영원한 내 고객을 놓치지 말자.

어린 남학생이 있었다. 신고현장에서 만난 아이였다. 아빠가 아이를 거의 전적으로 키우고 있었다. 가정 문제로 집안이 시끄러웠다. 아이는 겨우 초등학교 저학년이었다. 아이의 아빠가 남자 한 명을 때린 것이었다. 지구대에 와서도 아이가 있는 앞에서도 부모는 서슴없이 욕을 했다. 아이가 무엇을 보고 자랄지 걱정이 되었다. 나는 내 휴대폰을 꺼내 이어폰을 끼워 노래를 틀고는 아이의 귀에 대주었다. 아이가 욕설과 대화내용을 듣지 않기를 바라는 마음에서였다. 아이에게 얼마나 상처가 되겠냐며 말을 가려가며 해달라고 해도 화가 난 아이의 부모는 말이 통하지 않았다.

사건이 마무리되고 아이와 엄마를 집에 데려다 주었다. 불안해하는 아이에게 내 개인 휴대폰번호를 주었다. 혹시 무슨 일이 있으면 바로 연락하라고 했다. 한두 시간쯤 지났을까 새벽에 휴대폰으로 아이에게 전화가 걸려왔다. 폭행을 당한 남자분이 집 앞에서 안 가고 있다고 했다. 밖에서 담배를 피우고 있는 아저씨를 만났다. 아이가 불안해하고 있는 상황이었다. 동네 사람들 다 깬다고 설득한 끝에 집으로 돌려보낼 수 있었다. 아이에게 문자를 보냈다. 안심하고 잘 자라고 했다. 가끔 순찰 돌다가 태권도 도복을 입고 지나가는 아이의 모습을 본다. 어린이는 밝아야 한다. 해맑게 웃는 그 아이의 모습이 새삼 떠오른다.

해운대 중1 치안센터에서 거점근무를 서고 있을 때의 일이었다. 하얀 금발 머리의 외국인이 방문했다. 해운대 바닷가에서 여권이 든 가방을 잃어버렸다는 내용이었다. 피해품이 무엇인지 꼼꼼하게 묻고, 잃어버린 장소와 기타 필요한 내용을 물었다. 설날 당일이었다. 명절이라서 영사관은 전화를 받지 않아 여권 재발급 신청을 할 수 없는 상황이었다. 체크카드도 같이 없어졌다고 했다. 당장 오늘 묵을 곳이 없다고 했다. 돈도 한 푼도 없다며 한숨을 내쉬며 걱정하는 모습이 역력했다. 중동 지구대에 연락하여 절도 신고가 될 수 있도록 조치를 했다. 외국인 관광객이 대사관과 은행 업무를 볼 때까지 이틀 정도 묵을 곳을 알아봐야 했다. 한국말도 못하는 외국인을 그냥 그대로 돌려보낼 수는 없는 일이었다. 보호소에 연락해 봤지만 마땅히 지낼 곳이 없었다.

여러 차례 시도 끝에 모 기관에서 허락을 해주셨다. 통역이 필요할 때는 언제든지 연락을 해도 된다는 조건이었다. 외국인에게 거처를 마련했다고 설명을 드리고 순찰차를 타고 동행했다. 보호소에서 지낼 동안 지켜야 할 규칙을 설명해 드린 뒤에 나의 임무를 마칠 수 있었다. 연휴 기간 동안 쉬는 날 전화가 여러 번 왔지만 한 번 고객은 영원한 고객이었다. 그 이후 해운대에서 근무 중에 바닷가에서 그녀를 다시 만났다. 서로 웃고 지나갈 뿐이었다.

직장에서 월급을 받는 이유는 내가 해야 할 일을 하기 때문이다. 경찰은 주민들이 필요할 때 돕는 사람이다. J지구대 순찰요원은 J동 주민을 위해 일한다. J동에서 일어난 일은 뭐든 돕는다. 나에게 찾아온 고객에게 최상의 서비스로 대해주는 것이 프로경찰이다. 고객을 짜증으로 여길 것인가 최고의 서비스로 보답할 것인가는 온전히 나의 선택이다. 나의 선택에 따라 내가 보내는 하루도 달라질 것이다. 짜증으로 여긴다면 모든 일이 잘 풀리지 않을 것이다. 내가 해야 할 일이라고 받아들이고 한 분, 한 분 소중히 여긴다면 고객도 그 마음을 분명 느낄 것이다. 상대하기 어려운 주취 고객님들도 내 고객이다. 저마다 다 사연이 있다. 술을 먹는 이유도 있다. 나에게도 그분들을 잘 대해줘야 할 의무가 있다. 당신에게 찾아온 고객은 영원한 고객이다. 잘 대해주고 친절해야 한다. 소홀히 하는 순간 그 고객은 달아날 것이다. 성심성의껏 열과 성을 다해야 마음은 통하는 법이다. 영원함은 내 마음에서 출발한다. 그것 또한 내 선택일 뿐이다.

★

밥보다 신고출동

지구대에서 가장 시끄러운 소리는 무전기 소리다. 하루 내내 무전기에서 소리가 나온다. 무전기 소리가 나기 전에 스피커를 통해 신호음이 울린다. 띠리리디. 신고가 들어왔다는 신호다. 상황실 직원이 무전기를 통해 지령을 내린다. 지구대에서 근무하는 직원은 무엇을 하든 무전에 따라 몸이 반응한다. 벌써 컴퓨터 마우스에 손이 올려져 있다. 무슨 신고인지, 어느 순찰차가 출동해야 하는지 살펴보려고 눈이 컴퓨터 모니터에 가 있다. 모든 신경은 112신고 사건에 가 있다 보니 지구대용 유선 무전기에서 멀리 떨어져 있으면 입고 있는 조끼에 손을 갖다 대고 휴대용 무전기를 사용해 대답한다. 그만큼 지구대 순찰요원에게 있어 무전기는 생명과도 같다.

우리 팀은 보통 점심을 11시에 먹었다. 처음 발령받아 올 때부터 그랬다. 하루 12시간 근무 중에 출근한 지 3시간 만에 점심을 먹어야 했다. 그러고 나서 저녁 9시가 될 때까지 밥을 먹지 않았다. 12시 전에 점심을 먹는 건 덜 바쁠 때 먹기 위한 것이었다. 식당은 점심시간이 되면 손님이 많다. 순찰차 한 대가 다 먹으면 한 대가 가는 식으로 먹었다.

11시에 점심을 먹으니 오후 4시만 되면 출출해졌다. '입이 궁금하지 않냐'고 그때부터 직원들에게 물었다. 오후 5시 전에 먹는 간식은 퇴근시간까지 버티게 해주었다. 가끔 핫도그나 토스트를 사먹는다. 어제도 출출했던 나는 토스트를 사왔다. 결국 7명은 제시간에 먹었다. 먹을 때만 되면 팀장님은 누군가를 찾으신다 '뚱땡이 어디 갔노?' 콜라를 좋아하는 김 주임님의 별명이 뚱땡이다. 나도 모르게 세뇌되어, 고참을 두고 '뚱땡이 좀 전에 여기 계셨는데'라고 대답했다. 순찰차 한 대는 저녁 7시가 넘어서야 토스트를 먹을 수 있었다. 다 식은 토스트인데도 맛있다고 했다. 집에서 없어진 강아지 두 마리를 찾느라고 배가 고팠던지 아주 맛있게 먹으셨다. 다행히 강아지들을 찾았다. 제복 입은 두 명의 경찰관이 지구대에 들어왔는데 뒤에서 아우라가 비쳤다. 나는 활짝 웃으며 엄지척을 해드렸다. 우리 팀은 그날 퇴근할 때까지 토스트 하나로 하루를 버텼다.

식사는 지구대 근처 식당 한곳에 가서 먹는다. 공장 주변에 위치해 있다. 순찰차를 주차하고 계단을 내려가면 지하가 나온다. 같은 건물에 빵 공장이 있어 지하로 내려갈 때마다 빵 냄새가 진동한다. 음미하면서 내려갔다. 한 날은 빵 냄새가 나질 않았다. 괜히 서운했다. 왜 빵을 안 만드는지 궁금해졌다.

지하로 내려가 입구에 들어서면 한편에 카운터가 있다. 책상 위에 여러 개의 작은 수첩들이 놓여 있다. 그중에서 'J 3팀'이 적힌 수첩을 꺼냈다. 사람 이름과 날짜를 함께 적고 차례대로 줄을 서서 뷔페 식으로 먹을 만큼 밥을 덜어 먹었다. 우리 말고는 주변에서 일하시는 분들이 대부분이다. 채소는 항상 나오고 생선이나 고기도 바뀌어가며 나왔다. 밥을 먹으면서도 무전기 소리에 역시 귀를 기울였다. 주변에 식사하시는 분들이 무전기 소리로 방해가 되지 않게 소리를 조절했다.

출근한 지 3시간밖에 되지 않았을 때 먹는 밥이지만 밥은 늘 맛있었다. 밥 먹는 속도도 빠르다. 10분을 넘기지 않는다. 일종의 직업병이다. 밥 빨리 먹는 습관이 몸에 배어 있다. 아무리 빨리 먹어도 내가 항상 제일 늦다. 지금은 밥 먹는 양이 늘었지만 처음에는 먹는 속도에 맞추기가 힘들어 일부러 밥을 적게 먹었다. 적게 먹어야 선배들과 먹는 속도가 비슷했다. 군대도 아니고 누가 시킨 것도 아닌데 하나같이 모두 빨리 식사를 끝냈다. 일요일은 우리가 가는 식당 문이 닫는 날이다. 일요일 주간근무 날은 다른 곳에서 랜덤으로 밥을 사 먹어야 한다. 한 날은 중국집에서 자장면을 먹으려고 주문했다. 자장면을 비비고 있었는데 무전소리가 들렸다. 두 모금 정도 먹었을까 무전에서 앞에 들어왔던 신고와 동일 건이라며, 둘 다 J 3호 순찰차가 처리한다는 소리가 들렸다. 그제야 편안한 마음으로 자장면을 먹기 시작했다. 아니면 두 입 먹고 일어서야 할 상황이었다. 아직까지 자장면을 먹다 말고 신고 나간 적은 없다. 다행이다.

식당이 문을 닫는 일요일이면 우리 팀은 돼지국밥집에 자주 간다. 음식 대기 시간도 적고 가격이 그렇게 비싸지도 않다. 지구대에서 걸어갈 정도로 가까이에 두 곳이나 있다. 한 집은 지하도를 내려가 길을 건너가야 하고 한 집은 지구대에서 밑으로 조금 내려가면 있다. 당연히 지구대 바로 밑에 있는 곳에 자주 갔다. 순찰차 근무자가 밥을 먹으면 가까운 거리라도 순찰차를 꼭 타고 간다. 걷기 싫어서가 아니라 급한 신고가 들어오면 식당에서 현장으로 바로 출동을 가야 하기 때문이다. 급한 신고는 1분도 아껴야 한다. 문제는 그런 신고가 언제 들어올지 모른다는 사실이다. 대낮에도 코드 제로 신고가 들어온다. 위험은 예고 없이 찾아온다. 나는 개인적으로 돼지국밥을 별로 좋아하지 않는다. 지구대에서 1년 가까이 근무하면서 평생 먹을 돼지국밥보다 더 많이 먹은 것 같다. 점심도 다 같이 먹은 적이 없다. 바쁘다 보면 식사 시간을 놓치기도 한다.

식사시간이 규칙적이면 좋겠지만 직업 특성상 규칙적일 수가 없다. 그날 들어오는 신고에 따라 식사시간이 정해진다. 하루 업무 중에 가장 중요한 우선순위는 신고출동이다. 지구대 안에 들어오면 정면에 보이는 이미지가 있다. 신속하게 달리는 순찰차의 모습이다. 경찰을 찾는 주민의 신고에 즉시 응답하는 것이 경찰이 존재하는 이유이다.

신고가 들어오면 순찰차 모니터에 신고내용이 찍힌다. 가야 할 현장을 내비게이션이 안내해준다. 특별한 상황이 있으면 상황실에서 무전으로 추가 내용을 전달해준다. 신고 출동을 가면서 조수석에 앉은 사람은 신고자에게 전화를 걸어 통화를 시도한다. 현장에 도착하면 경찰 PDA를 챙기고 근무모를 쓰고 순찰차에서 내린다. 순찰차 시동을 끄고 문을 잠그는 것은 필수다. 신고자로부터 피해내용을 청취하고 가해자가 있는 상황이면 피해자와 가해자를 분리해서 따로 이야기를 듣는다.

어떤 날은 도로가에 하수구가 터졌는데 주차된 차량이 파손했는지를 확인하기 위해 CCTV를 확인해야 했다. CCTV 내용물을 두 시간 이상 봐야 했다. 해당 공문을 들고 구청 관제 센터로 이동했다. 관제 센터에는 경찰관 1명이 근무한다. 내가 신임 순경 때 함께 근무했던 선배님이 근무하고 계셨다. 정말 오랜만에 뵈었다. 반갑게 인사를 나누었다. 다른 순찰차는 길을 걸어가다 오토바이 타고 가던 사람이 뿌린 명함이 얼굴에 맞은 사건을 취급하고 있었다. 관제센터 업무를 마치고 명함 피해를 입은 곳의 CCTV를 확보해달라는 요청이었다. 조금 전까지 CCTV를 봤는데 또 봐야 하는 상황이었다. 영상녹화된 것을 장시간 다시 보는 것은 고도의 집중력을 요한다. 계속 화면만 뚫어지게 보고 있노라면 피로가 쌓이는 게 느껴질 정도다. 용의자를 꼭 찾아야 하니 집중해야 했다. 다행히 현장 근처에서 개인이 설치한 CCTV가 있어 확인을 할 수 있었다.

두 대의 CCTV 영상 확인을 하고 보니 퇴근할 시간이 다 되었다. 그때가 점심 먹은 지 9시간이 지났고, 토스트 먹은 지 4시간이 다 되어갈 무렵이었다. 신고출동이 우선이지만 황 부장의 입은 여전히 궁금했다.

퇴근하고 집에 오면 저녁 9시 반쯤 된다. 그때 저녁을 먹으면 바로 자기가 부담스럽다. 문제는 부담스러워도 배고프니까 먹고 잔다는 것이다. 불규칙적인 식사를 해야 했지만 해야 할 일을 잘 마치고 퇴근하는 발걸음은 아주 가벼웠다. 아침에 출근할 때의 마음가짐과 퇴근할 때의 마음가짐은 다르다. 출근할 때는 누구를 만날지 모를 설레임으로 가득하다면, 퇴근할 때는 훨훨 날아가는 새 한 마리처럼 가볍다. 퇴근할 때는 주로 음악을 듣는다. 하루 고생한 나를 위해 짧은 퇴근길이지만 작은 선물을 준다. 나에게 주는 보상은 작아도 값지다. 퇴근하는 시간을 행복하게 만들기에 충분한 시간이다. 다음 출근 날이 되면 어떤 사건사고가 나를 기다리고 있을지 모른다. 오늘만큼은 내가 있어야 할 곳에서 최선을 다했기에 만족한다. 나에게 주는 작은 선물이면 충분하다.

집에서 기다리고 있을 가족을 생각하면 발걸음이 더 빨라진다. 퇴근시간만큼 즐거운 시간도 없다. 지구대에서 무전기함에 무전기를 넣는 순간 모든 긴장은 풀린다. 교대 팀에 모든 근무가 전환되었기에 더 이상 무전기에 귀를 기울이지 않아도 된다. 퇴근 시간에 이어폰에서 들려오는 노래 소리는 무전기 소리와 달리 긴장하며 들을 필요가 없다. 그저 노래를 따라 부르면 된다. 리듬에 맞춰 고개를 저으며.

경찰서에서 근무할 때는 점심시간이 있었다. 12시면 밥을 먹었다. 1시까지 명백히 점심시간이었다. 1시까지는 자유시간이 주어졌다. 밥을 먹고 잠시 독서를 할 수도 있었다. 단 10분이라도 나에게 주어진 여유를 가질 수 있었다. 지구대는 밥시간도 따로 없다. 지구대에서는 지구대 룰을 따라야 한다. 경찰서 내근직처럼 보장되는 식사시간과 휴식시간은 없지만 현장 근무는 경찰관으로서 나를 필요로 하는 사람들에게 현장에서 바로 도움을 줄 수 있어 '보람'을 느낄 수 있다는 장점을 가지고 있다.

나를 필요로 하는 곳에 도움이 되는 존재라는 사실은 불규칙적인 식사시간 등 모든 불편함을 보상해주는 요소다. 주민 한 분이 '아이고, 여순경이네. 고생이 많아요. 덕분에 우리가 편하게 잡니더'라는 말 한마디에 마음이 녹아 버렸다. 현장은 매번 바뀌어 위험은 도사리고 있지만 그 상황을 내가 정할 수는 없다. 주어진 현장에서 현명한 선택으로 사건을 잘 매듭지어 마무리하는 것이 내 몫이다. 경찰관을 기다리고 있을 주민들을 위해 밥보다 신고출동을 우선으로 여기는 건 당연하다. 세상을 좀 더 아름답게 만드는 데 오늘을 보내자. 오늘을 귀히 여기는 당신을 위해 나는 박수를 보낸다.

★

아름다운 추억 세 가지

먹는 즐거움이 최고다. 지구대에서 근무하며 식사시간이 일정하지 않다 보니 가끔씩 먹는 간식은 근무시간외 먹는 간식과 비교가 안 될 정도로 맛있다. 운동을 하고 먹는 밥이 맛있는 것처럼 열심히 예방 순찰을 돌고 신고출동을 갔다 온 이후에 먹는 간식은 맛이 다르다. 주간에는 핫도그나 토스트를 먹고 야간에는 컵라면이 주요 간식이다. 새벽에 두 시간 교통사망사고 예방 거점근무를 서고 나서 먹는 라면 맛을 아는가. 정수기 물이 아닌 커피포트에 끓여서 먹는 물 맛은 다르다. 추위에 떨어서 그런지 국물 한 방울까지 남김없이 먹어 치운다. 여러 명이 서서 컵라면을 먹었다. 추운 겨울날, 작은 컵라면 하나로 몸도 녹이고 우리 팀만의 작은 추억 쌓기도 했다. 좋은 곳에 가서 맛있는 음식을 먹어야만 행복이라고 말하지 않는다. 소소한 일상에서 동료들과 둘러서서 먹는 컵라면도 마음을 따뜻하게 해주는 행복이다.

생일날 동료들이 챙겨주는 케이크는 특별하다.

"사랑하는 황 부장, 생일 축하합니다."

지구대 안에서 케이크에 촛불이 34개 켜졌다. 한 분은 사진을 찍고 계셨고 김 순경은 초에 불을 붙였다. 손뼉을 치며 노래를 부르는 선후배 사이에서 '후' 하면서 제복을 입은 채 촛불을 불었다. 내 생일은 쉬는 날이었다. 하루 지났지만 내 생일을 챙겨주었다. 가족이 아닌 동료에게 생일축하 노래를 들었던 뜻깊은 하루였다. 우리 팀에 박 주임님, 김 주임님 두 분 그리고 팀장님은 생일 파티를 했다. 팀장님 생일날은 노래도 못 부르게 하셨다. 노래 부르기도 전에 혼자 촛불을 끄셨기 때문이다. 사진도 제대로 못 찍었다. 한 장의 사진을 남기기 위해서 초에 다시 불을 붙여야만 했다. 곧 정년이신 팀장님은 해맑게 웃는 한 장의 사진을 남기셨다. 현직에서 간직할 추억이 하나 더 늘어났다.

퇴근 후 회식. 공식 회식 자리 외에 번개 모임이 가끔 있었다. 소수 정예로 몇 명씩 모였다. 지구대 근처에 대학교가 있어 음식점이 많다. 돼지고기, 치킨, 족발 등 종류가 여러 가지다. 술을 먹으러 가기보다 마음속에 든 응어리를 풀러 갈 때가 많았다. 스트레스 받는 일이나 속상한 일이 있을 때면 집에 그 일을 안고 가기보다 털어버리는 게 낫다.

나는 하고 싶은 말이 있으면 숨기지 않고 앞에서 한다. 뒤로 숨기고 하는 그런 스타일이 못 된다. 반면에 나와 완전 성격이 다른 동료도 있고 아직 신임이라 하고 싶은 말을 꾹 참는 후배도 있다. 한 번은 나와 박 주임님이 의견 차이로 다툰 일이 있었다. 퇴근 후의 진솔한 대화는 속 안에 있는 말을 하게 만든다. 나의 진심이 나왔다. 결국 서로 잘 풀었다. 가끔은 회식자리에 가족이 참석할 때도 있었다.

11월에 김 주임님 사모님이 공인중개사 시험에 합격하셨다. 팀 회식 차 고기를 먹으러 갔는데 그 자리에 사모님이 오셨다. 예전에 한참 도서관 다니실 때 지구대 순찰 중에 뵌 적이 있었는데 그때와는 전혀 다른 모습이었다. 뽀얀 화장을 하시고 예쁘게 하고 오셨다. 경찰가족도 경찰이었다. 사모님은 지구대에서 근무만 안 하셨지 속속들이 다 알고 계셨다. 직장에서 있었던 일을 가족과 이야기 나눌 수 있다는 게 얼마나 감사한 일인지 다시금 새길 수 있는 하루였다.

직장은 우리에게 소속감을 준다. 명함에 새겨진 직장에서 우리는 최선을 다한다. 언젠가는 직장의 방패망 없이 홀로 서야 하는 시간이 찾아온다. 정년을 채우는 사람도 있는 반면에 일찍 그만두시는 분들도 있다. 퇴직 시기와 그 안에 담을 추억은 각자의 선택이다. 이왕이면 따뜻한 추억들을 담고 싶다. 경찰이라는 직업 11년을 돌아보면 남는 건 사진뿐이었다. 사진 속에 비친 내 모습은 변하고 있었지만 변함없는 사실이 한 가지 있었다. 세월이 흘러도 사람들과 쌓은 추억은 고스란히 남아 있다는 것이다.

우리들의 인생은 모든 인간관계로 얽혀 있다. 직장에서도 사람을 만나고 집에서도 가족과 생활한다. 사람에 대한 소중함은 충분히 인지하고 있지만 가까운 사람일수록 소홀히 하게 된다. 가까운 동료일수록, 가족일수록 더 많이 상처를 준다. 왜 그럴까? 너무 잘 알기 때문이다. 괜찮다고 생각하기 때문이다. 현재 같이 근무하고 생활하는 사람이 가장 소중한 법이다. 일상에 감사할수록 사람에 대한 소중함을 더 느끼게 된다. 한다.

나에게는 근무한 부서마다 동료들과 찍은 폴라로이드 사진들이 있다. 그 사진들은 보물 1호다. 추억 하나만으로도 한 사람을 회상하기에는 충분하다. 인상 쓰고 있는 사진, 윗몸일으키기 하는 사진, 코 파다가 걸린 사진. 추억이 담긴 사진들은 보기만 해도 웃음을 준다. 1년이라는 세월 동안 참 많은 일이 있었다. 모든 일을 사진에 담을 수는 없지만 인연의 소중함을 일깨워주기에는 충분하다. 여자라서가 아니라 동료로서 나를 챙겨주는 우리 팀에게 감사할 뿐이다.

특별한 사건사고가 있는 날보다 소소한 일상에서 보낸 J지구대에서의 추억이 제일 기억에 남는다. 매일 아침 신나는 마음으로 출근해서 제복을 갈아입고 다른 팀과 교대하면서 나누는 대화들, 전날 있었던 일을 전달하면서 주고받는 농담들이 생각난다. 서로 커피 한잔 타주면서, 아이는 잘 크는지 물으며 잠시나마 대화를 나누는 시간이 좋다. 특별한 일이 없어도 구석구석 순찰을 돌고, 마주치는 주민들과 '잘 지내시지예' 하면서 안부를 물으면서 말이다. 소소한 일상에서 행복을 느끼는 일만큼 소중한 건 없다. 작은 일에 감사할 줄 아는 사람은 불행이 닥쳐도, 그 불행이 마지막 절망이 아니라는 사실을 안다. 불행 다음에 평온한 일상이 찾아올 것이라는 것도 안다.

두 팀이 함께하는 조회시간도 평범한 일상이다. 좁은 지구대 안에서 20명이 넘는 인원이 플라스틱 의자를 펼치고 앉는 것도 일상이다. 우리 팀 선배님들은 커피를 먹어도 프림이 들어간 커피를 즐겨 먹으셨다. 보통 하루에 4~5잔은 드셨다. 반반이다. 반씩 나눠 먹는 커피는 정이다.

순찰 중에 퇴직하신 선배님을 만난 적이 있었다. 학교에서 스쿨 폴리스로 활동하고 계셨다. 옛날 이야기를 마구 꺼내셨다. 퇴직은 했지만 마음은 아직도 현직에 계신 것 같았다. 모조건 정년을 채워야 한다고 덧붙이셨다. 지금 있는 직장이 가장 소중하다며. 손을 흔드시며 학교로 돌아가는 뒷모습을 보면서 만감이 교차했다. 퇴직한 경찰관은 소소한 일상이 그립다고 했다. 퇴직하기 전에 그 일상의 소중함을 알아차리는 건 행운이다. 그만큼 더 누릴 수 있는 시간을 벌었으니 말이다. 평범한 일상 속에서 행복을 찾는다. J지구대는 일상의 소중함을 깨닫게 해주는 곳이다. 나에게 있어 지구대는 일터이자 평범한 일상이 기다리는 곳이다. 매일 행복을 장전해서 출근한다. 내가 있을 곳은 여기니까.

어릴 때 친정 엄마가 돌아가시고 나서는 줄곧 할머니가 내 생일날 미역국을 끓여주셨다. 한국에 와서는 아빠와 살면서는 별로 생일에 대해 크게 신경을 쓰지 않았다.

그런데 고등학교에 다니던 어느 생일날이었다. 아무런 기대 없이 등교를 했는데 수업 시작 전에 친구가 보온병과 그릇들을 꺼냈다. 책상에 앉아서 친구가 엄마에게 부탁해서 만들어온 생일상을 보게 되었다. 밥, 국, 조기, 나물까지. 밥을 입에 한 숟갈 떠 넣으니 목이 메었다. 나를 위해서 집에서 음식을 싸온 친구에게 너무 고마웠다. 성인이 된 지금도 생일날이면 그 친구가 생각난다. 남편과 함께 호주로 건너가 잘 살고 있다.

행복한 추억 뒤에는 이별이 찾아온다. 이별 뒤에는 새로운 만남이 찾아온다. 모든 이별과 만남 사이에는 추억이 존재한다. J지구대에서 만난 9명과의 인연은 곧 과거의 추억으로 남아 있게 될 것이다. 사진 한 장을 보면 아무리 세월이 지나도 그 당시의 모습이 바로 떠오른다. 가끔 만나면 지난 일을 회상하면서 웃기도 할 것이다.

곧 있으면 인사 철이다. 누군가는 떠나고 누군가는 새로 온다. J지구대에서 가장 중요한 사람은 지구대장이 아니다. 나와 한 팀에서 근무하는 내 동료다. 위험한 현장에서 나를 도와줄 사람은 한 팀에 근무하는 내 동료다. 서로 부족한 건 도우면서 생활해 왔다. 과거로 타임머신을 타고 돌아갈 수는 없지만 추억은 언제든지 꺼내서 볼 수 있다. J지구대 순찰 3팀과의 인연은 내 삼십대에서 가장 아름다운 추억 하나로 남아 있을 것이다.

당신의 추억 속에 떠오르는 동료가 있는가? 그에게 오늘 전화를 걸어보자. 전화기 너머로 들려오는 추억의 목소리를 들어보자. 수화기를 지금 당장 들자.

| 근무, 또 근무 |

★

주야간 교대 근무

"예빈아, 엄마 내일 보자"며 아이를 꼭 안아주고 집을 나왔다. 지구대에서 근무하는 나는 매번 야간근무 때면 아이에게 다정하게 인사를 한다. 내가 근무하는 지구대는 4교대 근무다. 4일 중에 하루는 밤에 잘 때 아이와 함께할 수 없다. 우리 팀은 야간근무 때 2팀과 근무교대를 했다.

야간 때는 챙겨가야 하는 필수품이 있다. 말 그대로 정말 잘 챙겨가야 한다. 아래위로 내복 기능이 있는 발열내의를 옷 안에 챙겨 입는 것이다. 나는 근무복과 잠바 사이에 조끼도 챙겨 입는다. 교통사망사고 예방 거점 근무를 서려면 장시간 밖에 서 있어야 한다. 잘 입지 않으면 매서운 칼바람에 감기에 걸리기 십상이다. 주, 야간 모두 12시간씩 근무한다. 쉬는 날인 비번 날과 휴무 날 자원근무를 할 수 있다. 근무가 4일씩 돌아가다 보니 일주일이 금방 지나간다. 한 달이 후딱 지나갔다. 남편은 3교대 근무를 한다.

얼굴 보는 날이 들쑥날쑥할 수밖에 없었다. 주말에 가족들과 다 함께 보려면 한 달 전에 미리 약속을 잡아야 한다. 주말에 함께 쉬는 날이 한 달에 두 세 번 밖에 되지 않기 때문이다. 내 일정표에는 내 근무 스케줄과 남편의 것이 표시되어 있다.

한 달 전에 만나고 싶은 지인을 미리 정한다. 미리 계획하지 않으면 거의 아무도 만나지 않게 된다는 사실을 알기 때문이다. 주말보다는 평일에 시간이 많이 겹치다 보니 주중에 가족이나 지인들의 얼굴을 본다. 이번 달에 누구를 볼지 미리 정해져 있다. 미리 정하는 것만이 보고 싶은 얼굴을 자주 보는 최고의 방법이다.

주야간 교대 근무자는 근무 후에 충분히 쉬어 주어야 한다. 특히 야간근무를 마친 후에는 잠을 푹 자주어야 한다. 보통 하루 6시간 정도는 숙면을 취한다. 잠드는 시간은 보통 저녁 9시 반이고 늦어도 10시 전에는 잔다. 주간 때는 9시에 근무를 마치고 오면 밥 먹고 씻고 바로 잤다.

야간근무일은 두 시간 정도 자고 나서 운동을 꼭 한다. 야간근무를 마치고 온 날은 몸이 처졌다. 이를 방지하기 위해서는 유산소 운동이나 근력운동이 필수다. 귀찮지만 운동을 한 날은 몸이 회복됨이 느껴졌다.

야간근무를 하면서 부쩍 피부가 건조하고 푸석해짐이 느껴졌다. 밤에 잠을 안 자는 게 얼마나 좋지 않은지 피부나 근육 뭉침을 통해서 알 수 있었다. 귀찮게만 느꼈던 얼굴 수분 팩을 여러 장 붙이게 된 것도 얼굴이 건조하고 땡겼기 때문이다. 부지런해야 한다. 내 몸도, 내 피부도 바쁘지만 스스로 챙겨야 한다. 노력하는 만큼 내 체력도 피부도 좋아졌다. 게으름 속에서 벗어나려면 할 일을 만들어 실천하면 된다.

교대근무자는 시간을 주도적으로 관리하기보다 시간에 쫓기는 삶을 살기 쉽다. 하루 주간근무, 하루 야간근무를 하다 보면 불규칙적인 생활에 시간만 금방 지나간다. 할 일을 정해 두지 않으면 하루 종일 별로 하는 것 없이 하루가 지나간다. 나는 4일 근무 중에서 주간,

야간, 비번, 휴무에 할 일이 정해져 있다. 하고 싶은 일이 있으면 시간에서부터 출발한다. 예를 들면 작년 12월에 나는 강의 PPT를 만들어야 했다. 이때 나는 책을 읽고 자료를 정리하거나 앉아서 슬라이드 몇 장을 만들지를 생각하지 않는다. 즉, 무엇을 할지부터 계획하지 않는다.

하고 싶은 일을 하기 위해 나에게 주어진 시간이 얼마나 있는지부터 계산한다. 앉아서 12월 중에 얼마의 시간이 사용 가능한지부터 파악했다. 일주일 중에서 아이를 어린이집에 보내고 나서 내가 사용할 수 있는 시간은 얼마인지 근무시간 외에 사용가능 시간을 일일이 적어봤다. 12월에 PPT를 제작하기 위해 낼 수 있는 시간이 총 19시간임을 알게 되었다. 그 후에는 내가 사용할 시간 중에서 혹시 추가로 제거할 시간이 없는지 찾아봤다. 미드를 보거나 불필요한 시간을 찾아서 제거했다. 그러고 나면 마지막으로 한번에 통 시간을 사용한다. 하루에 30분씩 여러 번이 아닌, 한번에 4~5시간씩 집중할 수 있는 시간을 마련한다. '기록-제거-통합'. 경영학의 아버지, 피터 드러커가 강조하는 시간관리 방법이다. 5년 넘게 몸에 배도록 훈련해왔다.

지구대에서 교대근무를 하는 나는 시간의 중요성을 누구보다 잘 알고 있다. 교대 근무를 하면서도 책을 낼 수 있었던 이유도 시간을 기록하고 관리했기 때문이다. 하루에 주어지는 시간은 모두 똑같다. 금쪽같은 시간을 누구는 귀중하게 보내고 누구는 허투루 보낸다. 지나간 시간은 돌아오지 않는다. 교대근무자의 시간은 쉼 없이 더 빨리 지나간다. 시간의 주체가 되어 내 시간을 확보하여 해야 할 일을 하려면 시간을 기록할 수밖에 없다. 기록하는 자만이 눈에 보일 것이고, 눈에 보이는 시간만이 관리 가능하다. 시간은 소중한 곳에 쓰여져야 한다. 돈보다 더 귀중한 것이 시간이다.

지구대 근무를 하면서 낮에 집에 있는 시간이 많아졌다. 밤낮 근무가 바뀌면서 적응하는 데 시간이 필요했다. 몸도 바뀐 스케줄에 적응하는 데 시간이 걸렸다. 솔직히 말하면 야간근무는 피곤하다. 지금도 여전히 피곤하지만 버티는 이유는 내 일이기 때문이다. 내가 해야 할 일이기 때문이다. 최고의 근무 환경에서 일하는 것이 최고의 보직이라고 생각하지 않는다. 누군가는 힘든 일을 해야 한다. 내가 지금 근무하고 있는 곳이 최고라는 생각은 피곤함을 쫓아 주기도 한다.

교대근무를 하면서 지금까지 내가 얼마나 편하게 살아왔는지 감사할 수 있었다. 내가 편하게 주간근무만 할 때는 보이지 않는 곳에서 밤에도 수고하시는 분들이 있다는 생각을 자주 못 했다. 새벽 4시가 넘으면 아무리 출근 전날 집에서 낮잠을 자고 와도 졸음이 몰려왔다. 새벽 시간에 버티려면 목도 주무르고 일어나서 어깨도 한 번 돌리고 해야 한다. 조끼에 무전기, 권총, 삼단봉 등 경찰 장구를 하루에 장시간 차고 있다 보면 무게도 있어 스트레칭도 한 번씩 해주어야 한다.

3년째 결혼기념일과 남편의 생일을 챙겨주지 못했다. 남편은 3년째 당직근무였다. 3년 만에 결혼기념일 날 얼굴을 볼 수 있었다. 12월 말에 결혼하다 보니 연말에는 서로 휴가를 못 낼 때도 많았다. 장손인 남편은 집안 행사에 참석해야 함에도 명절에도 참석하지 못할 때가 잦았다. 얼마 전 묘사에 다녀왔다. 어머니께서도 시집오고 처음이라고 하셨다. 집안에 순번이 있는 모양이다. 우리 차례였다. 남편과 나는 휴가를 내어 참석했다. 전날 오후 내내 음식을 했다. 오랜만에 가족들과 모여 식사도 같이 했다. 새벽이면 글을 쓰고 책을 필사하는 나는, 어김없이 시골에서도 새벽에 일어났다. 혼자 앉아서 글 쓸 곳을 찾으니 부엌밖에 없었다. 상을 펴서 챙겨온 블루투스 키보드로 한참 글을 쓰고 있는데 어머니가 새벽에 화장실을 가려고 깨셨다. 부엌문을 열고 들어오시더니 "니가 좋아서 하는 일인데 우야겠노" 하시면서 잠이 덜 깬 눈으로 말을 건네셨다. 새벽같이 일어나 글 쓰는 며느리를 보고 있으니 안쓰러우셨던 모양이다. 어머니는 화장실에 다녀오시더니 말없이 방으로 돌아가셨다.

지구대에서 주야간 교대 근무를 처음 했을 때만 해도 20대 초반의 혈기 왕성한 신임이었다. 새벽 5시까지 출동을 다녀와도 아침에 퇴근할 때 멀쩡했다. 퇴근 후에 챙겨야 할 아이도 남편도 없었다. 그저 씻고 푹 잘 수 있는 환경이었다. 어리바리 황 순경이었지만 지칠 줄 몰랐다.

쉬는 날에도 업무를 빨리 익히기 위해서 운전 연습을 했다. 운전면허증은 있었지만 장롱면허였다. 순찰차를 몰았지만 서투른 운전 실력 탓에 고참들은 나에게 운전대를 잘 맡기지 않았다. 저렴한 중고차를 한 대 사서 관내 지리도 익힐 겸 수없이 몰고 다녔다. 사건 서류도 집에서도 만들어보곤 했다. 형법 책도 매일 조금씩 보면서 부족한 나를 채워갔다. 내가 몰던 중고차는 고치는 데 수리비가 더 들었다. 결혼 전에 처분했다.

지구대에서 나는 후배들을 돕고 선배님들을 잘 챙겨야 한다. 쉬는 날 낚시를 다녀온 주임님께 뭘 잡았는지, 배에서 먹었는지, 날씨는 춥지 않았는지 물었다. 주야간 12시간씩 함께하는 동료는 가족만큼 많은 시간을 같이 보낸다. 한 마음으로 지내는 데는 관심이 필요하다. 동료에게 보내는 관심과 같이 J동에서 거주하는 주민들에게도 관심을 가지고 근무한다. 나만 잘하면 된다는 마인드로 근무한다. 다른 직원들은 충분히 잘하고 있으니 말이다. 특정 시간 때 순찰을 돌아달라고 하면 기록해 두었다가 순찰을 돌고 근무교대를 하면서 교대 팀에도 꼭 알려주고 게시판에 공지를 해 둔다. 작은 관심과 실천이 내 동료의 마음과 주민의 마음을 움직인다는 사실을 안다. 작은 소리에 귀를 기울이는 것이 내 역할이고 내가 할 일이다. 오늘 있었던 일 중에서 내가 할 수 있는 일을 찾아서 행동으로 옮겨보자. 분명 내가 할 수 있는 일이 있을 것이다.

★

체력은 국력이다

지구대 순찰요원의 하루는 길다. 순찰차로 예방 순찰을 돌고, 도보로 걸어서 구석구석 순찰하는 것은 기본 업무다. 경찰관이 순찰차를 타는 것 외에도 하는 일은 많다. 지구대에 방문하는 민원인의 상담을 해주어야 하고, 처벌이 필요한 사람을 처벌하기 위해 서류도 만들어야 한다. 때로는 관리반에서 부탁하는 일도 처리해 주어야 한다. 공원 화장실에 설치된 비상벨이나 편의점에 설치된 비상벨 점검 또한 경찰의 몫이다. 우범자 관리도 한다. 주거지에 방문하여 이상 유무를 확인해야 한다. 소재수사가 하달되면 당사자와 만나 교통스티커를 발부하는 일도 한다. 도로에 서서 안전띠 미착용이나 신호위반 단속 업무도 역시 지구대 경찰관의 업무다. 이 외에도 하는 일이 많다.

출근길에 사용하는 계단이 버겁게 느껴진다면 운동이 부족하다는 신호다. 부끄럽지만 지구대에 처음 왔을 때 출퇴근길이 버거웠다. 한동안 운전을 하고 다녔고 아침 운동을 하긴 했지만 체력이 부족하다는 걸 느낄 수 있었다. 계단을 오르는데 호흡이 급해졌다. 스스로 운동이 부족함을 인정했다. 지금은 아무렇지 않게 계단을 오르내린다. 하루 한두 시간의 운동이 가져다 준 결과다.

운동이 답이다. 꼭 출근하는 계단이 아니라도 근무 중에 체력 부족 증상을 찾을 수 있다. '도둑놈을 잡고 있다'와 같은 이런 신고는 출동도 빨리 해야 하지만 현장에 도착해서도 빨리 뛰어야 한다. 대낮에 금고 털이범을 잡고 있다는 신고가 있었다. 김 주임님, 팀장님과 함께 출동했다. 차에서 내리자마자 내가 먼저 현관문을 열고 뛰어 들어가려고 하니 뒤에서 팀장님이 나를 다급히 부르셨다.

"황 부장, 같이 가자."

멈칫 서니, 고참이 삼단봉을 펼치셨다. 나도 덩달아 삼단봉을 꺼내 펼쳤다. 차분히 셋이서 주택 계단을 올라 2층에 도착했다. 문 앞에 남자 2명이 서 있었다. 아버지와 아들이었다. 아들이 부친의 금고 문을 열기 위해 열쇠 수리 업자를 부른 것이었다. 평소 사이가 좋지 않았던 아버지는 아들을 상대로 신고를 한 것이었다. 만약 절도범과 대치하는 상황이었다면 어땠을까 생각하니 아찔했다. 경찰관은 2인 1조다. 항상 같이 움직여야 한다. 흩어져서도 안 된다. 언제 어디서 위험한 상황이 닥칠지 모르기 때문이다.

10차선 도로 중간에 사람이 서 있어 위험하다는 신고가 들어왔다. 아저씨 한 사람이 유턴 지점 화단에 서서 비틀비틀거리며 통화를 하고 있었다. 위험한 상황이었다. 순찰차를 세우고 경광등과 비상깜빡이를 켰다. 불봉을 꺼내 하차해서 아저씨를 데리고 반대편 도로 쪽으로 건넜다. 다행히 새벽 4시가 넘어 지나가는 차가 별로 없었다. 집이 어딘지, 이름이 무엇인지 가르쳐 주지 않았다. 속수무책이었다. 술이 좀 깨길 바라며 추운 겨울 새벽시간에 삼십분 넘게 계속 질문했다. 가지고 있던 휴대폰을 주셨다. 가족과 연결이 되어 집에 계신 사모님께 안전하게 모셔다 드릴 수 있었다. 새벽 늦은 시간까지도 술 취하신 분들의 안전을 위해 집으로 모셔다 드리려면 체력은 필수다.

평소 체력관리를 하는 사람에게도 가끔 이런 때는 힘이 든다. 야간

근무였다. 그날따라 떨어진 신고마다 김 주임님이 타는 순찰차에 하달되었다. J 1호를 타고 있으면 J 1호에 신고가 떨어지고, 교대를 해서 2호를 타면 2호에 신고가 떨어지는 식이었다. 보통 짝지 2명이서 하루에 1번, 많으면 2번 정도 피의자를 지구대로 연행해 온다. 한 조가 3번씩이나 하기는 정말 드문 일이다. 김 주임님은 새벽에 2건, 아침에 1건을 했다. 아침 7시가 넘어서까지 서류를 만드셨다. 형사계에 인계하기 위해 서류를 만들면 짧게는 1시간 길게는 2시간 가까이 집중해야 한다.

퇴근시간이 조금 넘어서야 겨우 마무리를 하였는데 김 주임님의 얼굴이 창백했다. 너무 피곤한 나머지 하얗게 변했다. 퇴근 후에는 충분한 휴식을 취하고 잠을 보충하는 것이 최우선이다. 보고서를 만드는 일은 체력 소모가 많이 된다. 현장에 출동한 경찰관의 보고서는 나중에 검찰청, 법원에서도 중요하게 여겨지기 때문에 신중하게 작성되어야 한다.

J동에는 경찰관 이외에 도보 순찰하시는 분들이 계신다. '실버 순찰대'라고 해서 어르신들이 2인 1조가 되어 관내 순찰을 도신다. 노랑 조끼를 입으시고 근무모도 착용하신다. 길거리에 다니다가도 한눈에 알아볼 수 있다. 관내 경찰행정학과에서 학생들과 합동 야간 순찰도 돈다. 학생 십여 명과 함께 불봉을 들고 나란히 줄을 지어 동네 순찰을 돈다. 경찰서 방범순찰대 소속 의경들이 방범 근무를 나온다. 보통 낮에 1번, 밤에 1번 근무를 하는데 2인 1조씩 짝을 지어 순찰을 돈다. 무전기로 의경들이 순찰차 지원 요청을 할 때가 많다. 순찰 중에 도움을 요청하는 민원인이 있거나 혼자서 해결하지 못하는 일이 생기면 해당 지역 순찰차를 부른다.

야간근무 중에 나는 J 1호 순찰차 근무였다. 교통사망사고 예방 거점근무를 서고 있는데 의경이 민원인이 있다고 순찰차 지원 요청을 했다. 남자분이 택시기사와 시비가 있었는데 택시기사는 현장에 없고 상담을 요청하는 내용이었다. 경찰관뿐만 아니라 경찰을 돕는 민간 순찰대원분들과 의경들의 체력 또한 중요하다.

경찰 생활을 하면서 순찰 3팀장님만큼 체력이 좋은 선배님을 아직 만난 적이 없다. 팀장님은 올해가 정년이시다. 나와 30년 가까이 나이 차이가 나는데도 우리와 똑같이 차별 없이 근무하신다. 나는 퇴근 후에 서너 시간 자야 몸이 회복이 된다. 팀장님은 오전만 주무시고 오후에는 산에 가신다. 혼자 등산을 가시면 멀고 험난한 코스를 택해서 가셨다. 팀원들을 이따금씩 산에 데리고 가시는데 힘들어 할까 봐 쉬운 코스를 골라 데려 가신다. 가볍게 한 시간 정도 오르고 내려올 수 있는 장소를 택하셨다.

신불산에 동행할 때도 내가 제일 앞에 서서 걸었다. 팀장님은 맨 뒤에서 올라오셨는데 묵직한 캐논 카메라를 목에 매고 나무나 잎사귀 같은 정밀한 사진을 찍으셨다. 이따금씩 나를 앞질러 오셔서 앞에서 사진을 찍어 주시기도 했다. 보통 나이 젊은 사람이 뛰어가서 사진 찍고 해야 하는데 나이도 제일 많은 팀장님이 찍어주시는 게 미안하기도 했다. 산행을 마치면 찍으신 사진을 모두 이메일로 보내주셨다.

팀장님이 나이를 떠나 우리 팀에서 제일 체력이 좋은 건 사실이다. 팀장님 체력의 비결은 산행이다. 쉬는 날 산을 오르면서 체력을 기르셨다. 체력은 자격증이 없다. 시험을 칠 수도 없다. 체력이 있는지 없는지 눈으로 볼 수도 없다. 그 사람의 에너지로 알 수 있다. 태도로도 확인이 가능하다. 보통 체력이 좋은 사람들은 피곤함이 덜하기 때문에 표정이 밝다. 팀장님의 표정은 울트라급 초강력 체력에서 나오는 표정이다. 팀장님처럼은 못 해도 나름대로 체력을 유지하기 위해 연간계획에 적어둔다.

'20대 중반 체력 유지'

2017년 적어둔 신체 건강 목표였다. 적어 두면 하게 된다. 일주일에 4번 정도 하루에 1~2시간 근력 운동과 유산소 운동을 병행하는 이유이다. '적자생존'이다. 적어야 산다. 제복을 입는 한 체력관리는 피할 수 없는 숙제다. 내 몸을 지키고 내 동료, 주민을 지키는 일은 다름 아닌 체력의 힘으로 하는 것이다.

경찰관이라면 일 년에 한 번 체력장을 치른다. 올해까지 9번의 체력장을 치렀다. 한 번은 임신 중이라 패스. 지금은 윗몸 일으키기, 팔굽혀 펴기, 악력, 100미터 달리기를 본다. 올해 50대 여경 선배님과 같은 조에서 뛰었다. 나는 살살 달릴 생각이었다. 선배님이 이 말을 하기 전까지는 말이다.

"미옥아, 니 따라 빨리 달리게 앞에서 전력질주로 뛰어줘."

선배님의 기록 단축을 위해 나는 최선을 다해 뛰었다. 점수를 채점하는 분 중에 아는 선배님이 있었다. 내 기록을 말씀해주시면서 "다음에 뛸 때는 허리 너무 펴지 말고 숙여서 뛰어봐. 시간 단축될 거야" 라고 하셨다. 감사한 조언이었다. 예전에는 100미터 대신 1,000미터 달리기를 하였다.

남편이 뛰는 것을 본 적이 있었다. 남자들 여러 명과 달리기를 하였는데 초반에는 선두를 달리고 있었다. 그런데 달리자마자 너무 속력을 낸 나머지 서서히 뒤쪽으로 처지더니 마지막 바퀴 지점에서는 앞쪽에 남편이 보이질 않았다. 오버 페이스였다. 완주를 하였지만 뒤쪽에서 달려 들어오는 모습을 봤다.

저마다 자기만의 페이스가 있다. 하루만 운동을 한다고 해서 평생 체력을 유지할 수도 없는 노릇이다. 20대에만 운동하고 계속 안 할 수도 없다. 20대부터 꾸준히 운동을 해야 30대, 40대, 50대가 되어서도 체력을 유지할 수 있다. 숨 쉬고, 밥 먹고, 잠자는 것처럼 운동을 해주어야 한다. 자기만의 페이스대로 하루에 30분, 1시간씩 유지만 한다면 체력이라는 친구는 항상 곁에 있다. 남편의 오버 페이스 경험이 나에게 큰 깨달음을 주었다. 평소에 하는 운동은 체력이라는 정상에 깃발을 꽂게 해준다.

운동은 경찰관 직무 중에 하나다. 운동을 하지 않을 수도 있지만 경찰관이라면 필수다. 나뿐만이 아닌 다른 사람의 생명을 구하는 직업을 가진 사람에게는 피할 수 없는 숙제다. 일회성으로 하는 것이 아니라 제복을 입은 10년 동안 운동을 해올 수 있었던 비결도 내가 당연히 해야 할 일이라고 여겼기 때문이다. 운동은 나의 직무였다. 했는지 안 했는지 누가 점검하지 않아도 꼭 해야만 하는 의무였다. 야간근무 중에 새벽 4시 이후에 피곤함을 이기려면 규칙적인 운동은 필수다. 미루지 말고 당신이 해야 할 운동을 오늘 해버리자. 지금이라도 실천하자. 그것만이 평범한 사람이 매일 운동을 함으로써 체력을 다질 수 있는 비결이다.

신고 전화 노이로제

지구대에서 신고출동 가는 경로는 두 가지가 있다. 첫 번째 경로는 112신고다. 112에 전화를 걸면 어디에서든 신고접수가 된다. 관할 경찰서 상황실로 접수가 되어 해당 순찰차로 신고가 내려간다. 반면에 지구대로 바로 신고전화를 거는 경우도 있다.

지구대로 자주 전화를 거는 고객이 있었다. 자신의 신분을 당당히 밝힌다. 부인과 싸운 이야기, 집안 이야기 등 서슴없이 했다. 대화가 필요해서 전화를 걸었기 때문에 전화를 받은 상대방이 누구인지는 중요하지 않았다. 목소리도 특이했다. 말끝마다 경관님 하면서 대화에 집중하는지 확인했다. 문제는 전화를 끊으려 하지 않는다는 것이었다.

다른 급한 민원 전화가 걸려올 수도 있으니 끊어야 한다고 하면 지구대로 찾아왔다. 한 번 오면 장기 상담이 이어지는 고객이었다. 이야기를 들어보면 딱한 사연이 있는 건 사실이다. 이렇듯 경찰관이 무언가를 해결해주기를 바라는 것보다 들어 달라고 오시는 분이 계셨다. 나는 그냥 들어주었다. 들어주는 것만으로도 만족하고 돌아가기 때문이다.

지구대에 가장 많이 걸려오는 전화는 주차위반 민원이다. 주거지 앞에 주차된 불법 차량으로 통행이 안 되거나 방해가 된다는 신고였다. 경찰이 모든 조회 권한을 가지고 있다고 생각하는 민원인들은 전화상으로 차량 번호를 불러주시면서 조회를 해달라고 하셨다. 엄연히 따지자면 불법 주정차 업무는 구청 업무다. 예외적으로 경찰은 일부 조회 가능하다. 현장에 임장해서 상황을 보고 조회가 가능한 구역인지 확인이 필요하다. 조회가 안 되는 지역일 때는 순찰차 마이크로 방송을 하는 방법밖에 없다. 낮에는 구청에서 견인을 해 가지만 주말에 신고가 들어오면 항의가 제일 많다. 아무리 설명을 드려도 무턱대고 언성만 높이는 민원인 앞에서는 속수무책이다.

경찰의 업무가 광범위하다 보니 지침들이 바뀌어 공문으로 하달될 때가 많다. 현장에서 근무하려면 공문도 잘 읽어두어야 변화하는 업무형태에 맞추어 도움을 줄 수 있다. 항의성 민원 전화는 최대한 설명을 재차 드릴 수밖에 없다. 다른 방법이 없다.

지구대에 앉아서 112로 신고하는 민원인이 있었다. 순찰차가 현장에서 상담을 해주었는데 조치가 마음에 들지 않는다며 지구대로 찾아온 것이다. 출동한 직원에게 물어보니 약간의 시비가 있었으나 특별한 일은 없었고 집으로 돌아가시면 되는 상황이었다고 했다. 본인이 집으로 돌아가지 않으려고 하는 게 문제였다. 당시 상황근무자였던 나는 바빴다. 연이은 신고가 계속 내려와서 무전으로 지령을 해야 했다. 해당 순찰차가 신고가 끝났는지 물어보고 다음 신고 배당을 해야 하는 상황이었다. 신고자에게 전화도 걸어 신고내용을 파악하기도 해야 했다. 한참을 팀장님과 실랑이를 하시더니, 바쁘게 돌아가는 지구대 상황을 보시고는 민원인은 살며시 지구대 밖으로 나가셨다. 그 이후로 돌아오시지 않았다. 지구대에서는 민원전화를 받는 사람이 모든 상황 판단을 해야 한다. 상담이 필요한 부분은 상담으로 마무리하고 신고출동이 필요한 신고는 신고를 접수해서 해당 순찰차에 내려주고 무전으로 지령까지 해야 한다. 개인 채무와 같은 민사관계 상담이나 운전면허 정지일수를 묻는 민원, 친구가 당한 일이 궁금해서 전화를 한 민원인까지 민원내용은 다양하다. 경찰관은 다양한 지식을 갖추고 있어야 한다. 모르는 건 옆에 고참에게 물어보면 된다. 다 해결된다.

최근에 지구대 모든 전화기를 IP 전화기로 바꿨다. 전화벨이 따르릉 울리면 전화번호가 떴다. 목요일, 금요일, 토요일은 신고가 가장 많고 바쁘다. 술 먹는 사람이 많아 싸우는 신고도 많고 습득물 관련 신고도 많다. 'LOST 112(경찰청 유실물 종합안내)'라는 대국민 사이트가 있다. 분실물 접수도 가능하고, 잃어버린 습득물이 관공서에 보관되어 있는지 조회도 가능하다. 분실한 민원인이 로스트 112 사이트를 보다가 비슷한 물건을 발견하면 지구대로 문의 전화를 할 때도 있다.

대부분의 분실물 신고는 택시에서 내릴 때 물건을 두고 내린 경우다. 신용카드로 결제했다면 카드업체에 연락하면 타고 온 택시번호를 알아낼 수 있다. 택시 회사에 번호를 문의하면 택시기사 분을 연결시켜준다. 신용카드로 결제한 경우에는 잃어버린 물건을 찾기가 수월하다. 현금으로 결제한 경우에는 보통 택시번호를 확인하고 내리지 않기 때문에 찾기가 어렵다. 여행을 가거나 중요한 물건을 가지고 택시를 탈 경우에는 신용카드로 결제하는 습관을 들인다면 분실 후에도 다시 찾을 수 있다는 장점이 있다.

택시 기사 분들도 양심적인 분들이 많다. 지구대로 습득물을 많이들 가지고 오신다. 며칠 전에도 기사분이 아주 큰 캐리어 가방을 들고 오셨다. 외국인이 택시에 탑승하면서 트렁크에 캐리어를 넣었는데 내릴 때 까먹은 것이었다. 지구대 위 대학교 기숙사에 거주하던 외국인이었다. 다행히 연락이 되어 찾아줄 수 있었다. 하루에도 분실물 관련해서 많은 사람들이 지구대에 방문하거나 전화 문의를 한다. 그중에서 절반 정도는 주인에게 돌아가고 절반은 다음날 경찰서 생활질서계 담당자에게 인계된다. 인계된 다음에 지구대로 문의 전화가 오면 경찰서로 연결해준다. 분실된 물품이 주인의 품으로 돌아갈 수 있도록 경찰은 돕는다.

지구대로 걸려오는 신고전화를 받을 때 가장 중요한 건 신고내용이 정확히 무엇이며, 현장이 어디인지 파악하는 것이다. 해당 순찰차에게 빨리 지령을 내려야 하기 때문이다. 전화를 받은 사람이 코드를 선택해서 지령해야 한다. 가정폭력처럼 급한 신고는 '코드 0'으로 내린다. 필요하면 팀장님은 순찰차 2대를 보내어 지원하도록 한다. 누구든지 전화를 받은 경찰관은 신속하게 상담하고 지령을 내릴 수 있어야 한다. 가장 중요한 업무이자 실수하면 안 되는 일이다. 제대로 파악이 안 되면 신고자에게 재차 전화를 걸어 다시 물어봐야 하는 번거로움이 생긴다. 급한 신고는 다시 통화할 상황도 안 된다. 통화하는 즉시 신고가 내려져야 한다.

새벽에 신고가 들어왔다. 급히 경찰을 찾는 다급한 여성의 목소리였다. '코드 1'로 신고가 내려왔다. 순찰차에서는 신고자의 신고내용을 들을 수 있다. 목소리가 다급했다. 남자친구가 모르는 사람에게 맞고 있다는 내용이었다. 순찰차에 경광등을 켜고 현장으로 쏜살같이 달려갔다. 가는 중에도 여러 곳에서 다른 주민들이 싸우는 소리를 듣고 추가해서 신고를 하고 있는 상황이었다. 현장에 도착하니 내리막길에서 남자 두 명이 싸우고 있었다. 아파트 단지가 많은 골목이라 새벽에 싸우는 목소리가 쩌렁쩌렁 울려 퍼지고 있었다. 줄줄이 신고가 이어졌다. 현장에 도착하자마자 싸우고 있는 둘을 분리시켰다. 남자 둘은 분리시켰는데도 흥분을 가라앉히지 못하고 화가 난 상태였다.

순찰차 한 대가 추가로 도착한 뒤에야 각자 이야기를 들을 수 있었다. 남자친구와 여성분은 귀가 중이었는데 택시에서 내린 남성분과 약간의 시비가 있었고 그게 몸싸움으로 이어진 것이었다. 지구대로 온 두 남성은 결국 형사계로 인계되었다.

경찰관으로부터 전화가 걸려올 때도 있다. 타 시도에 근무하는 경찰관이었다. 여자 분이 돌아가셨는데 가족이 없어 장례를 치르지 못하고 있다고 했다. 유일하게 아들이 있는 걸로 확인이 되었는데 주소만 알고 있다고 했다. 해당 주소지에 방문해서 본인에게 모친이 돌아가셨다고 전달해 달라는 내용이었다. 낮에 그 집을 찾아가 문을 두드려 봤지만 다가구 주택인데도 모두 집을 비운 상태였다. 오후 늦게 다시 방문을 했을 때 집주인을 만날 수 있었다. 1층에 사는 사람임을 확인했다. 주간근무 퇴근시간 전까지 재방문했으나 아들을 만날 수 없었다. 타 시도에 근무하는 경찰관은 야간근무자에게 저녁에 재차 방문할 수 있도록 부탁을 했다. 퇴근하기 전에 야간 4팀에 상황을 설명하고 재방문을 요청했다. 경찰관이 요청하는 공조사건은 도울 수 있는 한 협조해주어야 한다. 경찰관 또한 우리들의 고객이다.

모든 신고전화가 접수되면 경찰관이 출동한다. 모든 판단은 현장에서 이루어져야 한다. 전화상으로 판단하는 건 금물이다.

신고 중에는 악성 민원인도 종종 있다. 어느 직업이든 힘들고 까다

로운 민원인은 있기 마련이다. 내가 할 일은 민원인에게 감정적으로 대처하는 것이 아니라 한 걸음 물러나서 상황을 마무리하는 것이다. 때로는 감정 싸움이 큰 싸움으로 이어질 때도 있다. 사전에 차단하기 위해서는 같이 싸우지 말아야 한다.

경찰은 제복을 입는다. 양보와 배려가 필요하다. 고참들을 보면 알 수 있다. 20년 넘게 쌓아온 직업의식이 몸에 배어 있다. 민원인과 다투는 고참을 보기 힘들다. 다투는 직원들은 혈기 왕성한 신임직원들이 대부분이다. 경찰은 필요로 하는 고객을 위해 존재한다는 생각만 갖고 있어야 한다. 곧 만나게 될 고객은 나의 도움을 필요로 한다는 생각은 지금 고객이 조금 힘들게 해도 상황을 버티게 해준다. 생각의 차이이다.

힘든 고객을 만났다면 그를 통해서 나를 보자. 분명 나도 다른 곳에서 다른 사람들에게 힘들게 했던 적은 없었는지 돌아보자. 고객이 최대한 기분 좋게 돌아갈 수 있도록 하는 것도 나의 몫이다. 프로는 달라야 한다. 고객을 다루는 법에서 달라야 한다. 프로처럼 내가 할 수 있는 일을 찾아 지혜롭게 해결하자. 분명 해결점은 있다.

★

조용한 날이 없다

출근하면 바쁘다는 말을 입에 올리지 않는다. 그 말이 씨가 되어 바쁘게 된다는 사실을 알기 때문이다. J지구대는 목요일부터 토요일까지 신고가 가장 많다. 대학교 주변 식당이나 술집은 새벽까지 장사를 한다. 새벽 5시가 넘어야 문을 닫는 곳도 있다. 어김없이 신입생 입학 시즌이나 개학 시즌에는 학생들이 많다. 술을 너무 과하게 마셔서 집을 찾지 못해 길거리를 배회하고 있는 학생들이 종종 있다.

학생이 도로에 누워 있다는 신고를 받고 현장에 도착하니 집인 양 도로에 누워 자고 있었다. 깨워서 집이 어디냐고 물으니 말을 못 했다. 술을 평소 잘 마시지 못하는데 너무 많이 마셨다고 했다. 차에 태우려니 속이 안 좋다며 다시 도로에 주저앉았다. 한참 볼일을 봤다. 뒤에서 고참은 등을 두드려 주었다. 속이 시원해졌는지 이제 집에 갈 수 있다고 했다. 순찰차를 타고 간 지 몇 분도 안 되어 신호가 왔다. 순찰차 뒷좌석은 문을 직접 열 수가 없다. 조수석에서 문을 열어주니 밖으로 나와 급히 또 쭈그리고 앉았다. 이번에는 내가 등을 두들겼다. 무사히 그 학생을 집에까지 데려다 주었다.

술은 많은 사고를 안겨준다. 늦은 새벽 시간에 교통사고 신고가 들어왔다. 교통사고 현장에는 경찰 PDA와 음주감지기를 챙겨가야 한다. 도로에 차들이 거의 없었다. 현장에 도착하니 119도 와 있는 상태였다. 오토바이가 단독으로 가드레일을 박고 넘어지면서 쭉 미끄러졌다. 음주 사고였다. 남자 두 명이 안전모도 착용하지 않은 채 술을 먹은 상태에서 운전한 것이다. 한 명은 도로에 앉아 있었고 한 명은 구급차 대원들이 옮기고 있었다. 현장에는 출혈이 있었다. 오토바이 부품도 여기저기 부서져 있었다. 신속하게 현장을 보존하고, 사진 촬영을 하고, 인적상황 파악 등 할 일을 하고 난 후 통행이 될 수 있도록 조치했다. 오토바이 사고는 안전모를 착용하지 않으면 크게 다친다. 두 눈으로 직접 보는 현장은 처참했다. 안전모만 썼더라면 머리는 다치지 않았을 텐데 하는 탄식이 나왔다. 안전모는 내 생명과 연결된다. 선택이 아닌 필수다.

구청에는 CCTV 관제센터가 있다. 방범용 CCTV를 총괄 관리한다. 그곳에 경찰관 1명씩 교대로 근무한다. 관제센터에 근무하는 분으로부터 무전이 왔다. 차량 털이범으로 추정되는 사람이 있다는 신고였다. 신속하게 출동해서 현장 주변을 탐문한 결과 절도범을 검거해서 지구대로 동행해왔다. 피의자는 완강하게 부인했다. 전혀 그런 사실이 없다고 발뺌했다. 차문을 여는 CCTV 장면이 있고 차량에 감식을 실시했다고 하자 그제야 차량 안에 들어가 훔쳤다고 자백했다. 이처럼 관제센터와 지구대는 협동으로 범인을 검거할 때도 있다.

형사 사건 서류는 지구대에서 만들어서 형사계로 인계한다. 임의동행이나 현행범으로 체포된 경우 보통 형사계로 데려다 준다. 폭행 사건으로 지구대로 오신 분이 계셨다. 말끝마다 욕을 했다. 서류를 만드는 내내 앉아서 계속 욕을 했다. 집에 계시는 사모님을 지구대로 불렀다. 잘못한 게 하나도 없다며 사모님께 경찰관들 다 녹음하라며 괴음을 질렀다. 순찰차에 안 타겠다며 난리도 아니었다. 평생 들을 욕이란 욕은 그날 다 들었다. 입에서 나오는 말이 모두 욕이었다. 결국 그분은 사모님과 함께 형사계로 가셨다.

외국인이 싸운다는 신고가 들어왔다. 현장에 가니 외국인 남자와 여자가 골목 안에서 다투고 있었다. 신원확인을 위해 여권이나 외국인 등록증을 보여 달라고 하니 완강히 거부했다. 한국말을 못 한다고 했는데 내가 묻는 말은 다 알아듣고 고개로 움직이며 대답했다. 외국인은 경찰관이 요청하면 신분확인을 해줄 의무가 있다. 신분확인이 되지 않아 통역기를 활용해서 지구대로 동행을 요청했다. 지구대에 와서 종이에 이름과 외국인 등록증 번호를 적어달라고 했다. 적어준 이름으로 출입국 관리사무소에 연락하여 확인하니 등록된 이름이 없었다. 둘이서 번갈아가면서 잘못된 이름과 정보를 적어주었다. 신분확인이 안 되고 있었다. 설득 끝에 진짜 이름을 알 수 있었다. 그들은 1년 넘게 불법체류를 하고 있었던 것이다. 결국 외국인 두 명은 출입국 사무소로 인계되었다.

지구대에서 근무하다 보면 조용할 날이 없다. 낮이든 밤이든 사람을 상대하는 직업이나 보니 사건사고가 일어난다. 우리가 만나는 사람들은 평범한 사람들이다. 하지만 우리가 해결해야 하는 사건은 평범하지 않은 경우도 많다. 빨리 해결되는 사건도 있지만 가출인 신고나 가정폭력 신고 같은 경우는 시간이 필요하다. 순찰차 한 대 또는 두 대는 시간이 걸려도 그 사건을 마무리할 때까지 최선을 다해 매진한다. 그 외에 남은 순찰차는 여타 신고를 처리해야 한다.

팀워크가 중요하다. 손발이 맞아야 한다. 서로 도울 때는 각자 할 일을 배분해서 도와야 한다. 가출인을 찾고 있는 순찰차가 현장에서 뭐든 도움을 요청하는 게 있으면 재빨리 확인해주어야 한다. 그 와중에 신고가 들어오면 신고도 가야 한다. 일이 겹칠 때가 더러 있다. 우선적으로 처리해야 할 일을 먼저 정해서 처리해야 한다. 순간의 판단에 많은 책임이 따를 때도 있다. 경찰관은 2인 1조다. 두 명이서 함께 상황을 판단한다. 그만큼 실수를 줄일 수 있다.

제복을 입는 순간 주민에서 경찰관의 삶으로 전환된다. 사람을 돕는 직업. 의미 있는 일을 할 때는 하루 일과 중에 일할 맛이 난다. 가정폭력 현장에서 경찰관이 가족 간의 다툼을 모두 해결할 수는 없었다. 다만 폭행이 있거나 하면 경찰이 개입해야 한다. 알콜상담소에 연계가 필요하거나 피해자가 지속적인 상담을 요구하면 여청계 피해자 보호팀에서 돕기도 한다.

신고현장에서 모든 조치가 끝난 뒤 민원인의 "감사합니다"라는 한마디가 모든 피로를 녹아내리게 한다. 그 어떤 말보다 힘이 나는 말이다. 술에 취하신 가장을 집에 모셔다 드리면 사모님은 늦은 밤에 수고하신다며 감사하다는 인사를 꼭 하셨다. 잃어버린 할아버지를 찾아줘서 고맙다며 내 손을 꼭 붙으셨다. 아무리 들어도 기분 좋은 말 한마디, "감사합니다". 하루의 피곤을 싹 씻게 해주는 이 말 한마디에 힘을 내고 하루를 버틴다.

동료는 든든한 내 편이다. 신고출동을 가서도 미흡한 점이 있어도 고참은 후배를 챙겨준다. 현장에 가면 종종 다루기 힘든 분들이 계셨다. 말이 거칠고 소리를 지르거나 하는 분들일 경우 젊은 우리보다 고참들이 나선다. 담배 한 대 피우면서 대화를 시도할 때도 있다. 남자들끼리 통하는 게 있나 보다. 그러면 언제 그랬냐는 듯이 마음이 풀려 유순해진 모습을 많이 목격했다.

오토바이 사고는 한 사람의 삶을 통째로 바꿀 수 있다. 제복을 입고 안전모 미착용 단속을 한다. 경찰은 안전모가 얼마나 중요한 역할을 하는지 누구보다 잘 안다. 현장에서 다친 사람을 자주 목격하기 때문이다.

외사촌오빠가 있다. 20대에 친구와 오토바이를 타고 가다 사고를 당했다. 그때 오빠가 운전했던 걸로 기억한다. 그 사고로 오빠는 전신 중에 반쪽이 모두 마비가 되었다. 평범한 오빠의 인생은 그때부터 달라지기 시작했다. 오빠와 가끔 통화를 할 때마다 매번 전화번호가 바뀌었다. 사회에 잘 적응하지 못하고 있음을 인지했다. 오빠가 살고 있는 시골에 몇 번 간 적이 있었다. 동네를 이동할 때는 걷거나 작은 스쿠터를 사용했다. 오빠의 삶은 외톨이였다. 정상적인 생활이 아니었다. 사고는 예고 없이 찾아온다. 반복되는 위기는 예견이 가능하다. 안전모 미착용은 예방할 수 있는 일이다. 한 사람의 인생이 바뀌는 걸 내 눈으로 직접 봐왔다. 안전모와 안전벨트 착용은 기본 중에 기본이다. 그 기본 때문에 위험을 감수하지는 말자. 조금만 신경 쓰면 챙길 수 있는 일이다.

바쁜 하루를 보내면서 의미를 부여할 수 있다. 특별한 오늘이란 없다. 매일이 특별할 뿐이다. 제복을 입은 경찰은 주민의 손과 발이 되어준다. 불편한 곳이 있으면 해결사 역할을 한다. 혼자 해결할 수 없는 문제는 해당 기관에서 도움을 받으면 된다. 상세하게 안내해 준다. 보이지 않는 곳에서도 할 일을 한다. 얼마 전에도 운전 중이던 어르신 한 분이 차 안에서 의식을 잃었던 적이 있었다. 도보 순찰 중이던 경찰관 두 명이 차량을 발견하고 삼단봉으로 유리창을 부셔 구조했던 일이 있었다.

모든 동네에 지구대와 파출소가 있다. 경찰은 내일처럼 내가족의 일처럼 돕는다. 경찰관으로서 내가 해야 할 일은 바쁜 일상 속에서 의미를 찾고 올바른 일을 해내는 것이다. 하루 중에 찾아보면 의미 있는 일은 반드시 있다. 길을 잃은 어린이를 집에 데려다 주었든 민원 상담을 하였든, 어디에 의미를 부여할 것인지가 중요하다. 나를 기다리는 민원인은 반드시 있다.

나를 힘들게 하는 민원인이 있다면 1/3 원칙을 기억하자. 나를 싫어하는 민원인도 1/3 있고, 나를 좋아하는 민원인도 1/3 있고, 나에게 별로 관심 없는 민원인도 1/3 있다. 나를 싫어하는 민원인을 생각하기보다 나를 찾는 민원인이 반드시 있다는 생각으로 근무한다. 당신을 찾는 사람이 분명 오늘도 있을 것이다. 그 사람을 위해 오늘 할 일을 하자.

★ 악성민원인은 나의 동반자

지구대를 찾아오는 고객 중에는 힘든 사람도 있고 수월한 사람도 있다. 사람을 만나는 직업은 말을 조심해야 한다. 특히 술이 취하신 분들은 거슬리는 말 한마디를 잡고 집에 갈 때까지 말꼬리를 잡으신다. 나에게 찾아오는 고객은 내가 선택할 수 없었다. 친절하게 응대해야 한다. 근무 때마다 자주 만나는 고객들이 있다. 자주 보다 보니 가정사도 자연스럽게 알게 되는 분들도 있었다. 고객들의 힘들고 어려운 문제가 싸움이나 형사적인 문제로 이어지면 경찰관이 개입한다. 출동한 경찰관에게 감정을 푸는 일은 낯설지 않는 풍경이다. 동네북처럼 마치 기다렸다는 듯이 화를 내거나 소리를 지르고 욕을 하는 일은 일상에서 흔하게 일어났다. 고객이지만 경찰관도 사람인지라 현장에서는 참겠지만 돌아서면 회의가 들 때가 많았다.

현장에서 받은 스트레스를 푸는 방법은 경찰관마다 천차만별이다. 퇴근 후에 동료와 술 한잔 하면서 푸는 사람도 있다. 나는 동료에게 말하기보다 글로 푼다. 글은 다른 사람에게 옮길 염려도 없어 마음 편히 내 마음을 모두 털어낼 수 있기 때문이다. 제일 중요한 것은 스트레스로 남겨 두지 않는 것이다. 마음에 담지 않고 털어버린다면, 다음날 근무 중에 또 다른 고객으로 인해 화가 차올라도 쌓을 공간이 있다. 화가 넘치지 않게 글을 쓰면서 풀다 보니 내가 받는 스트레스도 자연스럽게 줄게 되었다. 고객 때문에 울고 웃는 나를 발견했다.

119에서 들어온 신고였다. 환자가 병원 응급실로 향하고 있고 심정지 환자라고 했다. 병원 응급실로 출동을 요청하는 내용이었다. 김 주임님과 함께 신속하게 도착해서 순찰차를 주차하고 응급실 문을 열고 들어가니 한쪽 구석 침실에서 여러 명이 서 있었다. 의사는 서서 심폐소생술을 계속 하고 있었고 간호사는 옆에서 거들고 있었다. 두 발에 핏기가 없었다. 몸도 축 늘어진 모습이었다. 지구대에 자주 오는 고객이었다. 술을 너무 좋아해서 거의 매일 마시는 분이었다. 간이 좋지 않아 술을 자제해야 하는데도 술을 마셔 탈이 난 모양이다. 마음속으로 빌었다. 다시 살아나라고. 모든 생명은 소중하니까. 얼마 후 병원으로부터 소식을 들었는데 심폐소생술로 살아나 심장이 다시 뛰고 있다고 했다. 내 표정은 밝아지기 시작했다.

경찰관에게 협조를 잘 해주시는 고객들도 많다. 한 날은 아주머니 한 분이 걸어가는데 오토바이를 타고 명함을 뿌리는 사람으로부터 피해를 당했다. 현장 주변에 CCTV가 있는지 확인을 해야 했다. 방범용 CCTV는 보이지 않았다. 근처 노래방에서 설치한 CCTV가 보였다. 이른 저녁이었다. 손님을 받기도 전인 시간에 협조를 구하러 들어갔다. 노래방 주인은 웃으면서 우리를 반겨주셨다. 덕분에 확인을 잘 할 수 있었다. 매일 만나는 고객들은 나를 웃게 하기도 울게 하기도 했다.

J동 관내 순찰을 돌다 보면 자주 만나는 고객은 눈에 띄게 마련이다. 항상 단골 고객을 만났다. 나이도 젊은데 노숙을 하는 친구가 있었다. 형님 집에서 나온 모양이다. 몇 년째 씻지 않은 상태로 박스를 주우러 다녔다. 박스를 주워서 판 돈으로 술을 사 먹었다. 술이 너무 취한 날은 사고를 쳤다. 한 번은 도로에 대자로 누워 있었다. 꼼짝도

하지 않았다. 달래고 달래서 지구대로 데리고 왔다. 술기운에 온갖 짜증과 욕이라는 욕은 다했다. 원망할 상대를 찾은 것처럼 경찰관에게 시비를 걸기 시작했다. 늘 그랬듯이 다음날이 되면 술이 깨서 찾아왔다. 완전 다른 사람이었다. 어제 술을 많이 먹어 그랬다며 미안한 표정을 지었다. 심해도 너무 심했다고 말해주니 머쓱한 표정을 지으며 미안하다고 했다. 다시는 안 그러겠다는 말을 되풀이했다. 얼마 지나지 않아 술에 취해 언제 그랬냐는 듯이 또 욕을 했다. 죄는 미워해도 사람은 미워하지 말라는 말이 떠오를 뿐이었다.

술 먹고 행패부리는 행동은 장소 불문이다. 돼지국밥집에서 신고가 들어왔다. 낮 시간이었다. 손님이 계산은 하지 않고 여주인에게 시비를 건다는 신고였다. 현장에 도착하니 역시나 단골고객님이었다. 고참은 다르다. 현장에서 그를 밖으로 불러냈다. 담배 한 대를 주면서 달랬다. 말이 통했다. 한참을 대화한 끝에 그는 술값을 내고 집으로 돌아갔다.

술이 취하면 집으로 가지 않고 늦은 시간까지 편의점에서 시간을 보내다 가는 사람도 있었다. 그런데 그가 라면을 먹다 넘어져 일어나지 않는다며 신고가 들어왔다. 현장에 가보니 넘어진 채로 자고 있었다. 편의점 아르바이트생이 아무리 깨워도 일어나지 않아 걱정이 되었던 모양이다. 한참을 깨우니 일어났다. 곧바로 집으로 돌아 가주면 좋으련만 그때부터가 시작이었다. 그때부터 경찰관을 술친구로 착각했다. 집에는 가지 않고 온갖 개인사를 다 끄집어내기 시작했다. 시계를 보니 새벽 5시가 훌쩍 넘었다. 겨우 달래서 집에까지 귀가시켜 드렸더니 벌써 해는 뜨고 아침이 되었다. 그렇게 하루가 지나갔다.

현장에서 만나는 고객은 정말 다양하다. 저마다 사연도 많다. 자주 보이는 고객들이 안 보이면 걱정이 될 정도다. 특히 술을 많이 드시는 분들은 더 그렇다. 순찰 돌다가 경비원 아저씨나 장사하시는 분들께 물어보기도 한다. 김 할아버지는 한동안 안 보여 수소문 해봤더니 알콜 병동에서 치료를 받고 계셨다.

고객마다 스타일이 다르다. 경찰 경력이 쌓일수록 대처 능력도 좋아진다. 뭐니 뭐니 해도 주취자를 대하는 최고의 기술은 달래기 작전이다. 같이 싸워봐야 답도 없다. 아이처럼 달래서 집으로 돌려보내는 게 최선이다. 참다 보면 길이 보였다. 노숙하는 분의 사정이 안타까워 노숙자 쉼터에 연계하려고 여러 군데 알아본 적도 있었다. 본인의 의지가 중요했다. 쉼터에서 단체생활을 하려면 일단 술을 안 먹어야 했다. 본인의 노력이 필요했다. 술을 덜 먹었을 때 노숙하는 분과 대화를 시도했다. 술을 먹지 않을 의사가 전혀 없었다. 도움의 손길을 놓아버렸다. 어느 날 우연히 만났는데 예전 모습과 다르게 너무나 깔끔한 모습이었다. 목욕탕에 가서 씻고 온 모양이다. 반가운 친구를 만난 것처럼 직원들 모두 그를 반겨주었다. 그 이후 한동안 그는 보이지 않았다. 우리 팀 직원이 우연히 볼일을 보다 다른 구에서 그를 발견했다. 거처를 옮긴 모양이다. 우리 관내에서 더 이상 그를 볼 수 없었다.

지구대는 24시간 열려 있는 곳이다. 언제든지, 무엇이든 상담 가능하다. 경찰관 항시 대기 중이다. 직접 방문해도 되고 전화상담도 가능하다. 요즘 대학생들은 문자 신고도 자주 한다. 경찰관은 고객을 통해 학습한다. 고객의 성향과 이야기를 통해 대처 능력을 배운다. 힘든 고객들도 내 고객이다. 그들에게 한 가지라도 배울 점은 있다.

처음 지구대 근무를 시작했을 때는 모든 고객이 새로웠다. 지구대 첫 근무 날을 잊을 수가 없다. 중앙경찰학교에서 이론을 배우고 지구대와 경찰서에서 실습을 했지만 현장은 실전이었다. 내가 발령을 받고 근무했던 지구대 앞에는 8차선 이상 되는 도로가 있었다. 민원인이 화가 난 채로 지구대 문을 열고 들어왔다. 처음 눈이 마주친 나를 향해 소리를 지르기 시작했다. 지구대 건너편에서 교통사고가 났는데 왜 여기서 출동하지 않느냐고 버럭 화를 냈다. 영문도 모른 채, 출근한 첫날 나는 고스란히 화를 흡수하고 있었다. 옆에 있던 고참이 지구대 건너편은 다른 지구대 관할이어서 순찰차가 가고 있는 중이었다고 설명했다. 통하지 않았다. 계속 언성을 높이셨다. 말이 통하지 않는 고객도 있다는 사실을 근무 첫날 알게 되었다. 신고식을 톡톡히 치르고야 지구대 근무를 시작하게 되었다.

현장에 가면 여자 경찰관이라고 함부로 하는 사람들이 더러 있다. 폭행 현장에서는 나는 여자가 아닌 경찰이다. 신임 순경일 때도 마찬가지였다. 지구대 근무를 시작한 지 얼마 되지 않았을 때였다. 나이트클럽에서 신고가 들어왔다. 지하에 내려가니 엉망이었다. 여러 명이서 싸우고 있었다. 여자들 싸움은 더 무섭다. 아주머니들을 겨우겨우 분리시켰다. 여자들이 싸우면 가장 많은 피해를 입는 곳은 머리 부분이다. 머리를 사정없이 뜯었다. 하나같이 머리가 심하게 엉켜 있었다. 다행히 제복을 입은 경찰관의 말이 통하는 경우였다. 술은 드셨지만 통제가 되었다. 원만하게 잘 해결할 수 있었다. 다른 순찰차의 도움을 받고서.

주민 곁에서 일하는 경찰이지만 주민들의 눈에 보이지 않는 곳에서 일할 때가 많다. 순찰차를 타거나 도보로 순찰을 다니는 것처럼 눈에 보이는 모습만이 경찰의 모습은 아니다. 사람들이 잠을 자는 시간에도 사건사고를 처리하면서 관내 주민을 돕는다. 도둑이 들었다는 신고나 화재 현장에도 출동한다. 경찰은 늘 주민 곁에 있어 왔다. 교통사망사고 예방을 위해 저녁 시간대와 추운 새벽 5시에도 밖에서 칼바람을 맞으며 근무를 선다. 아침 출근 시간 러시 근무도 선다. 알게 모르게 경찰관은 주민들이 사는 곳곳에 함께하고 있다.

오늘 자신을 찾아오는 고객을 반갑게 맞이해보자. 당신이 만나는 고객 중에서 오랫동안 기억에 남는 고객이 분명 있을 것이다. 그 고객이 당신에게 준 깨달음은 무엇이었는가. 그를 통해 나를 돌아보자. 힘든 고객일수록 기억에 남는 법이다. 분명 그에게 단 한 가지라도 배울 점은 있을 것이다.

★

경험이 주는 선물

반복되는 일상은 두려움을 없애준다. 일상생활에 익숙해지듯이 사람도 익숙해진다. 함께 일하는 동료를 알아갔다. 그가 어떤 스타일인지, 무엇을 좋아하고 싫어하는지 알게 되었다. 동네에서 주민 중에 누가 오래 살았고, 누가 애를 먹이는지 알아갔다. 시간이 지나면서 업무 노하우도 익혀간다.

경찰 조직에서 늘 강조하는 말이 있다. '기본 근무 철저.' 경찰관이라면 이 말을 안 들어 본 사람은 없을 테다. 올림픽이라든지 중요한 행사를 앞두고 있을 때 더욱더 강조되는 말이다. 늘 듣는 말이지만 경찰은 기본 근무가 결여될 때 비난을 받는다. 일부 경찰관의 일이지만 경찰을 향한 비난의 화살은 피할 수가 없다. 그만큼 국민들은 경찰관이 잘해주길 바란다.

기본 근무는 일상에서 이루어진다. 반복되는 생활 속에서 이루어진다. 매일 해야 할 일이다. 지구대 순찰 요원은 교통법규를 위반하는 차량을 발견하면 차를 세워서 스티커를 발급한다. 2차 사고 예방을 위해서 하는 일이다. 단속을 당한 사람 입장에서는 당장 스티커를 끊었으니 경찰관에게 불만을 가질 수도 있다. 안전벨트 미착용이나 신호위반으로 인해 교통사고를 직접 목격하는 경찰의 입장에서는 눈에 보이는 교통 위반을 단속하지 않을 수가 없다. 작은 실수나 무관심이 큰 사고로 이어지는 걸 너무나도 많이 봐왔기 때문이다. 분실물 접수, 가정폭력 현장 초동 조치 등 크고 작은 일을 해내야만 한다. 일상의 반복을 통해 성장하고 경험한다.

순찰 중에, 할머니 한 분이 10차선 도로 중간에 서 계신 모습을 발견했다. 순찰차를 도로 옆에 세워 두고 불봉 하나를 든 뒤 신호가 바뀌었을 때 할머니가 서 계신 반대편 도로로 뛰어갔다. 할머니는 위험을 무릅쓰고 조금이라도 목적지에 빨리 도착하기 위해서 무단횡단을 택했던 것이다. 할머니를 건너편 도로까지 안전하게 모시고 와서 진심으로 사정했다. "할머니, 조금만 더 걸어가면 지하철 엘리베이터가 있어요. 조금 귀찮으시더라도 그리로 건너세요. 여기는 차가 너무 빨리 달려서 큰일나요. 절대 무단횡단 하시면 안 돼요"라고 여러 차례 설득 끝에, 확답을 받고서야 보내드렸다.

지구대에서는 합동 조회 시간이 있다. 야간근무를 마친 팀과 주간근무를 시작하는 두 개 팀이 함께한다. 순경에서 경위까지 스물 명 정도 되는 직원들이 참석한다. 지구대장과 순찰팀장은 근무하면서 숙지해야 할 내용이나 서장님 지시 사항 등을 전달해 준다. 전 근무자로부터 인수인계를 꼭 받아야 한다. 퇴근 후에 갑자기 찾아오는 민원이 있을 경우 전달받지 못한 상황이 있으면 서로에게 불편을 주기 때문이다. 특히 분실물 관련해서 찾아오기로 한 민원이 있으면 언제 오는지, 분실물은 어디에 보관해두었는지 미리 알려줘야 한다. 업무 공백을 없애기 위해 퇴근 전에 신경 써서 전날 있었던 일을 서로 공유한다. 특별한 일이 있으면 직원들은 게시판에 정리해서 붙여두기 때문에 게시판에 적힌 내용을 신경 써서 보는 것도 중요하다.

한참 조회를 하고 있는데 아주머니 한 분이 지구대 안을 들어오지 못하고 서성거리셨다. 표정을 보니 어두웠다. 어렵게 말을 꺼내셨다. "어제 아들이…" 감이 왔다. 어제 아들이 지구대에서 난동을 부린 일로 지구대에 사과를 하러 오신 것이었다. 힘들게 찾아왔을 어머니께 말 한마디라도 따뜻하게 해주어야 했다.

예견되는 위험은 예방이 필수다. 무단횡단을 하는 사람, 안전모를 미착용하는 사람, 신호위반을 하는 사람은 모두 사전에 예방이 가능하다. 그러나 특히 오토바이 단속을 할 때면 열 명 단속하면 1/3은 화를 내셨다. 생각의 전환이 필요하다. '나부터 잘하자'라는 생각이 필요하다. 한 번의 단속이 안전모 착용 습관을 길러준다면 단속을 하면서 받는 비난은 값지다고 생각한다. 일상을 소중히 간직하기 위해서는 나쁜 습관 개선이 필요하다. '나는 괜찮겠지' 하는 나태함에서 사고는 찾아온다. 어쩌면 경찰관의 단속이 일종의 경고였는지도 모른다. '앞으로 위험한 일이 일어날 수도 있으니 조심해!'라는 경고 말이다.

지구대 근무 중에 고참들은 자신들의 경험을 자주 얘기해주셨다. 우리 팀에서 주임님 한 분은 신임 순경 시절에 사직서를 몸에 품고 다니셨다고 했다. 사직서를 제출했음에도 상사가 안 받아줘서 20년 넘게 지금까지 근무하고 있다고 하셨다.

순찰을 돌다 보면 학교에 스쿨 폴리스로 근무하시는 퇴직한 선배님을 만났다. 학교 앞에서 만날 때면 나도 모르게 전에 부르던 호칭인 '계장님'이 입에서 튀어 나왔다. 현직에서 직원들을 힘들게 했던 퇴직 상사는 푸대접을 받았다. 모른 체하는 직원들도 있었다. 현직에서 해야 할 일은 내부, 외부 고객에게 좋은 마음을 선물해주는 일이다. 마음으로 대해주었던 선배는 퇴직하고 나서도 생각나는 법이다.

신임 순경일 때 나를 유일하게 챙겨주셨던 주임님이 한 분이 계셨다. 잔소리는 많이 하셨지만 애정의 잔소리임을 알고 있었다. 순찰차를 탈 때도 하나하나 꼼꼼히 챙겨주셨다. 팀 회식이 있을 때면 동료들과 찍은 사진을 동영상으로 엮어 보여주곤 하셨다. 퇴직하시고 고향에서 살고 계신다. 후배에게 따뜻한 마음을 선물해준 선배는 후배의 기억에 오랫동안 남아 있다.

현장에 신고출동을 가면 두 명 중에서 나이 많은 고참이 전체적인 사건을 총괄한다. 신참은 고참의 대처 능력이나 처리방법 등을 통해 현장에서 보고 배운다. 하루아침에 모든 일에 익숙해질 수는 없다. 사건마다 조금씩 익숙해져 갔다. 시간이 지날수록 자신도 모르는 사이에 몸으로 익혀가고 있었다.

시간만 보낸다고 몸으로 익혀지는 것은 아니다. 관심을 갖고 노력할 때 경험은 쌓인다. 아무리 많은 근무경력을 가지고 있어도 관심이 없는 사람은 후배보다 업무능력이 떨어졌다. 둘의 차이는 일상에 관심을 가지고 얼마나 소중히 보냈는지였다. 우리 팀 막내 고 순경은 지구대 생활 2년 차다. 20년 넘게 근무한 고참들도 고 순경에게 궁금한 것이 있으면 묻는다. 우리 팀에는 다른 부서에서 근무하다 지구대로 부서를 바꿔 온 지 얼마 안 된 직원 여러 명이 있었다. 고 순경은 전체 근무 경력은 짧아도 우리 팀에서는 최고였다. 고 순경은 자신이 하고 있는 일이 있어도 선배들이 찾으면 언제든지 달려가서 도왔다. 선배들이 일상에서 불편한 점을 긁어주는 후배였다.

여성보호계에서 근무할 때의 일이다. 11월 19일은 세계 아동학대 예방의 날이다. 지하철 매표소 부근에서 이동하는 사람들에게 보여주기 위해 아동학대로 인해 피해를 입은 아이들의 사진을 전시했다. 20장이 넘는 사진이었다. 주민들은 오가며 전시한 사진들을 자세히 살펴봤다. 사진 가까이로 다가와 안타까워하는 표정을 지으며 한참을 서 있다 가는 사람도 있었다. 경찰 정복을 입고 있는 나는 사람들에게 다가가 말을 걸었다. 가지고 온 팻말도 보여 드렸다. 주민들의 관심도를 알아보기 위해 준비한 팻말이었다. 아동학대하는 사람을 발견하면 신고를 하겠다는 사람들이 부착한 스티커가 압도적으로 많았다.

연이어 경찰서 출입구에도 똑같이 스무 장이 넘는 사진을 전시해두었다. 경찰서를 방문하는 사람들과 직원들에게 아동학대의 심각성을 알리기 위함이었다. 출근하시는 서장님도 그냥 지나치시지 않고 사진을 보시며 걱정하는 표정을 지으셨다. 출동을 마치고 온 형사들도 잠시 사진 앞에 멈춰 서서 내 일처럼 생각에 잠기곤 했다. 어떤 마음인지 잠시 옆으로 다가가 말을 걸어보면 안타까운 마음을 공감할 수 있었다.

경찰은 일반인보다 사건사고 소식을 매일, 많이 접한다. 그중에서 아이들이 피해를 입은 일은 마음이 더 아프다. 작은 관심이었다. 전시해둔 사진을 한 장 한 장 보면서 내 일처럼 공감하는 작은 관심이었다. 경찰서를 출입하는 주민들과 직원들, 지하철역에서 자기 갈 길을 가다가 잠깐 멈춘 사람들과 소통하면서 그들이 아이들에게 많은 관심을 가지고 있고, 열린 마음을 가지고 있다는 것을 눈으로 확인할 수 있었다. 아동학대 전시회를 통해 그들은 피해를 당한 아이를 목격할 경우 누구보다 빨리 신고해줄 것을 약속했다.

일상의 소중함을 가지고 일한다. 하루에 해야 할 일, 기본적인 일을 잘 챙기는 게 가장 큰 미션이다. 내가 할 일은 크고 대단한 일이 아니다. 작은 목소리에 귀를 기울이는 일이다. 평범한 사람이 특별해지는 방법은 일상에서 찾아오는 반복적인 일을 매우 잘해내는 것이다. 같은 일이지만 경험이 쌓이면서 성장한다. 당신 주변에는 사람들은 당신의 도움의 손길을 기다리고 있다. 당신이 쌓을 수 있는 경험은 멀리 있는 게 아니다. 당신 코앞에 있다. 눈을 크게 뜨고 작은 손길에 반응해보자. 대단한 경험이 필요한 게 아니다. 작은 일에 신경을 써보자. 주변에 당장 도움을 줄 수 있는 일부터 찾아 시작해보자. 그게 바로 당신이 할 일이다. 아마추어와 프로는 한 끗 차이다. 프로는 작은 일에도 최선을 다한다. 일상에서 흐트러지는 법이 없다. 당신은 프로인가. 오늘 하루를 보내면서 작은 일을 놓치지 말자. 일상에서 경험을 쌓아가자.

★

경청이 가진 힘

경찰은 주민들의 이야기에 귀를 기울여야 한다. 작은 목소리에 관심을 가져야 한다. 이해와 소통은 경청의 힘이다. 경찰은 일상에서 주민들을 만난다. 주민들은 일상에서 경찰을 만난다. 알게 모르게 생활 속에서 경찰은 함께한다. 이제는 경찰, 주민 쌍방향 소통이 필요하다.

주민이 지구대에 도움을 요청한 일이 있었다. 도로에 하수구가 터졌다고 했다. 누가 그랬는지 알 수 없는 상황이었다. 가게를 운영하시는 분이 하수구 파손으로 물이 터져 신고하신 것이었다. 주차된 차량으로 인해 피해가 났는지 궁금해 하셨다. 이미 관할 구청에도 문의를 하셨다. 결과도 중요하지만 처리 과정도 중요하다. 주민들은 안다. 상대방이 진심으로 자신의 어려움을 해결해 주려고 하는지 말이다. 구청의 협조를 받아 CCTV를 확인할 수 있었다. 신고자에게 진행사항을 알려드렸고 지역 통장에게도 협조를 구해 문제를 해결할 수 있도록 애를 썼다. 아주머니의 불편함을 해결해 드리려는 마음을 아셨는지 "욕봤습니다. 고맙습니다"라고 말을 하시며 환하게 웃으셨다. 내 일처럼 공감하고 돕는 것이 바로 경청의 힘이다.

험담이 아닌 이해다. 우리 팀 막내 김 순경은 중앙경찰학교를 졸업하기 전 실습을 우리 팀에서 했다. 실습이 끝나고 중앙경찰학교를 졸업한 뒤 같은 팀에 발령을 받았다. 정식 공무원이 되었다. 이십대 중반인 김 순경은 사회경험이 하나도 없었다. 운전면허증은 있었지만 10년 전의 나처럼 사회에 첫발을 내딛는 사회 초년생이었다. 운전이 미숙했던 막내는 순찰차를 타고 후진하다가 주차된 차량을 박고 말았다. 일하다가 생긴 일이었다. 막내가 운전 중에 사고를 냈다고 윽박지를 일이 아니었다. 그 사고로 인해 주눅이 들지 않도록 해주는 게 선배들이 할 일이었다. 이해가 우선이다.

남 탓이 아닌 내 탓이다. 교통사망사고 예방을 위해 플래카드를 설치하러 가는 길이었다. 고참에게 플래카드를 건네주려는데 끈이 내 발에 밟혔다. 일부러 밟은 건 아니었다. 고참이 던진 농담 한마디에 풀이 죽었다. "니는 맨날 내만 괴롭히노." 이 한마디였다. 감정은 주관적이다. 상대방이 무심코 내뱉은 말에 기분이 상했다. 문제는 그 이후에 발생했다. 나는 고참 탓을 하고 있었다. 나는 하수였다.

그러다 탓하던 마음을 바꿔 먹었다. 커피 한잔 하시라며 권했다. 내 탓이라고 마음을 바꿔 먹었기에 다시 소통할 수 있었다. 쌍방향 소통이 되려면 남 탓을 하지 말아야 한다. 남 탓을 하면 상대방 앞에서 말하기를 꺼리게 된다. 그 사람이 없는 자리에서 하는 뒷말이 되어 버리기 십다. 진정한 소통은 진정성 있는 대화가 전제되어야 한다. 소통은 내부에서 시작된다. 나 자신과 소통하고 동료와 소통할 때 외부 주민들과도 소통이 잘되는 법이다. 모든 게 내 탓이라고 여기면 마음에 평온이 찾아온다.

경찰서 직장교육에 참석했다. 정확한 교육명은 성희롱 예방 교육이었다. 교육에 앞서 영상을 하나 보게 되었다. 일부 경찰관들과 주민들의 육성을 녹음한 영상이었다. '경찰이 작은 일에 관심을 가졌으면 좋겠다, 순찰을 돌 때도 인사를 건네주었으면 좋겠다, 아직까지는 경찰이 멀게 느껴진다.' 이런 내용이었다. 소통은 쌍방향으로 이루어져야 한다. 경찰도 마음을 열고 작은 일에 관심을 가져야 하지만 주민도 경찰에 관심을 가져야 한다. 경찰은 시민들의 도움이 절실히 필요하다. 안전한 동네는 경찰만 잘해서 만들 수 있는 게 아니다. 경찰, 주민 모두 협력하고 서로에게 귀를 기울이고 도울 때 가능하다.

관내 교통사고가 난 적이 있었다. 새벽 시간대에 대리 운전을 하시는 분이 콜을 접수받고 도착 시간을 단축시키기 위해 무단횡단을 하셨다. 지나가는 차가 미처 사람을 보지 못하고 사고가 났다. 우연히 그곳을 지나가는 또 다른 차량이 현장을 목격하고 112 순찰차와 구급차가 올 때까지 현장을 지키셨다. 한 시민의 적극적인 도움으로 더 이상의 피해 없이 재빨리 보행자를 병원으로 후송할 수 있었다. 동네에 일어나는 일에 대한 작은 관심은 경찰뿐만 아니라 시민들에게도 필요하다.

술을 드시면 항상 지구대를 방문하시는 단골 고객님들도 경찰관이 이야기를 들어주기 때문에 찾아온다. 각자 이야기를 들어보면 저마다 안타까운 사연들이 있다. 술을 먹을 수밖에 없는 이유를 하나씩은 다 가지고 있다. 오죽했으면 지구대를 찾아 왔을까 하는 심정으로 들어준다. 만약 술 취한 사람이라고 단정 짓고 잘 들어주지 않는다면 자기도 모르게 사람을 대할 때 편견을 가질 수밖에 없다. 유연한 사고는 평상시에 사람을 대하는 습관에서 온다. 모든 사람을 소중히 여기는 습관 말이다. 내 마음 먹기에 달렸다. 주민들의 이야기에 하나하나 귀를 기울일 것인가 아니면 선별해서 들을 것인가. 작은 이야기도 귀 기울여 도와주려는 관심이 필요하다.

후배 한 명이 퇴직을 고려하고 있었다. 얼마나 힘이 들었으면 퇴직을 생각할까 하는 걱정되는 마음이 앞섰다. 누구나 직장생활을 하다 보면 한 번쯤은 생각은 한다. 반면에 진짜로 사직서를 던질 사람은 그리 많지 않다. 후배가 고민하고 있다면 자신에게는 아주 중요한 문제였다. 전혀 내색을 하지 않았던 터라 처음 소식을 들었을 때는 사실 많이 놀랐다. 속으로 얼마나 고민했을지 안쓰럽기도 했다.

오랜 생각 끝에 후배를 잠시 만났다. 남편과 함께 밥을 먹고 이런 저런 대화를 나누려고 했는데 갑자기 김장을 해야 하는 바람에 20분 정도의 시간밖에 없었다. 나는 책을 두 권 준비했다. 내가 읽었던 책 중에서 직장에 대해 생각해 볼 수 있는 두 권의 책이었다. 후배에게 1년 넘게 다닌 직장이니까 이 책을 읽으면서 진지하게 생각해보라고 권했다. 후배는 그렇게 하겠다고 했다. 모든 힘든 일은 '이 또한' 지나간다. 후배는 언제 그런 일이 있었냐는 듯이 지구대 생활을 잘 하고 있다. 거쳐야 하는 과정이었다. 직장에서 성장해 나가기 위해 거치는 길이었다. 후배가 힘들다고 손 들 때 주변에서 동료들이 알아차리고 도움을 줄 수 있었기에 경찰의 길을 다시 걸을 수 있었다. 후배의 경우처럼 주변에 찾아보면 당신의 도움을 필요로 하는 손길은 반드시 있다.

5년 전 아는 여경 선배가 다니던 경찰서에 사직서를 제출했다. 내 주변에서 처음으로 있는 일이었다. 10년 가까이 다니던 직장이었다. 삼십대 초반인 그녀. 쉽지 않은 결정을 했다. 직장을 그만두고 다시 수능을 준비하던 모습, 교대에 입학해서 졸업할 때까지 제출할 과제물이 많다며 행복한 고민을 하던 모습까지 5년을 지켜봤다. 성급하게 그만둔 게 아닌지 후회하는 모습을 포함하여 여러 모습들을 목격했다. 평생직장은 없다. 누구나 직장을 바꿀 수는 있다. 엄청난 노력이 필요하다. 그녀가 내면의 목소리에 귀 기울여 원하는 삶을 찾았지만, 그에 따른 시간투자와 노력은 생각보다 엄청났다. 용기 있는 선택이 자리를 잡기까지는 5년이라는 세월이 걸렸다. 여경 선배가 사직서를 제출할 때 주위에서 말렸더라면 마음이 바뀌었을까? 아쉬운 면도 있었다.

후배가 사직을 고민할 때 내 도움보다는 사직서를 낸 경험이 있는 여경선배의 조언이 도움이 될 것이라 판단했다. 두 사람 모두에게 양해를 구해 통화를 연결시켜 주었다. 여경 선배는 자신의 퇴직 경험이 누군가에게 도움이 될지 몰랐다면서 기꺼이 도와주었다. 때로는 자기도 예상하지 못한 경험이 누군가에게는 큰 힘이 된다. 후배가 정년퇴임할 때까지 퇴직 경험이 있던 선배가 해준 조언이 어쩌면 가장 값진 조언이 될지도 모를 일이다.

우리 딸아이는 네 살이다. 아직도 말을 잘하지는 못한다. 아이에게 엄마의 반응은 아주 중요하다. 아이의 말을 알아듣지 못해도 "그랬구나" 하면서 잘 듣고 공감하고 반응해주면, 아이는 엄마의 공감을 느낀다. 더 잘하려고 애쓰고 말 한마디라도 더 하려는 모습이 보인다. 반면에 아이가 하는 말에 반응하지도 않고 대꾸도 하지 않으면 아이는 금세 입을 닫아버린다. 엄마가 듣고 있는지 아이는 다 안다. 말을 못한다고 해서 모르는 게 아니다. 경청은 마음으로 느낄 수 있다. 소통의 대전제는 진정성이다.

사람들은 각자 자기 이야기하기를 좋아한다. 소통이 안 되는 사람들을 지켜보면 각자 자신들의 이야기를 하기 바쁘다. 들어주는 사람은 더 큰 힘을 가지고 있다. 이해하고 소통하는 힘은 경청에서 시작된다. 사람들은 자신들의 이야기를 들어줄 사람을 찾는다. 경찰은 시민들의 이야기를 들어주는 사람이다. 현장에서 작은 목소리에 귀 기울이려고 노력한다. 할 수 있는 일은 돕고, 할 수 없는 일이라도 끝까지 들어준다. 민사관계나 채무 문제는 경찰이 개입할 수가 없다. 하지만 들어줄 수는 있다. 답답해서 찾아온 사람들의 하소연을 들어주는 것이다.

가족과 주민을 챙기고 보살피려면 바다같이 넓은 마음이 필요하다. 필요한 것은 열린 마음과 열린 귀다. 내 일처럼, 내 가족의 일처럼 돕는 힘이 마음을 움직인다. 작은 움직임이 사람을 움직인다. 거기서 소통은 시작된다. 이제는 경찰뿐만이 아닌 주민들도 경찰의 목소리에 귀를 기울여 주어야 한다. 쌍방향 소통이 필요하다. 소통은 한쪽에서만 잘해서는 안 된다. 둘 다 마음을 열고 노력해야 한다. 동료의 이야기를 들어주는 것부터 시작하자.

| 요절복통 사건 이야기 |

술을 마셨으면 돈을 내야지

지구대에서 일어나는 일 중에는 술과 관련된 사건사고가 많다. 술 때문에 말다툼이 일어나 싸움으로 번지기도 한다. 새벽까지 이어지는 술 문화는 생각지도 못한 일로 이어진다. 사람들은 술에 대해 관대한 편이다. 술 먹은 사람들로부터 피해를 입은 신고자들을 현장에서 만나면 '웬만하면 신고를 안 했을 텐데'라는 말을 자주 하셨다. 대부분 몇 번은 참다가 도저히 감당이 안 되어 경찰에 신고를 했다. 식당에서 행패를 부리는 사람으로 인해 다른 손님들에게 피해가 갈까 봐 어쩔 수 없이 경찰을 부르는 상황도 있었다.

술은 사람을 대범하게 만든다. 출동한 경찰관에게도 반말은 기본이다. 사람들의 성향이 다양하듯이 술을 드신 분들을 상대로 대처하는 방법 또한 다양하다. 집에 데려다 주면 해결되는 분도 계셨고, 하고 싶은 말을 다 들어 주어야 되는 분도 계셨다. 맞춤형 치안 서비스를 제공해 드려야 했다. 경찰관에게는 술을 드신 분도 고객이기 때문이다. 단, 도를 넘지 않은 수준에서 말이다. 야간근무를 위해 출근할 때의 마음가짐은 남다르다. 마치 시험공부를 하러 가는 수험생처럼 마음을 가다듬는다. 기분은 즐겁되 마음은 차분하게 유지할 필요가 있다. 매일 사람을 만나는 직업은 사람들이 하는 말에서 상처를 주고받는다. 하루를 돌아볼 때는 내가 뱉은 말을 살펴볼 필요가 있다. 상대방에게 얻은 상처 또한 쌓이기 전에 풀어주는 것도 필요하다.

새벽시간이었다. J 1호 순찰차를 부팀장님과 함께 타고 있었다. 무전으로 '띵동' 하며 울렸다. 노래주점의 술값 시비 신고였다. 예방순찰을 돌다가 현장으로 목적지를 변경했다. 부팀장님은 운전을 하셨고 나는 조수석에 타고 있었다. 가는 길에 다른 피해상황이 없는지 신고자와 통화를 시도했다. 부팀장님은 현장에 갈 때면 신고자와 통화를 꼭 해보라고 하셨다. 지원이 필요한 상황이거나 긴급할 경우를 대비하시는 듯하다. 신고자는 약간 흥분을 한 상태였지만 다치거나 위험한 상황은 아니라고 했다.

통화를 할 때는 꼭 스피커 모드로 전환해서 같이 듣는다. 신고현장에 출동할 때부터 순찰차에 탄 경찰관 두 명은 한 조다. 모든 상황에서 한 팀으로 움직여야 한다. 같이 의논하고 머리를 맞대어 해결해야 일이 잘 풀린다. 신참, 고참은 중요하지 않다.

통화를 마치고 조금 후에 현장에 도착했다. 도로가에 비상깜박이를 켜두고 순찰차를 정차시켰다. 신속히 노래주점 지하로 내려갔다. 조용했다. 주인이 뒤쪽에서 걸어 나왔다. 한숨을 쉬었다. 신고자로부터 피해 내용을 전해 들었다. 처음 온 손님인데 술을 먹고 술값 계산을 안 해 준다는 내용이었다.

대화를 마친 후, 방으로 안내해 주었다. 남자 한 명이 소파에 앉아 있었는데 전혀 미안해하는 기색도 없었다. 돈을 지불할 의사도 없었다. 당당한 말투로 "나는 돈 못 낸다. 배 째라"라고 했다. 업주는 신용카드 여러 장을 보여주었다. 지금까지 결제 시도를 해봤는데 하나같이 사용 중지된 카드라며 한숨을 쉬었다. 손님은 술은 드셨지만 온전한 정신이었다. 대화가 가능했다. 단지 협조를 해주지 않았을 뿐이었다. 조금 후에 다른 순찰차 한 대가 도착했다.

대화 장소는 룸에서 카운터로 옮겨졌다. 그때부터 손님은 공격적으로 변해갔다. 갑자기 돌변해서 욕을 하기 시작했다. 타깃은 경찰관이었다. 신고출동을 온 경찰관이 못마땅했다. 욕을 하지 말라고 제지할수록 강도가 점점 더 세졌다. 한 명씩 돌아가면서 손가락질을 해가며 입에 담지 못할 욕을 했다. 욕하는 사람을 모두 처벌했다면 대한민국에 거주하는 많은 주민들은 전과자가 되었을 테다.

경찰은 가능하면 참는다. 행위를 미워하지 사람을 미워하지 않는다. 하지만 그날 그 남자 손님은 넘지 말아야 할 선을 넘어 버렸다. 단순한 욕은 참아줄 수 있었다. 처벌만이 최선책이 아님을 경찰은 안다. 술값을 지불하기를 거절했던 남자 손님은 여경인 나를 타깃으로 삼았다. 동료들이 듣고 있었고, 업주가 듣고 있는 자리에서 성적으로 모욕적인 말을 해버렸다. 한 번이 아니라 연속적으로 여러 번 했다. 차마 입에 올리기가 민망할 정도의 말을 이어서 했다. 그만하라고 했지만 소용없었다. 나는 그가 하는 말을 다 받아 적었다. "다 받아 적어라, ×××아" 하면서 추가로 욕을 더했다. 지구대로 동행하여 필요한 조치가 취해졌다. 서류에 서명 날인을 할 때는 이전의 모습은 온데간데 없고 온순한 사람이 되어 있었다.

정당하게 술을 먹었으면 계산을 해야 한다. 돈을 못 받는 가게 주인, 출동한 경찰관까지. 잘못된 행위로 인해 여러 사람이 피해를 본다. 고의로 술 먹고 돈을 내지 않는 분이 있다면 신고를 해야 한다. 한두 번 봐주기 시작하면 작은 습관이 고쳐지기보다 바늘 도둑이 소도둑 된다. 뭐든 처음이 어렵다. 술값이 적을수록 더 봐주겠지 하는 마음을 가지고 있다. 초반에 버릇을 고쳐야 한다. 신고가 반드시 필요한 이유다. 조금 귀찮지만 필요하다면 지구대로 같이 동행하여 간단하게 피해 진술을 해주어야 한다. 다음번에 다른 사람에게 또 다른 피해가 가지 않게 하려면 말이다.

경찰관이 욕을 듣거나 폭력을 당한 경우를 생각해보면 현장에서 술을 먹은 사람을 상대로 할 때가 많았다. 술을 드신 분을 상대할 때는 일단 정상적인 사람이라는 생각을 버린다. 나와 동등한 입장이라고 생각하는 순간 화가 치밀어 오르기 때문이다. '내가 이런 말을 듣고 계속 근무해야 하나?' 이런 생각이 든다. 신임 순경 때 수도 없이 들었던 생각이었다. '내가 이런 소리 들으려고 힘들게 공부했었나?' 물론 속으로 혼자 하는 말이다. 내가 욕을 들을 때는 그나마 낫다. 나이 오십 넘은 선배님들이 자식같이 어린 사람으로부터 욕을 들을 때는 속에 천불이 난다. 그럼에도 노련하게 대처하는 고참들을 볼 때면 고참은 역시 다르다고 느낀다. 경찰은 술 먹은 사람을 대하는 대처 능력도 가져야 한다.

술값 문제는 자주 들어오는 신고다. 한 번은 대낮에 신고가 들어온 적이 있었다. 고깃집에 어떤 남자가 학생들 여러 명을 데리고 와서 식사를 했다고 한다. 학생들은 고기를 구워 먹고 성인 남자 한 명은 술을 시켜 먹었다고 했다. 식사를 마친 학생들은 다 가버리고 계산을 하려는데 제출한 체크카드는 잔액 부족이었다. 가지고 있는 여유 돈도 없고 지불 의사도 없어 신고가 된 상황이었다. 낮인데도 불구하고 술을 드신 남자 손님은 현장에서 비틀비틀거렸다. 경찰관임을 인지했는지 아는 척을 했다. 가게 주인은 내일 줘도 되니 휴대폰을 맡기고 가라고 했다. 휴대폰 대신 신분증을 맡기고 가겠다고 실랑이를 벌였다. 손님은 연이어 휴대폰 번호만 알려주겠다고 고집을 피웠다. 주인 분은 손님이 알려준 번호로 전화를 걸었다. 잘못된 번호였다. 고의로 잘못된 번호를 가르쳐

준 것이다. 애초에 음식값을 지불할 의사가 없었다. 현장에서 무전취식 스티커를 발부했다. 그 이후로 그분을 관내에서 본 적은 없었다.

때로는 자발적인 신고가 한 사람의 나쁜 습관을 바꿔주기도 한다. 뿌리를 뽑으려면 애초에 잘 잡아야 한다. 신고를 안 하는 것만이 능사는 아니다. 나로 인해 다른 사람이 똑같은 피해를 당할 필요는 없다. 그 싹을 사전에 잘라버려야 한다. 경찰은 현장에서 예방이 될 수 있도록 돕는다.

남에게 피해가 가는 일은 하지 말아야 한다. 알면서도 피해를 주는 사람은 악의가 있는 사람이다. 한 사람으로 인해 여러 사람이 피해를 본다. 자신이 잘못한 일이 있으면 사과를 해야 한다. 자신의 잘못도 뉘우치지 못하는 사람은 다른 사람에게 자신이 피해를 주고 있다는 사실조차 알지 못한다. 한 번의 실수는 있을 수 있다. 형편이 여의치 않아서, 어쩔 수 없는 상황이라서 한 일이라면 이해할 수 있다. 상습적으로 남의 영업장에서 돈을 내지 않고 공짜로 먹는 사람은 다른 곳에 가서도 똑같이 행동한다. 지금도 피해를 보고 있는 업주가 있을 것이다. 예방 방지를 위해서라도 신고는 이루어져야 한다. 참고 사는 것만이 해결책이 될 순 없다.

술은 사람의 관계를 유순하게 해주는 힘도 있다. 술이라는 식품이 사람의 관계에서 잘 사용되려면 자신이 먹은 것에 대해 자신이 돈을 내야 한다. 건전한 술 문화가 자리 잡을 수 있도록 장사하시는 분들과 술을 드시는 분들 그리고 경찰관의 협력이 필요하다. 우리 모두 행복하려면 조금만 양보하면 된다. 남에게 피해되는 일은 하지 말자. 사회인이라면 지켜야 할 필수 원칙을 잊지 말자.

치매 노인을 찾아서

경찰은 비상이다. 치매 어르신과 관련된 신고가 들어오면 신속하게 움직여야 한다. 초동 조치가 중요하다. 어느 방향으로 이동했는지 파악해야 한다. 많은 인력을 올바른 장소에 배치해야 하기 때문이다. 팀장님도 현장에 진출해서 수사 지휘를 한다. 여청, 타격대 등 다른 부서에서도 출동해서 치매 어르신을 찾는 데 힘을 합친다. 치매 어르신은 보통 휴대폰을 가지고 계시지 않아서 위치 추적도 불가능할 때가 많다. CCTV를 추적하거나 가족의 진술이 유일한 단서다. 가족은 신고를 빨리 해줘야 한다. 혼자 찾아본다고 늦게 신고가 되는 경우가 종종 있었다. 시간이 흐를수록 치매 어르신은 멀리 이동할 확률이 높아진다. 실제로도 현장에서 멀리 떨어진 곳에서 발견될 때가 많았다. 돈도 없는데 어떻게 대중교통을 타셨는지 이해할 수 없었다. 경찰과 가족이 함께 합동으로 수색했다. 주민의 신고가 치매어르신을 가족의 품으로 돌려보낼 수 있는 가장 결정적인 계기가 되기도 했다. 모든 사람의 작은 관심이 필요하다.

우리 팀 뚱땡이 주임님과 주간근무를 하고 있었다. 사람마다 순찰차를 정차하지 않는 곳이 있었다. 그곳에 가면 신고를 많이 받는다는 미신이 있기 때문이었다. 부팀장님이 안 가시는 곳에 우리는 잠시 순찰차를 세웠다. 아이들이 학원을 마치면 자주 지나가는 곳이었다.

그때 112 신고가 접수되었다. 2동 신고였다. 무전기에 대고 응답을 하고 현장으로 출동했다. 가족인 할머니를 현장에서 만났다. 할아버지가 없어지셨는데 팔순이 넘으셨다고 했다. 거동이 불편하셔서 지팡이를 이용해 걸으신다는 진술이었다. 가족들로부터 이야기를 듣고 있는데 순찰차 두 대가 모두 도착했다.

역할 분담을 했다. 1, 2호 순찰차는 주변 수색을 바로 시작하고, 3호가 프로파일링 접수 뒤 상황실에 보고를 하기로 정했다. 조금 있으면 해가 질 것 같아 빨리 찾아야만 했다. 할아버지는 연세가 많으셔서 한시가 급한 상황이었다. 아파트 주변 구석구석부터 수색을 시작했다. 지팡이를 들고 다니시는 분이 없는지 눈을 크게 뜨고 찾기 시작했다. 김 주임님이 운전을 하셨고 나는 조수석에 앉아서 밖을 뚫어지게 내다보고 있었다. 마음속으로 주문을 외치고 있었다. '반드시 찾는다, 찾는다, 찾는다.' 마음속으로는 주문을 외우면서 눈은 창문 밖을 향해 있었다. 지하철역, 공원, 주변 학교 등 가볼 만한 곳은 다 돌았다. 상황실에서 무전을 통해 치매노인 수배 내용이 반복적으로 들렸다. 혹시 발견하는 사람이 있으면 J지구대로 연락을 달라는 내용이었다.

2시간쯤 지났을까 나에게 운전대를 주시면서 "니가 가고 싶은 대로 가 봐. 느낌 알제?"라고 뚱땡이 주임님 말씀하셨다. 이미 해는 져서 밖은 어두웠다. 차 안에서 밖이 잘 보이지 않았다. 운전대를 잡은 나는 이제껏 가보지 않은 조금 먼 곳으로 방향을 바꿨다. 주임님은 조끼 안에서 휴대용 전등을 꺼내셨다. 밖을 비치면서 계속 수색을 했다. 얼마 지나지 않아 "멈춰 봐! 뭐가 보인다"는 주임님의 목소리에 순찰차를 급히 정차시켰다. 뚱땡이 주임님은 문을 빨리 열더니 뛰기 시작하셨다. 뚱땡이 주임님이 그렇게 빨리 움직일 수 있는지 처음 알았다. 신속히

차를 주차하고 주임님이 뛰어 가신 방향으로 나도 달리기 시작했다. 빌라 입구 난간에 누군가 걸터앉아 있었다. 이미 주임님은 무전기를 잡고 계셨다. 다른 순찰차에게 어르신을 찾았다고 알리고 있었다. 해가 지고 날씨가 무지 추웠다. 어르신은 모자도 쓰고 계셨는데 얼마나 추우셨으면 코에 콧물이 흘렀는데 고드름처럼 얼어 있었다. 할아버지에게 가족이 기다리고 있다고 알렸다. 순찰차에 모시고 가려는데 나에게 이렇게 말씀하셨다.

"차비가 없는데 어쩌지?"

"공짜로 태워 드릴게요. 괜찮아요."

"그래도 그건 안 돼지."

"괜찮아요. 할아버지, 할머니 기다리셔요. 집으로 같이 가요."

설득 끝에 할아버지를 순찰차 뒷좌석에 태울 수 있었다. 할아버지를 직접 모시고 몇 시간 전 출동했던 신고 현장으로 향했다. 마음이 가벼웠다. 집으로 돌아가니 이미 가족들은 할아버지를 찾았다는 사실을 알고 기다리고 있었다. 할아버지를 가족의 품으로 모셔다 드렸다. 내 손을 꼭 잡으시는 할머니. 고맙다며 욕봤다며 말씀하시는 할머니의 눈빛을 잠시 동안 쳐다봤다. 가슴속에 묵직한 무언가가 꿈틀거렸다. 작은 도움을 줄 수 있었던 하루, 최고의 하루였다. 누군가에게 도움을 줄 수 있는 직업, 우리는 경찰이었다.

꼭 찾는다는 믿음은 수색할 때 도움이 되었다. 내 가족을 찾는 마음으로 간절하게 찾았다. 특히 치매 어르신들은 계속 움직이셔서 이동 경로가 예측이 안 될 때가 많았다. 때로는 직감적으로 가보고 싶은 곳을 수색해보는 것도 좋은 방법이었다. 고참이 나에게 운전대를 건네주었을 때, 큰 미션을 받고 스스로 수행하는 사람처럼 여겨졌다. 찾고자 하는 여러 명의 노력이 하늘을 감동시킨 모양이다. 가족의 품으로 보내드릴 때의 그 감동은 시간이 지나도 잊히지 않았다. 경찰관으로서 큰 보람을 느꼈다. 우리가 하는 일이 사람을 돕는 일이었다. 사무실에 돌아가 어떻게 찾았는지 하나하나 설명을 해줄 때는 마치 슈퍼맨이라도 된 듯 기분이었다. 경찰관으로서 당연히 해야 할 일을 했을 뿐이지만 누군가에게 도움을 주었다는 작은 마음은 최고의 순간이었다.

누군가를 도울 수 있는 직업은 많다. 작은 일이라도 진심을 담으면 돕는 행위가 위대해진다. 실종사건은 시간이 지체될수록 찾는 게 어려워진다. 다행히 할아버지의 가족들은 없어진 사실을 알고 바로 신고를 해주었다. 신고현장을 지나갈 때마다 '우리가 찾아준 치매어르신이 사시는 곳'이라며 말을 하곤 했다. 가족의 기억에도 경찰의 기억에도 따뜻한 순간은 오랫동안 남아 있는 법이다. 나에게 이 사건은 오랫동안 아름다운 추억으로 남아 있을 테다.

치매 어르신은 혼자 계시면 위험하다. 가족이 꼭 같이 있어야 한다. 아파트에 함께 거주하는 할머니는 할아버지를 집에 혼자 두고 잠시 외출을 하셨다. 다녀오니 할아버지가 없어졌고 두 시간 정도 경과된 상황이었다. 아파트 경비실 CCTV상으로는 착용하고 있는 옷과 아파트 단지를 내려가는 모습만 알 수 있을 뿐이었다. 오른쪽, 왼쪽, 길 건너 반대편 중에서 어느 방향으로 갔는지 알 수 없었다. 오른쪽부터 수색하기로 했다. 주택가를 지나 공원 주변을 한참을 찾았다. 할아버지는 보이지 않았다. 다른 순찰차가 CCTV 수사를 하는데 지하철역 안에서 수상한 할아버지가 있다는 신고가 들어왔다. 할아버지는 땡땡이 모양의 솜이불 같은 잠옷을 착용하고 계셨는데 사람들이 보기에는 이상해 보였나보다. 할아버지는 이미 두 시간 전 지하철 역으로 나간 상황이었다.

얼마 후, 멀리 떨어진 다른 지역에서 발견되었다는 소식이 들려왔다. 할아버지가 버스를 타고 가신 거였다. 돈도 없었는데 버스 기사분이 태워 주신 모양이다. 잠옷을 입고 돌아다니는 할아버지를 수상히 여긴 다른 지역 경찰관에게 발견되었다. 어떻게 그 멀리까지 가시게 되었는지는 의문이지만 찾았으니 모든 건 괜찮았다. 할아버지를 애타게 찾는 가족들에게 그 사실을 알렸다. 부모를 찾았다는 소식에 너무나 안도하는 모습이 역력했다.

CCTV를 통해 확인해가며 진행하는 수사는 시간이 걸리기 마련이다. 신고조차 늦게 되었을 때는 마음이 급해진다. 치매어르신을 찾는데 가장 결정적인 도움을 주는 주민의 신고가 절실히 필요하다. 수상한 할아버지나 할머니를 발견하면 112에 신고를 해주는 것만으로도 많은 도움이 된다. 이번 사건도 작은 관심이었다. 잠옷을 입고 있는 할아버지를 한 번 더 눈여겨본 관심이 결정적이었다.

나이가 어린 아이나 연세가 많으신 할머니, 할아버지들을 찾을 때면 신경이 더 쓰였다. 팀의 화합과 가족의 협조, 주민의 신고가 모두 한 박자가 되어야 한다. 때로는 경찰의 수색만으로 찾기도 하지만 많은 경우 가족의 협조와 주민의 신고로 가족의 품으로 돌아갈 때가 많았다. 최초 신고가 들어왔을 때부터 초동 조치가 매우 중요하다. 첫 단추가 잘 끼워져야 한다. 많은 인력이 투입된 수색인 만큼 올바른 방향설정과 추진력이 필요하다. 나에게 주어진 일을 잘해내는 것만이 한 팀으로 움직이는 조직에서 빛을 발한다. 해야 할 일은 멀리 있는 게 아니다. 내 일을 온 마음으로 열과 성을 다하는 것이다. 오직 내 가족처럼 여기는 마음만이 실종자를 가족의 품으로 돌려보내는 최고의 방법이다. 그 마음 잊지 않고, 나는 오늘도 제복을 입는다.

★

밤낮 없는 싸움

조용한 저녁 시간이었다. 출근한 지도 얼마 되지 않았다. 교통사망사고 예방 거점 장소에 서서 근무를 서고 있었다. 무전으로 1호 순찰차를 부르는 소리가 들렸다. 무전기에 응답하고 순찰차를 탔다. 현장으로 향했다. 신고자는 차분한 분이었다. 동네에서 오래 사신 분이었다. 집 앞 전봇대가 있는 곳에 동네 주민들이 무단으로 쓰레기를 가끔 버린다고 했다. 동네를 깨끗하게 하기 위해 매일 같이 청소를 하시는 분이었다. 주변이 깨끗했다. 유독 그 자리에 사람들이 밤에 쓰레기 투기를 많이 해서 구청에서 만든 팻말까지 세워져 있었다. '쓰레기 무단 투기 금지'라는 팻말이었다. 주민 한 분이 동네를 위해 헌신을 하고 있는 상황이었다.

전봇대 앞은 지역 주민들이 주차를 하지 않는 장소라고 했다. 그런데 주차를 하게 되면 누군가 몰래 쓰레기를 버리는 일이 많아진다고 하셨다. 앞집에 사시는 분이 얼마 전 새로 이사를 오셨다. 그 사실을 전혀 모르고 무단 투기 장소에 주차를 하셨다. 그래서 그분과 신고자 분 사이에 주차 문제로 약간의 다툼이 있었다. 문제는 경찰이 출동한 당일 유독 새로 이사온 분의 차량만이 구청으로부터 주차위반 스티커를 발부받게 되어 감정이 상해 있었다는 점이었다. 매일 봐야 하는 동네주민이었다. 중간에서 서로의 입장을 고려하여 마음을 풀도록 애를 쓸 수밖에 없었다.

지구대에 들어오니 사람이 꽉 차 있었다. 왼쪽에 남자 서너 명이 앉아 있고 오른쪽에도 서너 명이 앉아 있었다. 경찰관 4명은 바쁘게 움직이고 있었다. 한쪽에서는 피해자 조서를 받고 있었고 한쪽에서는 보고서를 만들고 있었다. 술집에서 술을 마시다가 시비가 붙은 폭행 사건이었다. '네가 먼저 시비를 걸었잖아' 하면서 여전히 다투고 있었다. 양쪽 경찰관이 일을 할 수 있도록 중간에서 경찰관 한 명이 자제를 시켰다. 일방적으로 맞은 친구는 조사를 받고 집으로 돌아가고 폭행한 친구들은 형사계로 인계되었다.

대낮에도 싸움은 일어난다. 순찰차를 타고 지나가는데 어디선가 달려와 조수석 창문을 힘차게 두드렸다. 예고 없는 두드림에 깜짝 놀랐다. 황급히 순찰차에서 내리니 뒤에 있는 남자를 가리키며 저 사람 때문이라고 했다. 여성분도 술이 조금 취한 상태였다. 조금 전까지 남자친구 집에서 함께 낮술을 먹었는데 싸웠다고 했다. 싸움이 집 밖으로까지 이어져 대낮에 도로에서 싸우게 되었다. 여자친구는 남자친구 집에 있는 자신의 소지품을 가지러 가려는데 남자친구가 못 가져가게 한다는 것이었다. 둘 다 술이 취해 자기 말만 했다. 남자는 비틀비틀거리면서 괜찮다며 경찰 도움 필요 없다고 했다. 집에 가고 싶다는 여성분은 지갑만 있으면 된다고 했다. 우리가 남자친구분과 함께 있을 테니 집에 올라갔다 오라고 했다. 얼마 후 지갑을 가지고 온 여성은 택시를 타고 집으로 귀가했다.

한참을 남성분과 대화를 나누었다. 묻지도 않았는데 친절하게도 자신의 이야기를 자세히 해주었다. 그 이후에도 그 남녀가 같은 장소에서 다투는 것을 목격한 적이 있었다. 낮술을 즐기는 커플이었다.

매번 여자친구는 택시를 타고 가버렸다. 그 상황을 피해버리는 것이 또 다른 싸움을 예방하기도 한다.

사소한 다툼이었다가도 감정이 개입되면 큰 싸움으로 이어지기도 한다. 둘이서 싸우기 시작했는데 단체 싸움으로 불거질 때도 있다. 여러 명이서 싸우면 경찰관 두 명이서 제압이 안 될 때도 있다. 위험한 상황이나 경찰관에게 폭행을 하는 사람에게는 어쩔 수 없이 테이저 건이나 경찰 장구를 사용해야 하는 상황도 생긴다. 조금만 이해해주면 될 것을 서로 자기 주장만 하다 보니 싸움으로 번졌다.

교통사고 현장도 마찬가지다. 자동차를 운전하다 보면 사고가 날 수도 있다. 자신의 실수로 나기도 하지만 본의 아니게 상대방의 과실로 사고가 일어나기도 한다. 누구의 잘못이든 간에 차 대 차 사고가 일어났으면 상황을 정리해야 한다. 다친 사람이 있으면 119에 연락해 병원으로 가서 치료를 받도록 해야 한다. 다친 사람이 없으면 보험회사를 불러 보험처리를 하는 것이 순서이다. 현장에서 목소리만 높이시는 분들이 종종 있었다. 아무도 다치지 않았는데도 네가 잘했니, 내가 잘했니 잘잘못을 따지셨다. 특히 여성분이 상대방이면 목소리부터 높이시는 남자 분들이 계셨다. 현장에 가면 안타까웠다. 교통사고는 목소리 큰 사람이 이기는 싸움이 아니다. 목소리가 작다고 해서 보험처리가 안 되는 것도 아니었다. 현장에서 목소리 큰 분을 진정시키는 데 많은 에너지가 소모된다. 도무지 경찰관의 말도 들으려고 하지 않기 때문이다. 보험처리만 하면 될 일을 경찰서 사고조사계에 데리고 가야 하는 상황이 생기기도 했다.

한 번은 자동차와 오토바이 접촉 사고가 난 적이 있었다. 늦은 새벽 시간이었고 도로에 차가 별로 없었다. 한 명이 오토바이에 타고 있었고 자동차 안에도 두 명이 탑승해 있었다. 접촉 사고가 났다. 오토바이가 도로에 미끄러지면서 넘어졌다. 오토바이 탑승자는 안전모를 착용하고 있지 않았다. 오토바이 운전자가 크게 다쳐 병원 응급실로 후송되었다. 오토바이가 미끄러진 것을 본 청년의 친구는 옆에서 경찰관이 처리하고 있는 업무를 방해하고 있었다. 사진촬영도 해야 하고 진술도 들어야 하는 상황이었다. 음주 측정도 해야 했다. 옆에서 침을 퉤퉤 뱉으면서 사사건건 하는 일에 참견을 했다. 친구가 병원으로 후송되었으니 병원으로 가보라고 해도 말을 듣지 않고 현장에서 사건을 처리하는 경찰관에게 반말을 하며 언성을 높였다. 상대방 운전자와도 잘잘못을 따지고 있었다. 그런 행동은 아무런 도움이 되지 않는다. 차량 통행이 될 수 있게 해줘야 하고 할 일이 많은데 일이 지체되고 있었다. 그 청년 때문에 일은 더디게 진행되었다. 결국 그 청년이 병원으로 이동한 뒤에야 현장조사를 마무리할 수 있었다.

가정폭력 신고는 밤낮 없이 들어온다. 경찰관이 출동할 때는 긴급한 경우이거나 참고 참다가 안 되어서 신고가 되는 경우가 많다. 야간에 출동 간 집은 여자들만 살고 있는 집이었다. 어머니와 막내딸이 술을 먹고 들어와 서로 간의 다툼이 있었던 모양이다. 말다툼이 몸싸움으로까지 번져 걱정이 된 다른 가족이 신고를 하였다. 현장에 도착해서 두 사람을 분리하여 이야기를 들었다. 막내딸의 손에는 엄마에게 뜯긴 머리카락 한 움큼이 있었다. 계속 울고 있는 딸을 달래면서 자초지종을 들었다. 문제는 엄마의 계속되는 음주였다. 딸들은 엄마의 치료를 원했다. 엄마가 술을 드시고 오는 날이면 어김없이 싸움으로 이어진다고 했다.

피해자 관리가 필요할 것으로 판단하여 여성청소년계 피해자보호

팀에 담당자에게 전달했다. 알콜상담소 등에 연계되도록 해달라고 했다. 현장에서 최우선으로 고려해야 할 것은 안전이다. 더 이상의 피해가 없도록 조치가 이루어져야 한다. 처벌만이 최선책은 아니다. 특히 가족문제는 더 그렇다. 곪아 있는 문제는 천천히 시간을 두고 해결해야 한다. 지속적인 상담도 필요하고 치료도 병행되어야 한다. 경찰, 지자체, 관계기관의 꾸준한 관심이 필요하다. 가족 간의 의사도 중요하다. 엄마와 딸은 당일 화해를 하였다. 가정 일에 오시게 해서 미안하다는 맏딸의 말에 혹시 싸우면 언제든지 바로 신고를 하라는 말을 해주었다. 신고를 한다고 해서 가족을 무조건 처벌하는 게 아니라고 설명하니 안심을 하였다. 그날 아침까지 같은 신고는 없었다.

위급한 일이 생기면 누구나 112에 신고한다. 경찰관인 나도 급한 상황에서는 휴대폰으로 112를 부른다. 내 일이 아니라도 누군가 싸우고 있는 장면을 목격해도 지나가는 사람들은 경찰에게 신고를 한다. 싸우는 현장에서는 싸우는 당사자들을 분리하는 게 첫 번째 할 일이다. 같이 두면 계속 싸운다. 싸웠다고 해서 모두 처벌하지는 않는다. 폭행은 없고 단지 감정이 상해 있는 상황이라면 경찰관은 서로 마음을 풀 수 있도록 도와준다. 그 외에 폭행도 있고 꼭 처벌을 원하는 사람들에게는 법대로 진행한다. 폭행 현장에서는 마음을 푸는 게 중요하다. 상대방이 한 말로 인해 싸움이 불거졌을 때도 있었고, 서로의 의견이 맞지 않아 싸울 때도 있었다. 무슨 일이든 간에 한 발짝 뒤로 물러서서 상대방의 입장에서 한 번만 생각하면 모두 풀렸다.

경찰제복을 입은 사람은 중립적인 입장이다. 누구의 편도 아니다. 단지 상황을 해결하려 할 뿐이다. 경찰은 사람의 마음까지도 풀어주어야 한다. 다친 마음도 헤아려 주고 들어 줘야 한다. 경찰은 법을 집행하는 기관이기 이전에 주민들의 팬이다. 진심으로 들어주니, 많은 경우 흥분한 마음도 진정되었다. 대화가 되면 상대방의 입장도 이해하게 된다. 시간이 조금 걸려도 처벌보다는 마음을 푸는 일이 더 통할 때가 많았다. 마음회복이 우선이다. 싸움의 종착역은 경찰서가 아닌 상대방의 마음을 읽는 것이 되어야 한다. 나는 현장에서 밤낮으로 싸우는 사람들을 만나지만 사람들의 마음을 풀어주기 위해 오늘도 제복을 입는다.

★

법규 위반은 기본

일상은 평온하다. 하루의 시작은 순찰차를 타는 일부터 시작한다. 제복을 입고 동네 예방 순찰을 돈다. 매일 똑같이 가는 곳이지만 매번 새로운 마음가짐으로 한다. 같은 도로를 지나도 새롭게 바뀐 것은 없는지 살펴본다. 식당이 바뀌거나 가게가 생기면 들어가서 주인과 말을 해본다. 동네의 작은 변화에 관심을 갖는 것이 경찰이 해야 할 일이다. 편의점에 아르바이트생이 바뀌어도 알 정도로 관심을 가진다. 늦은 새벽시간대 여성이 혼자 근무하는 편의점은 유독 신경을 쓴다. 취약 시간대에 편의점 앞에서 거점근무를 설 때도 있다. 크고 작은 사건사고는 예고 없이 찾아오기 때문에 미연에 예방이 가능한 것은 예방이 우선이다.

나는 교차로에서 좌회전을 하기 위해 신호 대기 중이었다. 반대편에서 신호위반을 하고 차가 한 대 지나갔다. 대낮에 순찰차가 바로 정면에 서 있는데도 말이다. 사이렌을 울리며 위반 차량을 따라갔다. 옆에 정차하라며 마이크로 신호를 주었다. 갓길에 주차했다. 운전자는 초행길이라 신호위반을 하였다고 변명했다. 순찰차를 눈앞에 두고도 위반하는 차량을 보면 솔직히 얄밉다. 교통사고는 예고 없이 찾아온다. 평소에 교통법규를 지키는 것만이 예방하는 방법이다. 새벽시간이 되면 특정 삼거리는 신호위반하는 차량들이 자주 보였다.

'나는 괜찮겠지'라는 생각은 버려야 한다. 차량 신호위반은 무단 횡단자와 만나면 큰 사고를 유발한다. 운전하시는 분들은 경찰관에게 교통위반 단속을 당하면 당장 스티커가 발부되는 상황이니 화를 내는 경우가 많았다. "왜 나만 단속하느냐. 다른 위반 차량도 다 해야지" 하시면서 말이다. 경찰은 주민들과 싸우려고 단속하는 게 아니다. 교통 법규 위반이 큰 사고로 이어지기 때문에 단속을 한다. 정상적으로 운전하는 차량도 무단 횡단하는 사람과도 부딪칠 수가 있다. 스스로 교통법규를 잘 지키는 것만이 소중한 생명을 보호하는 길이다.

한 번은 택시기사를 포함하여 차량 두 대를 단속한 적이 있었다. 둘 다 신호위반 차량이었다. 차량 단속을 할 때는 거수경례를 하고 소속과 성명을 밝힌다. 위반 내용도 알려준다. 나는 승용차를 단속했고, 김 주임님은 택시를 단속했다. 승용차량은 본인이 위반한 사실을 인정하고 교통위반 스티커를 받아갔다. 반면에 택시는 왜 나만 단속하냐며, 위반 사실을 인정하지 못하겠다며 끝까지 고집을 부리고 있었다. 20분 넘게 실랑이가 이어졌다. 단속한 사실은 없어지지 않는다. 결국 본인이 지쳐 화를 내며 돌아가셨다.

신호위반 차량을 단속을 할 때면 유독 고함을 지르거나 무례한 사람들이 있다. 경찰이 해야 할 일을 하는데 '니는 애미 애비도 없냐면서' 윽박을 지르는 분들을 포함하여 내 앞에 가는 차량도 위반했는데 나만 단속하냐며 욕을 하시는 분들을 만나면 난감하다. 욕을 들으면 사람인지라 기분이 좋지 않다. 하지만 참는다. 최대한 말을 줄이고 원칙대로 하면 된다. 단속이 되었다고 소리를 지른다고 해서 위반한 사실이 없어지지 않는다. 한 번은 신호위반한 차량을 단속했는데 계속 봐달라고 하셨다. 원칙대로 스티커를 발부하는 나를 향해 심한 욕설을 하고 급출발을 했다. 교통법규를 잘 지켰다면 단속도 되지 않았을 텐데. 씁쓸했다.

위반한 차량들은 둘 중 하나다. 잘못을 뉘우치는 사람과 왜 나만 단속하냐며 경찰관 탓을 하는 사람이다. 태도의 차이다. 위반은 내가 한 것이다. 단속을 경찰이 했다고 해서 경찰관 탓을 하는 사람은 태도를 바꿔야 한다. 예방이 가능한 사고는 미연에 방지되어야 한다. 경찰은 사전에 더 큰 위험이 닥치기 전에 경고를 해주는 사람이다. 신호위반도 일종의 나쁜 습관이다. 오늘 당장 단속된 것에 화내지 말고 더 큰 사고를 미연에 예방했다는 마인드로 생각해 주었으면 한다.

경찰관도 법규 위반을 하면 스티커를 발부받는다. 주차위반이나 신호위반을 하면 똑같이 단속 대상이 된다. 교통단속을 직무시간에 하는 것은 경찰이 업무이기 때문이다. 요즘은 경찰 이외에도 일반인도 신고가 가능하다. 블랙박스가 장착되어 있는 차량은 깜빡이를 넣고 들어오지 않거나 차량이 위협을 준 경우 등 불편한 사항이 발생하면 인터넷에 접속하여 언제든지 위반차량 신고가 가능하다. 해당 사이트(스마트 국민제보)에 접속하여 블랙박스 영상만 올려주면 된다. 경찰뿐만이 아니라 일반 시민들도 항상 지켜보고 있는 세상이다. 보는 사람이 없다고 생각하고 위반하면 집으로 스티커가 날아오는 세상이다. '나는 괜찮겠지'라는 마인드는 버려야 한다. 언제, 어디서, 누구에게 단속을 당할지 모른다. 미연에 사고를 방지하기 위한 방법은 위반을 하지 않는 것뿐이다. 신호를 지키고 법규를 지키는 것만이 단속과 사고를 예방할 수 있는 지름길이다.

교통사고가 자주 일어나는 장소에서 경찰관은 거점근무를 선다. 순찰차에 경광등을 켜고 비상깜빡이를 켜둔다. 경찰관 한 명씩 하차하여 불봉을 들고 위반하는 차량이 없는지 살피면서 근무를 했다. 불봉을 들고 서 있다 보면 지나가는 주민들과 마주쳤다. 횡단보도 앞에서 대기하시는 분들과 잠시 얘기를 나누기도 했다. 아이와 함께 지나가거나 횡단보도 신호가 끝나갈 때는 주민들과 동행해서 횡단보도를 건너 주기도 했다. 추운 겨울날은 단단히 입어야 한다. 아래위로 따뜻한 내복은 필수다. 추위와 맞서면서 근무하다 보면 주민의 한마디가 힘을 내게 해준다. 갈 길을 바삐 가시면서도 잠시 멈춰 서서 "고생 많으십니다"라는 말을 해주시면 마음이 녹는다.

지나가는 주민들 사이에 서 있었다. 순찰차가 눈앞에 보이게 서 있는데도 위반하는 차량과 오토바이들이 간혹 있었다. 가지고 있는 호루라기로 제지했다. 불법 좌회전하려는 차량을 멈추게 하려고 신호를 주었다. 어쩌다 위반해버린 차량은 단속 대상이 된다. 당장 기분은 나쁠 수 있겠지만 해야 할 일을 한다. 조금 멀리 돌아가는 게 귀찮아서 위반하는 경우가 많다. 경찰관이 매번 따라다니면서 단속을 할 수도 없는 노릇이다. 의식 수준을 높여야 한다. 스스로 위반하지 않아야 한다. 사고는 예고 없이 찾아온다. 예방이 가능한 위반 사항들은 반드시 근절되어야 한다.

무단횡단으로 단속되면 범칙금 2~3만 원이 부과된다. 내 눈앞에서 위험한 8차선 도로를 건너오신 아주머니 한 분이 계셨다. 저녁시간 때였고 어두웠다. 퇴근 시간으로 차량이 붐비는 시간대는 아니었지만 차가 어느 정도 많이 다니는 시간대였다. 중간쯤 건너오신 아주머니께 거기 서 계시라고 신호를 주었다. 차량이 오는지 확인하고 아주머니가 계신 곳으로 건너갔다. 횡단보도 신호가 빨간 불로 바뀌어 중간에서 대기해야만 하는 상황이었다. 왼편과 오른편은 서로 다른 방향으로 가는 차들이 씽씽 달리고 있었다. 횡단보도 신호가 다시 녹색 불로 바뀌자 차량이 오는지 확인하고 나머지 차도를 건너 인도에 도착했다. 왜 신호위반을 했냐고 물으니 집에 빨리 가기 위해서라고 했다. 퇴근하는 길이었고 피곤해서 그랬다고 하셨다. 주민등록증 제시를 요구하니 표정이 변하셨다. "그냥 좀 봐주세요" 하셨다. 어머니께 이 길이 퇴근길이냐고 물었다. 맞는다고 하셨다. 솔직하게 말해 달라는 말을 덧붙이고 어머니께 다시 물었다.

"무단횡단 오늘 처음이세요?"

"아니요…."

"어머니, 3만 원 아깝습니다. 압니다. 저도 3만 원 아깝습니다. 어머니께 저는 오늘 스티커 발부해 드릴 겁니다. 저는 어머니의 안전을 더욱 생각하니까요. 오늘 스티커를 받아 가시지 않으면 아마도 어머니는 다음번에도 '괜찮을 거야'라는 마음으로 위반을 하시겠죠. 오늘 3만 원을 내시면 오늘 일이 생각나서 돈이 아까워서라도 횡단보도를 찾아서 건너실 거예요. 저는 어머니께서 아깝지만 3만 원 내시고 나쁜 습관 고치셨으면 좋겠어요."

어머니는 딸 같은 경찰관이 하는 말을 잘 이해해주셨다. 웃으면서 스티커를 받아 가셨다. 그 이후로 같은 곳에서 그 어머니를 뵐 수 없었다.

생활 속에서 나도 모르게 위반하고 있는 것들이 있는지 살펴볼 필요가 있다. 운전을 할 때 안전벨트를 매고 있는지, 도로를 건널 때 횡단보도를 이용하고 있는지 말이다. 귀찮지만 평소에 안전을 지키는 습관들은 사고를 예방해준다. 자신이 잘못을 하지 않아도 사고를 당하는 세상이다. 최소한 나만큼은 지킬 수 있는 것은 지켜야 한다.

지킬 수 있는 것을 지키지 않아서 생긴 사고의 모습은 처참했다. 정상 생활로 회복이 안 되는 경우도 있었다. '이런 일이 나에게 어떻게 일어날 수 있지?' 할 정도로 상상하기 싫을 만큼 큰 사고들이 주변에서 일어났다. 소중한 가족의 품을 지키는 일은 작은 습관을 지키는 일이다. 알면서도 실천하지 않는 것들을 하나씩 지키는 방법뿐이다. 경찰은 싫은 소리를 들으면서도 끝까지 단속을 한다. 나쁜 습관을 고쳐야 안전해질 수 있다. 오늘부터 자신만의 좋은 습관을 하나씩 만들어가자. 한 가지를 정해 오늘부터 시작해보자.

답이 없는 문제들

순찰하면서 지나가는 사람들을 관찰했다. 통화를 하면서 내려가는 사람, 늦었는지 뛰어가는 사람, 급한 일 없이 여유롭게 걸어가는 사람. 각자 자신의 일상에 맞춰 살아가고 있었다. 유독 길거리에 눈에 띄는 사람들이 있었다. 아주 느린 걸음과 짧은 보폭으로 걸었다. 손에는 무언가를 끌고 있다. 추운 겨울에는 옷까지 많이 입으셔서 걸음이 더 느려진다. 멀리서 봐도 무슨 일을 하시는지 알아볼 수 있었다. 내가 근무하는 곳에서 혼자서 손수레에 박스를 차곡차곡 올려서 끌고 가시는 분들을 간혹 만났다.

순찰 중인데 저 멀리서 할머니 한 분을 목격했다. 그 뒤에는 도보순찰 중이던 선배님 한 분과 팀장님이 오르막에서 할머니의 수레를 끌어다 주고 계셨다. 옆으로 다가가 창문을 내리고 "아이고, 수고 많으십니다" 하면서 농담을 던졌다. 할머니, 할아버지들을 매번 따라다니면서 손수레를 끌어줄 수는 없지만 뵙게 되면 오르막이나 내리막에서 돕는다. 무단횡단도 하시면 안 된다고 꼭 말씀드린다.

지구대로 전화가 걸려왔다. 여성분의 목소리였다. 지구대 바로 위 사거리로 출동을 해달라는 내용이었다. 할머니가 박스를 너무 많이 실으셔서 이동이 안 되니 할머니를 도와달라고 했다. 출동한 두 명의 경찰관은 박스를 순찰차에 실어 할머니와 함께 종이 박스를 보관하시는 곳에 모셔다 드렸다.

어느 날 할머니 한 분이 지구대로 흥분한 채 들어오셨다. “내 것이 다 없어졌어” 하시면서 화가 잔뜩 나 있는 상태였다. 전후 사정을 모르니, 무슨 일이 있었는지 알 수가 없었다. 할머니를 소파에 앉으시게 하고 물을 한잔 드렸다. 천천히 말씀하시라며 자세하게 경위를 물었다.

할머니는 박스를 모아서 특정 장소에 보관하고 계셨다. 차량이 나가고 나면 주거지 전용 주차선 안에 박스를 모으셨다. 저녁에 차량이 퇴근하고 오기 전까지 그곳은 할머니의 보금자리였다. 그런데 오전까지 모아두셨던 박스가 사라졌다고 했다. 할머니와 함께 박스가 없어졌다는 곳으로 가보았다. 주차선 안에 할머니의 짐으로 보이는 가방과 물건들이 투명 비닐 천에 덮혀 있었다. 종이박스는 보이지 않았다.

건너편에 남자들 몇 명이 서 있었다. 할머니는 그중 몇 명과 평소 사이가 좋지 않으셨는데 한 명을 의심하고 계셨다. 할머니 말만 믿고 무턱대고 의심할 수는 없는 상황이었다. 박 주임님이 그분과 대화를 시도하러 가셨다.

나는 할머니의 화를 풀어드리려고 계속 말을 이어갔다. 할머니 편도 들면서 할머니의 이야기에 맞장구를 쳤다. 쉬지 않고 말씀하시는 할머니의 모습이 어린아이 같았다. 명백히 화를 내고 계셨는데 아이가 자기 물건이 없어졌다고 투정부리는 모습 같았다. 반나절 모은 할머니의 박스를 가져간 사람은 찾을 수 없었다. 할머니는 장소를 바꿔 오후에 처음부터 다시 박스를 모으셨다.

대부분 고참과 순찰차를 함께 타는데 이번에는 후배 고 반장과 절도 현장에 도착했다. 주택들이 옹기종기 붙어 있는 주택가였다. 2층 내지는 3층 집이 대부분이었다. 담장이 낮아서 충분히 누군가 마음만 먹으면 뛰어 넘어갈 수 있는 높이였다. 골목길을 걸으며 주변을 살폈다. 우리가 걸어온 골목 안에는 방범용 CCTV는 없었다. 옆집, 앞집을 살피며 현장에 도착했다.

신고자와 1층에서 만났다. 한동안 빨래건조대를 밖에 내놓지 않았는데 오랜만에 밖에 내놓고 빨래를 널어두었다고 했다. 여자 속옷 서너 개만 없어졌는데 속옷 중에서도 메이커 속옷만 골라서 훔쳐갔단다. 이런 적이 처음이냐고 묻는 말에 피해자는 아니라고 했다. 예전에도 빨래 건조대를 밖에 두고 빨래를 널어두면 비싼 속옷만 쏙 훔쳐갔다고 했다. 그러다 말겠지 하고 신고를 안 했다고 했다.

집 위층에는 누가 사는지, 혹시 의심 가는 사람이 있었는지, 최근 수상한 사람이 집에 온 적이 없는지 등 자세하게 물었다. 집 주변을 다시 자세히 살폈다. 옆집에 혹시 CCTV가 설치된 것이 없는지, 현장을 지켜보고 있는 사람이 있는지 확인했다. 현장에서 속옷을 훔쳐간 범인을 찾을 단서는 없었다. 형사계에서 수사를 할 수 있도록 보고서를 만들어야 했다.

아이가 연락이 안 된다며 어머니께서 지구대를 찾아오셨다. 어머니께 자초지종을 들으니 딱한 사정이 있었다. 부모님이 형편이 어려워 아이 둘 중 어린 아들은 부모님이 맡아서 키우고 큰 딸아이는 센터에서 생활을 한다고 했다. 그런데 센터에서 생활하는 딸아이가 말없이 없어진 것이다. 고등학생인 여학생을 찾아야 했다.

우선 센터에서 함께 생활하는 선생님과 통화를 시도했다. 수화기 건너편에서 들리는 선생님의 목소리는 아주 친절했다. 아이가 평소에 인터넷으로 페이스북 활동을 한다고 하셨다. 친구들과 최근 나눈 대화 내용이 있는지 찾아본다고 하셨다. 얼마 후 지구대로 선생님이 다시 연락을 주셨다. SNS 활동을 찾아봤지만 특별히 도움이 되는 내용은 없다고 했다.

센터로 가끔 아는 오빠라며 전화가 오는 사람이 있다고 덧붙이셨다. 그 번호를 받았다. 통화를 시도하니 그 오빠와 딸아이가 함께 있는 사실이 확인되었다. 경찰 여러 명이 학생을 찾고 있고 엄마가 걱정하고 있으며 사람들이 걱정하고 있으니 지구대로 와 달라고 부탁했다.

한참 후에 지구대 문이 열렸다. 성인으로 보이는 남성과 여학생 한 명이 뚜벅뚜벅 걸어 들어왔다. 소파에 앉아서 한마디 말도 하지 않고 고개를 푹 숙이고 있었다. 아무리 말을 걸어도 대답을 하지 않았다. 학생을 여경 방으로 따로 데려 갔다. 어머니가 없는 곳에서 대화를 시도했다.

"언니가 다 들어줄게. 괜찮아. 속에 있는 말 다 해."

여러 번 설득 한 후에 아이는 입을 열었다. 좁은 여경 방에 앉아 서럽게 눈물을 흘리고 있었다. 여학생을 내 눈 앞에서 지켜보며 따라 눈물이 나려 했지만 입술을 꽉 깨물고 참았다. 여학생이 바라는 것은 가족들과 한 집에서 사는 것이었다. 다 큰 딸이 방 한 칸에서 새 아빠와 생활하는 게 현실적으로 안 맞는다고 판단했던 어머니는 생활이 조금 나아지면 집을 넓혀 딸을 집으로 데리고 온다고 하셨다. 그러나 여학생이 원하는 것은 명확했다. 여학생과 대화를 마치고 어머니와 대화를 나누었다. 어머니도 짐작은 하고 계셨다. 센터에서도 직원이 오셨다. 아이를 데려가기 위해서였다. 서로 간의 협의 끝에 오늘 하루는 아이를 집으로 데려가기로 했다. 힘들어하는 아이를 센터로 보낼 수는 없었다. 부모님 손을 잡고 걸어 나가는 뒷모습을 보면서 경찰이 해줄 수 있는 게 여기까지임이 미안해졌다.

삶은 마음대로 되지 않는 일이 많다. 현장 속에서 사람들을 만나면서 경찰이 해줄 수 없는 것도 있다는 사실을 인정했다. 당장 도와줄 수 없는 일도 있었다. 당장 답을 내려줄 수 없는 문제는 마음이 쓰였다. 자기계발서 책을 읽으면 꿈을 크게 가져라, 공헌하는 삶을 살라는 말을 한다. 내 이웃, 주민들을 위해 도움이 되기 위해 공부하고 책을 읽는다. 경찰이 되었다고 해서 끝이 아니었다. 제복을 입은 경찰도 필요한 지식을 습득하고 공부한다. 당장 해결할 수 없는 문제들도 관심을 가지고 하나씩 풀어나가다 보면 언젠가는 현장에서 바로 도와줄 수 있는 일이 더 많아질 것이다.

오래전 일이었다. 지역아동센터에서 봉사활동을 한 적이 있었다. 아이들과 함께 인문학을 공부했다. 아이들과 짝을 맺었다. 나는 자매 두 명과 짝이 되었다. 작은 여동생이 4살, 언니가 6살이었던 걸로 기억한다. 아동센터에 오는 아이들은 대부분 결손가정이었다. 학교를 마치고 센터로 와서 함께 밥도 먹고 생활했다.

어린이날이었다. 아이들과 함께 케이크 축하 행사를 하기로 했다. 따뜻한 추억을 만들어 주기 위해서 마련한 자리였는데 아이들보다 어른들이 더 즐기는 모습이었다. 아이들과 환하게 웃는 열린 마음을 볼 수 있었다. 케이크를 들고 있는 순수하고 밝은 아이들의 모습을 사진 한 장으로 남길 수 있었다.

아이들만 봐서는 결손가정인지 알 수 없었다. 아이들과 친해지고 나서야 아이들의 집 사정을 듣게 되었다. 아이들은 행복했다. 자신에게 주어진 것을 감사히 여길 줄 알았다. 나보다 더 어른의 마음을 가진 아이들이었다.

세상에는 답이 없는 문제들이 많다. 혼자 해결할 수 없는 문제는 너무 고민하지 말고 그대로 받아들이면 된다. 모든 문제를 다 풀면서 살 수는 없다. 해결이 안 되는 일은 그 상황에 맞게 최대한 해결하고 놓아버릴 수도 있어야 한다. 그게 용기다.

시간의 장점은 흘러간다는 점이다. 힘든 순간도 지나가기 마련이다. 힘든 순간이 지나가면 기쁘고 행복한 순간이 다시 찾아온다. 삶은 회전한다. 여러 가지 문제들 속에서 자기중심을 잡고 흔들리지 말아야 한다. 긍정모드 스위치를 켜자. 아이처럼 밝은 태도로 문제를 바라본다면 길이 보인다. 힘든 순간은 또 지나가기 마련이다. '이 또한 지나가리라'라는 말이 있는 것처럼 말이다. 우물모드와 해피모드, 둘 중에서 하나는 반드시 선택해야 한다. 내 선택이다. 긍정 스위치를 켜고 나는 오늘도 제복을 입는다.

★

허위 신고 처벌받아요

"긴급신고 112입니다."

112에 신고전화를 걸면 항상 이 멘트가 먼저 들린다. 112신고 접수만을 받는 곳이다. 부산지방경찰청 112 상황실에 근무하는 경찰관들은 교대로 근무하면서 부산에서 걸려오는 주민들의 신고를 청취한 뒤 해당 경찰서에 무전으로 지령을 해준다.

112는 말 그대로 긴급전화다. 급할 때만 사용해야 한다. 택시가 아니다. 장례식장에서 경찰관을 찾는 신고였다. 신고하신 분이 장례식장 앞에 계셨다. 팔순이 한창 넘으신 할아버님이셨다. 친척이 상을 당해 참석하셨다고 했다. 할아버지는 112 순찰차를 택시 개념으로 생각하셨다. 긴급한 일이 없는데도 112에 신고하시면 처벌받는다고 아무리 말씀드려도 말이 통하지가 않았다. 저 멀리서 상주복을 입은 사람이 뛰어오셨다.

"제가 집에 모셔다 드려야 하는데… 상주라서… 죄송합니다."

나 몰라라 하고 돌아올 수도 없는 상황이었다. 새벽시간 순찰차 뒷좌석에 할아버지를 태우고 집으로 향했다. 다음부터는 꼭 급한 일이 생길 때만 112에 신고할 것을 부탁했다. 할아버지는 웃으시면서 집으로 들어가셨다.

관내에 오래된 여관이 하나 있다. 나이 지긋하게 드신 할아버지가 운영하시는 곳이다. J지구대 경찰관이라면 한 번쯤은 모두 신고를 받아 와본 곳이다. 숙소를 운영하는 할아버지는 여기서 먹고 자는 분들을 상대로 사람 만들어 보겠다며 평소에 잔소리도 하신다. 술이 취해 다음날 일을 가지 않으면 깨워서 보내기도 하신다. 장기 숙박을 하는 분들은 술에 취해도 주인 할아버지의 말은 곧잘 듣는 편이었다. 주로 막노동을 하며 술을 드시는 분들이 모여 생활을 하는 곳이다 보니 싸움도 잦았다.

여관 옆에 슈퍼 겸 식당이 있다. 그곳은 여관 사람들의 아지트 같은 곳이었다. 오뎅 국물에 소주 한잔 하는 장소였다. 한 잔 두 잔 술을 먹다 보면 취하는 술잔처럼 말실수도 하기 마련이다. 말 한마디에 싸움이 불거진다. 큰 사고가 일어날까 봐 걱정된 누군가 경찰에 신고를 한 모양이다. 현장에 와보니 경찰관이 오든 말든 살벌한 욕설이 오가고 있었다. 주인이 말리고 있었지만 상황이 끝나지 않았다. 밖으로 한 사람을 데리고 나와서야 상황이 종료되었다.

어느 날 여관방에서 화장품을 잃어버렸다는 신고가 있었다. 남자 화장품 2개였다. 스킨과 로션. 누군가 자신의 방으로 들어와 가져갔다는 것이었다. CCTV도 없고 현장에서 찾을 수 있는 단서도 없었다. 절차대로 진행을 하였다. 형사계에서 더 수사를 할 수 있도록 발생보고를 했다. 같은 날, 편의점에서 신고가 들어왔다. 범인이 있다는 허위 신고를 한 것이다. 편의점 앞에 서서 술에 취한 채 서성이고 있었다. 경찰관을 보고서도 아무렇지 않게 자신이 신고했다고 말했다. 현장에서 허위 신고 스티커를 발부하고 여관으로 돌려보냈다.

112 허위 신고는 경찰력 낭비다. 허위 신고로 인해 치안서비스 공백이 생기면 소중한 한 사람이 위험에 처할 수 있다. 아찔한 일이다.

현장에서 일할 때 술을 마신 분들을 많이 만났다. 술을 마셨다고 해서 모두 나쁘다는 게 아니다. 술은 식품이다. 누구나 성인이면 술을 마실 수 있고 즐길 수 있다. 그러나 그 술이 다른 사람에게 피해를 주는 술이라면 자제를 해야 한다. 지구대에서 가장 많이 들어오는 신고 중 하나가 '사람이 도로에 누워 있다'는 신고다. 술에 취해 집으로 돌아가지 못하고 도로에서 자고 있는 단골 고객님의 신고다.

하루는 신체 건장한 분이 도로에 대자로 뻗어서 자고 계셨다. 속수무책이었다. 아무리 깨워도 일어나질 않았다. 손에 휴대폰을 들고 있었는데 잠금장치가 걸려 있지 않아 부인에게 전화를 걸 수 있었다. 남편이 늦게 들어온다고 화가 나셨는지 전화를 받지 않으셨다. 경찰 PDA로 다시 전화를 걸었다. 이번에는 받으셨다. 집으로 모셔다 드려야 하는데 집을 몰라 전화를 드렸다고 하니 집이 바로 위라면서 내려오신다고 했다.

그 와중에 다른 신고가 들어왔다. J 3호 순찰차를 타고 있는 우리가 가야 하는 신고였다. 아직 부인이 오시지 않아 갈 수 없는 상황이었다. 급한 신고였다. '코드 1'은 모두 출동해서 돕는다. 사모님이 와서 같이 깨우자 겨우 일어나셨다. 걸을 수 있는 것을 보고 순찰차 3호는 현장을 떠나 다음 신고 현장으로 황급히 출발했다. 술을 먹었다고 기분대로 거짓으로 신고하면 처벌받는 세상이다. 다른 사람을 배려하는 마음은 작은 일에서 시작된다.

112 신고는 전화 말고도 문자로도 가능하다. 어느 날 문자 신고가 대낮에 접수되었다. 오타도 많고 언뜻 보기에는 잘못 눌린 것처럼 보였다. 문자 앞뒤에는 오타가 아닌 문장이 찍혀 있었다. 현장에 가서 만나봐야 하는 상황이었다.

현장으로 가는 순찰차 안에서 신고자와 전화통화를 시도했다. 받지를 않았다. 여러 차례 시도 끝에 마침내 전화를 받았다. 아주 어린 목소리였다. 전화상으로 남자인지 여자인지 정확히는 알 수 없었다. 가늘고 작은 목소리였다. 전화를 받고서 경찰이라고 신분을 밝히는데 끊어버렸다. 다시 전화를 걸어도 받지를 않았다. 문자를 남겼다. 112문자 신고가 들어와서 그렇다며 설명을 하고 전화를 받아 달라고 했다. 다시 전화를 거니 전화를 받았다. 아이는 무작정 오지 말라고 했다. 일방적으로 말만 하고서 전화를 또 끊어버렸다.

신고 현장으로 보이는 곳 근처에 초등학교가 있어 순찰차는 그곳으로 향하고 있었다. 재차 문자를 보냈다. 안전여부를 확인해야 하니 만나야 한다고 했다. 전화를 받아 달라고 재차 부탁했다. 몇 번의 시도 끝에 전화를 받았다. 초등학교 학생이냐고 물으니 그렇다고 했다. 지금은 집이라며 오지 말라고 하고 전화를 끊어버렸다.

학교 안 주차장에 순찰차를 주차했다. 교무실에 가니 1학년 선생님들이 회의를 하고 있는 곳으로 안내해 주셨다. 신고한 학생의 담임 선생님을 만났다. 신고자의 전화번호로 확인하니 비슷한 번호가 있었다. 선생님은 아이가 이 시간에 학교에서 방과 후 수업에 참여하고 있을 시간이라고 했다. 같은 층 교실로 향했다. 담임 선생님이 교실로 들어가 학생을 밖으로 불렀다. 나는 무릎을 굽히고 앉아 학생의 눈높이에서 대화를 시도했다. 친구에게 보내려고 한 것이 잘못 눌렀다고 했다.

아이의 휴대폰에 문자는 모두 지워지고 없었다. 경찰이 출동한 것에 많이 놀랐다는 표시다. 아이에게 경찰관 아저씨는 긴급한 신고에 출동한다며 경찰관이 하는 일을 차근차근 설명해주었다. 아이는 미안한지 잘못 눌렀다며 같은 말만 했다. 담임 선생님께서도 이런 일이 없도록 아이들에게 지도를 해주신다고 약속하셨다.

순찰차가 있는 곳으로 걸어가니 저 멀리서 학교 교문에서 아이들 통행을 도우시는 스쿨 폴리스 아저씨가 뛰어오셨다. 학교에 무슨 일이 생겼는지 걱정이 되어 묻는 얼굴이셨다. 문자 신고가 들어와 확인하고 가는 길이라고 말씀드렸다. 고생하셨다며 따뜻하게 해주는 말 한마디가 영하 5도의 날씨를 녹이고 있었다. 순찰차가 학교를 잘 빠져 나갈 수 있게 교문 앞에서 오는 차를 막아주셨다. 스쿨 폴리스 아저씨의 따뜻한 손길을 받으며 학교를 나와 지구대로 향했다.

경찰관에 대한 원망을 112 신고로 푸는 분도 계셨다. 지구대에 자진해서 방문하신 분이셨다. 술이 취한 상태였고, 개인적인 상담을 하러 오셨다. 상황근무자였던 나는 진지하게 듣고 있었다. 아무리 열심히 들어도 경찰이 도와줄 내용이 없었다. 그냥 인생살이 하소연하러 오신 것이었다. 내가 할 수 있는 것이라고는 열심히 경청하고 맞장구를 쳐드리는 것뿐이었다.

지구대는 상황근무자 두 명이서 동시에 처리해야 할 일이 많다. 무전도 받아야 하고 전화도 받아야 한다. 민원인이 한 명만 오는 게 아니었다. 다른 일로 사람들은 계속 찾아왔다. 충분히 얘기를 들어주었다고 판단하였고 한 시간 이상 상담을 마친 상태였다. 다른 민원인이 찾아와서 민원 처리를 하고 있었다.

그러자 경찰관이 자신의 이야기를 들어주지 않는다며 112에 신고를 하기 시작했다. 그분은 술의 힘을 빌려 지구대에서 근무하는 경찰관을 괴롭히고 있었다. 충분한 상담이 되었음에도 더 들어줘야 한다며 억지를 부렸다. 계속 민원인들이 방문하자 급한 일들은 계속 생겼다. 급한 상황을 보고서도 자신의 인생사를 들어달라고 억지를 부리는 아저씨였다. 상황판단이 되셨는지 한참 후에 "수고하세요" 하면서 자진해서 지구대를 나가셨다. 술이 조금 깨신 모양이었다.

지구대는 시민 누구나 이용 가능하다. 하지만 경찰이 필요할 때 찾아야 한다. 9명의 경찰관이 J동 전체를 관리한다. 턱없이 부족한 인원이다. 12시간씩 주야간 교대로 3대의 순찰차가 지킨다. 호기심에 신고를 하거나 술의 힘을 빌려 개인적인 감정을 동원해 신고해서는 안 된다. 순찰차는 긴급자동차다. 주민의 협조가 필요한 부분이다. 허위 신고로 인해 다른 사람이 피해를 보지 않으려면 허위 신고가 예방되어야 한다. 허위 신고한 사람에게 반복해서 상황을 설명하고 필요하면 처벌도 해야 한다. 진짜 위험이 있는 곳에 출동해서 돕기 위해 나는 오늘도 제복을 입는다.

★

자살 기도자를 구하다

하늘이 맑았다. 날씨가 좋은 날은 근무 중에 하늘을 자주 올려보게 된다. 제복을 입고 하늘을 올려다보면 느낌이 다르다. 같은 하늘이지만 느낌은 다르게 느껴졌다.

지구대에서의 일상이 매일 같이 특별한 일만 생기는 건 아니다. 대부분 평범한 일상이다. 주민들이 신고를 하면 도움을 주는 일이다 보니 누군가를 돕는 일은 낯설지가 않다. 112 신고도 대부분 도움을 요청하는 내용이다. 일상에서 찾아오는 불편함을 해결하기 위해 경찰을 찾는다.

평범한 또 다른 일상이었다. 고 반장과 짝지였다. J 1호를 타고 관내 순찰을 돌고 있었다. 고 반장 여자 친구가 우리 딸 이름과 똑같다. 여자친구가 잘 지내는지 안부를 묻고 있는데 112 신고가 들어왔다. 자살 의심 신고였다. 4명의 경찰관이 신고자인 아들과 만났다. 등산객으로부터 전화를 빌려 신고자의 어머니가 건 전화를 받았다고 했다.

'잘살아라, 미안하다'라는 말을 하셨단다.

걱정이 된 아들은 경찰에 신고를 한 것이다. 어머니는 평소 아버지와 자주 다투셨고 오늘 일도 아버지와 관련된 문제인 것 같다는 말을 했다. 아드님이 받은 전화번호로 전화를 걸었다. 등산객 아저씨는 아주머니 한 분이 전화를 빌려달라고 해서 빌려주었다고 했다. 위험한 상황인 줄 알았으면 아주머니를 어디 못 가시게 보호하고 있었을 텐데 하시며 안타까워했다. 등산객 아저씨는 산을 이미 내려오고 계셨다.

아주머니에게 전화기를 빌려준 위치를 정확하게 파악해서 순찰차 1대는 그곳으로 가서 수색을 하기로 했다. 여성청소년과와 타격대 등이 산에서 만나기로 협의했다. 고 반장과 나는 어머니의 인적사항과 사진 등 기타 필요한 사항을 파악했다. 무전으로 신속하게 수배를 하고 아드님과 함께 지구대로 향했다. 어머니의 갑작스러운 소식으로 걱정하는 아드님께 모든 게 잘될 거라고 얘기해 드릴 수밖에 없었다. 지구대에 도착해서 프로파일링 접수를 했다. 그 와중에 다른 순찰차는 산으로 올라가고 있었고 수색 내용을 무전으로 보고하고 있었다.

'현재 산 중간쯤 올라왔는데 실종자 보이지 않음.'

진행사항을 무전으로 수시로 알려주었다.

신고자와 함께 현장으로 합류했다. 여전히 순찰차 한 대는 산을 수색 중이었다. 여청, 타격대도 삼삼오오 모여서 찾고 있었다. 산 입구에 도착했다. 산을 내려오시는 등산객에게 지구대에서 프린트 해 온 수배 전단지를 보여 드렸는데 한 여자 분이 방금 그분을 본 것 같다는 말을 하셨다. 바위 위에 앉아 계신다는 말을 해주셨다. 정확한 위치를 물었다. 바로 무전으로 등산객이 알려준 장소를 공유했다. 순찰차가 향하고 있던 장소 근처였다.

"잠깐만" 하면서 무전이 끊겼다.

잠시 후 무전에서 긴급한 목소리가 들렸다. 가방이 발견되었는데 가방 안에 빈 수면제가 여러 통 있다고 했다. 얼마 후 조금 떨어진 곳에서 여자 분이 엎어져 있다고 했다. 숨은 쉬고 있는데 의식이 없는 상태라며 긴급히 119를 요청하시는 무전이 들려왔다. 어머니가 맞는지 신원을 확인해야 했다. 신고자와 산으로 올라오라는 무전이 들려왔다. 119 구급차를 초조하게 기다리고 있었다. 아드님과 함께 산을 올라가고 있는데 순찰차 경광등이 저 멀리서 보였다. 순찰차는 우리 쪽으로 내려오고 있었다. 상황이 너무 긴박하여 시간을 지체할 수가 없어 뒷좌석에 태우신 것이다. 아드님이 뒷좌석에 있는 어머니를 확인했다. 맞는다고 했다. 어머님이 확실했다.

이제 남은 일은 빨리 병원으로 후송하는 일뿐이었다. 순찰차 두 대는 황급히 산을 내려가고 있었다. 산 입구에는 타격대 등 다른 경찰관들이 도착해 실종자를 기다리고 있었다. 어머니를 태운 순찰차는 한참을 더 내려 간 뒤에 119 구급차를 만났다. 어머니를 구급차로 옮겨 병원으로 후송할 수 있었다. 삐뽀 삐뽀 울리는 구급차는 신고자와 함께 도로를 빠져나갔다. 걱정이 되어 시간이 조금 지난 후 후송한 병원으로 전화를 해보았는데 생명에는 지장이 없다고 했다. "다 잘 될 거예요"라며 아드님께 한 말이 현실이 된 기적 같은 순간이었다.

신고자와 함께 어머니를 찾기 위해 산을 오를 때의 심정은 이루 말할 수 없었다. 가슴 졸이며 아무 일 없고 무사하기를 마음속으로 기도하고 또 기도했다. '다 잘될 거예요'라는 주문을 외우고 있었다. 현장에 빨리 도착해 어머니를 찾는 방법밖에 없었다. 찾아야 구할 수 있다. 초를 다투는 일이었다. 모든 인력이 어머니를 찾는 데 집중되었다. 모든 무전, 전화, 탐문 등이 어머니를 찾기 위해 투입되고 있었다. 어머니를 찾은 순간에도 가족의 아픔을 옆에서 지켜봐야 했다. 어머니를 걱정하는 마음, 무사하시기를 기도하는 눈빛을 봤다. 긴급한 상황에서는 침착한 상태로 객관적인 마음을 유지하는 게 중요했다. 경찰이 산에서 해야 할 일은 생명을 살리는 일이었다. 감정에 치우치기 전에 우선적으로 사람을 살리는 게 우선이다.

현장에서는 고참들의 눈빛과 태도가 다르다. 긴급한 현장에서는 실수가 용납되지 않는다. 평소에는 농담도 잘하는 선배들도 진지함이 배어 있다. 선배들에게는 후배들이 가지지 못한 것이 하나 있다. 촉이다. 수십 년의 경험에서 나오는 현장 실력이다. 상황 판단도 빠르다. 순찰차가 수색한 지 얼마 되지 않아 실종자를 찾은 것도 하루아침에 습득한 기술이 아니었다. 후배들은 현장에서 선배들의 발자취를 보고 몸으로 익힌다. 하나하나 몸으로 익힌 것은 시간이 지나도 절대 잊어버리지 않는다.

현장에서 혼날 때도 있다. 안 보는 것 같아도 후배들의 행동 하나하나를 선배들은 지켜본다. 신고를 마치고 나서 아쉬운 점들이 있으면 서로 얘기한다. 다음번 신고 출동 갈 때는 개선이 필요하다. 신고현장은 매번 변한다. 비슷한 신고라도 같은 현장은 하나도 없다. 모두 다른 사건이다. 배우고 즉시 수정하는 수밖에 없다. 현장이 변하면 그에 맞춰야 한다. 숙지하고 개선해야 한다.

'자살 시도 중'이라는 112 신고가 접수되었다. 본인이 직접 신고를 한 것이었다. 순찰차 2대가 위치 추적 장소 주변으로 수색을 시도했다. 자살 시도 중이라며 신고한 본인은 전화를 받지 않았다. 추적된 장소는 아파트 단지 주변으로 어디에 있을지 알 수가 없는 상황이었다. 추가 위치 추적 장소로 뜨는 곳 주변을 기준으로 아파트 옥상, 난관, 계단 등 다시 샅샅이 수색했다. 한참을 찾다가 108동 옥상에서 있다는 소식을 무전으로 듣게 되었다.

근처에서 김 순경과 김 주임님도 수색을 하고 있었다. 김 순경은 중앙경찰학교에서 졸업하고 발령받은 지 얼마 되지 않은 신임 순경이었다. 이론은 알고 있을지 몰라도 현장 경험은 제로였다. 수색 중에 김 순경은 "주임님은 이쪽으로 가셔서 찾으시고, 저는 이쪽으로 가서 찾겠습니다"라고 했다가 현장에서 엄청 혼났다고 했다

경찰관은 2인 1조가 원칙이다. 위급한 상황에서도 한 명이 아닌 두 명이어야 한다. 만약 한 명이 범인과 대치를 하고 있거나 구조를 해야 하는 상황이라면 한 명은 순찰차를 지원 요청하든지 해야 한다. 그 와중에 김 순경은 자살 기도자를 찾기 위해 흩어져서 찾으려 했던 것이다. 무전에서 자살 의심자가 108동 옥상에 있다는 소식을 듣고 현장에 가장 먼저 도착한 팀은 김 순경과 김 주임님이었다. 근처에서 수색 중이었기 때문이다.

신고자는 옥상 계단 창문에 다리를 걸터앉은 모습으로 발견되었다. "사는 게 너무 힘이 들어요"라며 신세한탄을 하는 청년을 향해 20년 이상 제복을 입은 경찰관의 설득이 이어졌다. 한순간의 잘못된 결정으로 뛰어 내릴 수도 있는 상황이었다. 현장에서 끈질긴 설득 끝에 구조할 수 있었다. 얼마 후 지구대로 젊은 청년이 눈시울이 빨개진 채로 걸어 들어왔다. 김 순경의 손에는 소주병과 새우깡이 들려 있었다. 술을 먹은 것이었다. 사는 게 너무 힘들다고 말하는 청년은 쉬지 않고 말을 이어갔다. '다 이해한다'는 눈빛으로 그저 들어줄 수밖에 없었다. 지금 힘들겠지만 시간이 지나면 행복한 순간도 찾아온다며 힘을 내라고 했다. 한숨을 내쉬며 청년은 우리를 향해 '고맙습니다' 인사를 했다.

가족이 지구대로 데리러 왔다. 걱정이 되었던지 얼굴에 근심 가득한 표정이 가득했다. 감사하다며 여러 번 인사를 하고는 청년을 데리고 갔다. 청년이 가고 난 뒤에 빈 소주병과 새우깡이 눈에 들어왔다.

한참을 쳐다보고 있었다.

현장은 내 마음대로 되지 않는다. 노력이 승리할 때도 있다. 특히 오늘은 노력이 이긴 날이다. 누군가의 생명을 구하는 일은 숭고한 일이다.

사람의 생명은 가장 귀중하다. 그 무엇보다도 우선되어야 한다. 저마다 사연이 있다. 들어보면 이해가 가고 공감이 간다. 살기 힘들어도 그 안에서 올바른 선택을 하며 살아간다. 주변에 돌아보면 나보다 더 힘들게 사는 사람들이 많다. 일상에 감사하는 마음을 가지면 나보다 잘 사는 사람보다 나보다 힘든 상황에서도 이겨내는 사람들이 눈에 들어온다. 내가 살아야 내 가족도 산다. 행복은 멀리 있는 게 아니다. 내 마음이 행복하려면 작은 것에 행복을 느낄 수 있어야 한다. 당장 살아서 숨 쉬는 것만으로도 감사한 일이다. 오늘이 누군가에게는 그토록 고대하던 하루 아니던가. 평범한 일상 속에서 사람들의 마음의 상처를 어루만지고 돕기 위해 나는 오늘도 제복을 입는다. 경찰은 이제 시민들의 마음까지도 보살펴야 한다.

PART 05

| 나는 오늘도 제복을 입는다 |

★

국민의 안전을 위하여

경찰법 3조에 명시되어 있다. 경찰은 국민의 생명·신체·재산을 보호하고 범죄예방 및 진압 등 공공의 안녕과 질서를 유지하기 위해 존재한다. 명시되어 있는 경찰의 임무처럼 경찰이 해야 할 일이 조목조목 기록되어 있는 것은 아니다. 경찰관 개개인의 판단이 필요한 일이 대부분이다. 판례가 있어 사건을 참고할 수야 있겠지만 모든 현장은 같을 수가 없다. 다른 사건에서 내렸던 판단을 똑같이 내릴 수는 없다.

국민을 잘 보호하기 위해서는 공부하고 노력해야 한다. 공부하는 경찰이다. 보이지 않는 곳에서 일한다. 텔레비전이나 영화를 통해서 경찰관이 하는 일을 접하지만 여전히 많은 시민들은 경찰이 멀게만 느껴진다고 말한다. 경찰은 시민 곁에 있다. 집에 도둑이 침입하거나 교통사고가 나면 경찰관이 현장으로 출동해서 돕는다. 싸움 현장에서도 경찰관이 싸움을 말리고, 필요하면 법적인 제재를 가한다. 가족이 집을 나가거나 없어지면 경찰관은 가족을 찾을 때까지 수색활동을 한다. 경찰은 해야 할 일을 해 왔다. 안전이 위협받는 곳에는 도움을 주고 있었다.

국민과 경찰은 한 세트다. 밥을 먹을 때 숟가락, 젓가락이 필요하듯이 말이다. 경찰은 주민의 신고를 필요로 한다. 주민 또한 위험한 상황에서 경찰의 도움을 요구한다. 한 가정에서 아이를 키우는 부모는 그 아이를 잘 키우기 위해 헌신한다. 먹이고, 입히고, 재우는 것을 포함해서 아이에게 위험한 일이 닥치면 내 생명을 무릅쓰고서라도 보호한다. 제복을 입은 경찰은 공인이다. 위험한 상황이 닥치면 자신도 모르는 사이 이미 사람을 돕고 있다. 제복의 힘이다. 도둑이 들었다는 신고출동을 받으면 뛰어서 현장에 간다. 할아버지가 사라졌다는 신고를 받으면 내 가족을 찾는 마음으로 주변을 샅샅이 찾고 또 찾는다.

경찰은 국민이 인정해 줄 때 비로소 완성된다. 경찰의 존재는 항상 외부에 의미가 있다. 경찰권 발동은 국민을 위해서 존재하기 때문이다. 풀리지 않는 문제가 있을 때도 답은 항상 현장에 있다는 믿음으로 문제를 풀어간다. 치매어르신을 찾지 못하고 있을 때도 포기하지 않고 현장을 탐문하고 단서가 없는지 살핀다. 아침에 일어나는 이유, 경찰관이 존재하는 이유는 국민에게 있다. 경찰관의 궁극적인 삶의 이유는 한 가지다. 국민의 안전을 위해서. 지금도 그럴 것이고 앞으로도 그럴 것이다.

중앙경찰학교에서 한날한시에 졸업한 동기들이 전국에 흩어져 근무하고 있다. 아이를 키우며 일하는 엄마들도 있지만 아직 결혼을 하지 않은 미혼도 있다. 각자 근무하는 부서가 다르다. 대구에 근무하는 여경 한 명은 애 둘을 키우며 지구대에서 주야간 근무를 한다. 가끔 통화하면 "미옥아, 잘 지내제" 하면서 구수한 대구 사투리를 쓴다. 중앙경찰학교에서 무도교관으로 근무하는 동기도 있다. 충주에서 예비경찰관들을 훈련시킨다. 인천에서 경찰서 내근직으로 근무하는 여경도 아이를 키우면서 일한다. 여경이 아닌 경찰이다. 존재 이유는 모두 똑같다. 국민의 안전을 위해서다.

국민을 지키는 와중에 내 동료의 안전도 지켜야 한다. 매년 순직하는 경찰관의 수도 늘어나고 있다. 국민의 안전을 위한다는 궁극적인 목표도 내 안전과 동료의 안전이 지켜진 상태에서 실현 가능하다. 위험은 예고 없이 찾아온다 예측 가능한 상황은 없다. 동료가 다치면 모든 면에서 손실이다.

경찰 11년 경력 중에 동료의 장례식장을 처음으로 가본 적이 있었다. 내 발로 나와 근무했던 동료의 장례식장에 다녀왔다. 과로로 쓰러지셨다. 나이가 많지도 않으셨다. 동료의 가족을 맞이할 때는 마음이 더 무거웠다. 나 스스로를 지키고, 내 동료를 지키는 것 또한 나의 임무임을 마음속에 새길 수 있는 계기가 되었다. 잊을 수 없는 일이었다. 현장에 가면 늘 긴장을 하는 이유이다. 예고 없이 찾아오는 위험을 대비할 수 있는 일은 정신을 바짝 차리는 것부터가 우선이다. 침착하게 대처하려면 고도의 집중력이 필요하다. 판단을 할 때도 마찬가지다.

지구대는 연령대가 다양한 사람들이 함께 근무한다. 20대부터 50대 후반까지 다양하다. 3팀장님은 "내가 어디 가서 젊은 사람들하고 근무하겠노"라고 자주 말하셨다. 쌍방향 소통이 필요하다. 15만 경찰 조직이다. 거대한 조직이다. 나는 J지구대에서 근무한다. 4개 팀 중에서 3팀에 소속된 9명 중의 한 명이었다. 내가 해야 할 일은 명확하다. 축구를 할 때도 한 사람만 잘해서는 경기를 이길 수가 없다. 팀원 모두가 호흡이 맞아야 경기에서 승리할 수 있다. 지구대 순찰 팀도 마찬가지다. 한 명이 아무리 일을 잘한다고 해도 소용없다. 한 팀이 잘해야 한다. 한마음이어야 한다. 공통된 '국민의 안전'이라는 목표를 가지고 하는 소통이 가장 중요한 이유다. 고대 그리스 사람들이 인생과 삶을 찬미한 정신처럼 내 직업이 가진 매력적인 부분을 놓치지 않고 잘 살펴 긍정 스위치를 켜야 한다. 나의 존재 이유는 내가 정한다. 모든 것은 나에게 달려 있다.

1만 9천 297명이다. 2017년 11월 기준으로. 이것은 전국에 근무하는 순경 인원이다. 패기 넘치는 신임경찰관들은 전국에서 각자 맡은 일을 충실히 하고 있다. 나도 신임 순경일 때 목표가 있었다. 정량 목표와 정성 목표가 있었다. 처음 일을 갓 시작할 때는 승진이라는 정량적 목표에 방향이 맞춰져 있었다.

그러나 시간이 흐를수록 여러 가지를 보고 듣고 느끼면서 계급에 대한 욕심보다 공헌하는 삶에 초점이 맞춰져 갔다. 이기적인 목표보다는 주변 사람을 돕는 쪽으로 변해갔다. 가정폭력 전담경찰관이나 학교폭력 예방 강사로 활동할 때도 한 가정이라도 제대로 돕자는 마인드로 일했다. 끊임없이 상담하고 도울 일이 없는지 살폈다. 현장 속에서 있었다. 전문 상담이 필요하면 전문 상담기관에 연계를 하였고 경찰관이 꿈인 자녀에게는 명예경찰 소년단에 가입시켜 꿈을 키울 수 있게 도왔다. 가정 방문을 통하여 가정이 회복될 수 있도록 지속적으로 관심을 가졌다. 나처럼 현장에는 국민의 안전을 돕는 1만 9천 297명의 순경을 비롯하여 경찰관들이 존재한다. 그들이 보이지 않는 곳에서도 열심히 근무하는 이유는 나와 내 동료, 내 가족, 내 주민의 안전을 지키기 위해서이다.

중앙경찰학교를 졸업한 지도 10년이 지났다. 큰 꿈을 안고 있었다. 중앙경찰학교 식당에 걸린 커다란 문구처럼 말이다.

'젊은 경찰관이여, 조국은 그대를 믿노라.'

시간이 흘러 경찰이 하는 일에 익숙해질수록 깨닫게 되었다. 경찰은 특별한 일을 하는 사람이 아니었다. 주민들의 일상에 필요한 사람이었다. 주민들의 손과 발이 되어 주는 사람이었다. 어쩌면 경찰의 존재를 잘 느낄 수 없는 게 당연한 것인지도 모르겠다. 눈에 띄게 경찰의 일상이 주민들의 삶에 노출이 되어 있다면 그 또한 이상한 테니까. 위험이 존재하지 않는 곳은 평범한 일상이다. 아무 일이 일어나지 않을 때 모든 행복이 담겨 있다. 그 진리는 위험이 닥친 후에야 깨닫게 된다. 경찰은 일상에서 주민들을 만날 때 가장 행복하다. 위험한 현장, 즉 사람들이 다치고 심지어는 생명을 잃는 순간을 자주 목격하는 경찰은 안다. 가장 소중한 때는 일상이라는 사실을. 국민은 내 가족, 내 동료, 내 주민이다. 사람들 곁에서 보내는 오늘이 가장 소중한 하루임을 잊지 말자.

안전은 지켜야 한다. 지킬 수 있는 안전은 더욱 그렇다. 예방이 필요한 곳은 싫은 소리를 해야 하는 시어머니 역할을 감수해서라도 해야만 한다. 승용차 운전 시 안전벨트를 착용하고 오토바이 운전시 안전모를 착용하는 것은 예방할 수 있는 것들이다. 현장에서 주민들과 싸울지라도 단속을 하는 이유다. 더 큰 위험을 차단하기 위해서다. 경찰이 월급 받고 존재하는 이유이다. 주민들의 삶 안에서 끊임없이 관심을 가진다. 제복을 입은 경찰은 다 함께 잘살기 위해서 오늘도 국민의 안전을 위해 공부하고 노력한다. 제복을 입지 않을 때는 한 사람의 국민이고, 제복을 입을 때는 국민을 지키는 경찰이다. 당신이 살고 있는 곳에서 경찰관을 만난다면 따뜻하게 말을 건네 보자. 분명 당신이 건네는 따뜻한 말 한마디가 그들의 피로를 싹 녹게 해줄 것이다. 경찰은 멀리 있지 않다. 당신의 삶 속에서 함께 있다. 국민의 안전을 위해 나는 오늘도 제복을 입는다.

★

아무나 경찰이 될 수 없다

경찰관 준비생들이 많다. 끝까지 해내는 사람과 포기하는 사람이 있다. 경찰공무원 학원가 주변에 가면 지금도 도전하는 젊은이들이 있다. 서면에 갈 일이 있어 10년 전 다녔던 학원을 들어가 봤다. 건물 밖의 모습은 그대로였는데 내부는 많이 바뀌었다. 1층에는 여전히 합격생들과 관련된 공지들이 붙여져 있었다. 2층으로 올라갔다. 강의실 뒷문이 열려 있어 빼꼼히 뒤에서 쳐다봤다. 강사가 앞에서 강의를 하고 있었고 필기를 열심히 하는 학생들이 강의에 집중하는 모습이었다. 경찰이 되려고 자신의 시간을 투자해서 공부하는 사람들의 열정을 강의실에서 느낄 수 있었다.

경찰이 되고 싶다고 해서 모두 경찰이 되지는 않는다. 나는 경찰이 되고 싶다는 마음과 3년간의 피나는 노력 그리고 운이 따라줘서 경찰이 되었다. 내 주변에는 공부 기간이 10년이 되어도 아직 합격하지 못한 사람이 있다. 두 가지 종류다. 공부가 부족하거나 운이 없는 경우다. 내 주변에는 운이 없는 경우보다는 공부 시간이 부족한 사람들이 더 많았다. 나는 하루에 기본 12시간 이상 공부했다. 시험 직전에는 밥 먹고 자는 시간 빼고 15시간 이상 공부했다. 많이 한다고 다 좋은 건 아니지만 경찰이 내 모든 생활 중에서 우선순위다.

J지구대에서 근무하는 신임 순경들도 힘들게 공부해서 들어온 합격

생들이다. 저마다 공부기간은 다르겠지만, 대화해보면 남다른 수험기간을 보낸 친구들이 많았다. 각 팀마다 2~3명씩 신임 순경들이 근무한다. 관심 분야도 모두 다르다. 형사가 되고 싶은 사람도 있고, 수사과에 가고 싶은 사람도 있다. 경찰이 되기 위해 공부할 때 꿈꿔왔던 생활을 이제 현실에서 실현해볼 기회가 찾아온 것이다. 합격한 그들에게만.

중앙경찰학교 졸업식 날은 경찰학교에서 생활했던 날 중 가장 화사한 날이었다. 훈련받을 때는 땀도 흘리고 파스를 붙여서 파스 냄새도 나는 데다 먼지가 묻어 지저분한 모습들이었다. 하지만 졸업식 날만큼은 정복을 입은 멋진 모습들이었다.

내가 졸업하던 당일, 215 생활실에서 6개월 동안 함께 동거동락했던 12명의 여인들도 분주했다. 서로 화장도 하고 머리 손질한다고 바삐 손을 움직여야 했다. 넥타이가 삐뚤진 않은지 손질해주면서 제복 입은 모습도 챙겨주었다. 모든 생활실의 여경들이 일렬로 줄을 섰다. 한 사람씩 생활실 문을 열고 퇴장했다.

생활실 문 밖에는 지도관이 정복을 입은 채 서 계셨다. 악수를 했다. 나는 그 짧은 순간 울컥했다. 적보산 오를 때 막내 민정이에게 산을 끌려가다시피 도움을 받았던 모습, 두 시간 행군할 때 힘들어 포기하고 싶었을 때 미정이 언니가 힘내라고 건넸던 한마디, 지영 언니랑 단양에 둘이서 놀러 갔던 일, 생활실 동료들이 단체로 경복궁 등 서울 구경 갔을 때, 사격 점수 낮게 받아 혼자서 연습하던 모습들, 지도관님한테 보고를 잘못해서 혼났던 모습들이 스쳐 지나갔다. 지도관님은 내게 이렇게 말하셨다.

"이름 석 자 꼭 기억할게."

"감사합니다."

힘차게 운동장으로 향했다. 나는 부산 동기 여자 7명과 남자 15명과 함께 중앙경찰학교 기수 201기, 202기로 불려졌다. 졸업하고 나면 일선에서는 기수로 통한다. 나는 202기였다. 경찰 제복을 입는 동안 함께할 동반자 22명과 함께 부산에서 경찰관으로 살아가고 있다. 10년이 지났지만 22명 중에 제복을 벗은 사람은 아직 아무도 없다.

경찰관이 되더라도 적성에 맞지 않는데도 참고 근무하는 사람도 있다. 퇴직한 사람도 있다. 경찰은 결코 쉬운 직업은 아니다. 사명감과 희생정신이 필요하다. 이런 정신이 없다면 매번 손해 보는 듯한 생각이 들 것이다. 가치를 어디에 두느냐에 따라 생활이 달라진다. 계급, 사람, 환경, 일 등 여러 가지 중에서 의미를 찾을 수 있다.

나의 가치는 계급이었다. 경찰이 되기 전에도 그랬고 되고 나서도 훌륭한 경찰이 되는 건 승진을 통해서만 가능하다고 생각했다. 그런데 경찰이 되어 첫 승진 시험에 낙방하면서 독서를 하게 되었다. 경찰 이외에 다른 환경에서 사는 사람들의 이야기를 접하면서 마음이 조금씩 바뀌었다. 편협한 사고는 책을 통해 넓힐 수 있었다. 진급만 걱정하던 나에서 작은 변화를 일으키는 나로 변해갔다. 관심대상이 외부로 바뀌었다. 한 가정이라도 제대로 돕는 것. 작은 변화를 가져오려면 작은 일에 감사할 줄 알고, 작은 일에 관심을 가져야 했다. 퇴직하신 선배들의 영향도 컸다. 퇴직 후의 모습들을 보면서 간접적으로 퇴직 후의 내 모습을 그려볼 수 있었다. 승진만을 위해 목숨 걸다 퇴직하신 분들은 퇴직 후에 외톨이였다.

후배들을 챙기고 진심으로 열과 성을 다해 주변을 챙겨온 선배님들은 퇴직 후에도 후배들과 소주 한잔 하며 만나는 모습을 보면서 내가 갈 길을 정할 수 있었다. 아무나 경찰이 될 수 없듯이 아무나 퇴직 후의 삶을 잘 설계할 수 없다. 경찰이 되었다면, 퇴직 후에 어떤 경찰관으로 기억되고 싶은지 명확한 설계가 필요하다. 참고 견딜 것을 정해야 한다. 원하는 것을 얻기 위해 꼭 견뎌야 할 것을 설정해야만 한다. 그래야만 사람들에게 경찰관으로 기억될 수 있다. 현직에서 어떻게 보냈는지에 따라 퇴직 후의 삶도 변화한다. 제2의 삶도 현직에서 일구어 놓은 게 있을 때 발전할 수 있다. 특별하고 대단한 걸 말하는 게 아니다. 내가 아닌 타인을 돕는 삶 자체를 말한다.

중앙경찰학교에서 교육을 받는다고 해서 모두 졸업하는 것은 아니다. 교육을 받는 교육생에게도 벌점이 주어진다. 나는 발목을 다쳐 구보나 훈련에 열외를 해야 할 때마다 벌점을 받았다. 벌점 점수가 40점이 넘으면 퇴학 조치가 된다. 청소를 잘해서 가점을 받으면 가지고 있던 벌점을 일부 상계시킬 수 있었다. 어떤 날은 쩔뚝쩔뚝거리며 아파도 뛰어야 했다.

퇴직하시는 선배님의 퇴임식에 참석한 적이 있었다. 선배님에게는 경찰 정복을 공식적으로 입는 마지막 날이었다. 사모님, 딸, 아들 등 가족들이 함께 참석한 행사였다. 애국가 제창과 국기에 대한 경례까지 다른 행사장에서처럼 식순이 이어졌다. 퇴임식은 경찰관으로서 보낸 세월을 정리하는 날이자, 새로운 인생을 향해 발을 내딛는 첫 시작을 하는 날이다. 슬프다면 슬플 수도 있지만 새로움을 뜻하는 귀한 날임은 틀림없다.

나는 퇴임식이 눈물바다가 되는 걸 원치 않았다. 경찰 생활을 하면서 찍었던 사진들을 엮어 보여드렸다. 처음 경찰에 투신했을 때 풋풋한 모습부터 환갑이 다된 정년의 모습까지 말이다. 사진 한 장 한 장마다 소중한 추억이 고스란히 담겨 있다. 선배님들이 걸어오신 발걸음을 통해 후배들은 자신만의 길을 생각해보고 개척해 나갈 수 있다.

경찰에 투신한 뒤 세월은 빨리도 지나갔다. 몇 십 년째 차고 근무하던 흉장도 없다. 내일부터는 매일 출근하던 사무실도, 만날 동료도 없다. 출퇴근하던 집과 새로운 직장이 선배님의 일터다. 누구나 마지막 순간이 되면 후회가 남는다. 정도의 차이다. 퇴직할 때 후회를 덜 하기 위해서는 현직에서 퇴직 후의 삶을 많이 생각해보고 그려봐야 한다.

우리의 삶과도 같다. 죽음을 많이 생각할수록 삶을 더 잘 살아갈 수 있듯이 말이다. 죽기 전에 후회하지 않기 위해서는 살면서 많이 도전하고 경험해봐야 한다. 내일이 아닌 오늘이 중요하다. 경찰관으로서 사는 오늘의 삶이 가장 귀하다. 오늘을 잘 살아내야 내일도 잘 살아낼 수 있다. 퇴직 후의 삶을 더 많이 그리고 실천하고 경험할 때, 당신의 퇴임식은 아름다울 수밖에 없다.

경찰. 누구나 도전할 수 있지만 아무나 할 수 없는 직업이다. 고된 일이다. 야간근무도 잦다. 밤을 새며 일을 해야 하는 부서도 많다. 그럼에도 경찰을 왜 택했단 말인가. 보람된다. 가슴이 뜨겁다. 제복을 입고 있는 멋진 모습만이 경찰이 아니다. 물 위에서 우아해 보이는 오리는 물 밑에서는 힘차게 발을 젓고 있다. 경찰도 제복을 입은 멋진 모습 외에 보이지 않는 곳에서 범인과 사투를 벌이고, 싸움 현장에서 위험에 처한 사람을 구하는 등 힘차게 몸을 움직인다.

수많은 경찰의 가족이 있다. 경찰관 한 명의 부모, 이모, 고모, 삼촌 등 모두 경찰 가족이다. 경찰 가족은 경찰이 하는 일이 결코 쉬운 일이 아님을 안다. 당신의 자식이 다른 사람의 생명을 구하기 위해 위험에 처할 수 있다는 사실도 알고 있다. 그럼에도 제복을 입는 경찰 자식을 응원한다. 당신이 알고 있는 경찰관이 있다면, 그는 경찰관이 되고 싶어 했던 수많은 사람들 중에서 탄생한 1인이다. 그는 당신을 위해 오늘도 제복을 입는다는 사실을 기억해주었으면 좋겠다.

내 목숨을 바칠 각오로

출근 전까지는 평범한 가정주부다. 평일에는 어린이집에 가는 딸아이를 준비시키기 위해 씻기고 밥을 먹인다. 보내고 나서도 설거지며 집 청소를 한다. 다른 주부들과 다름없이 엄마로서, 아내로서 보내는 평범한 일상이다.

주간근무는 아침 8시에 출근하고, 야간근무는 저녁 8시에 출근한다. 딸아이에게 인사하고 안아주고 나서 집을 나선다. 집을 나선 순간부터는 나는 예빈이 엄마가 아니다. 나는 경찰 황미옥이다. 나와 가족을 챙기는 엄마에서 J동에 사는 주민들을 챙기는 경찰로 변신한다. 나를 잊을수록 타인을 돕기도 쉬워진다.

경찰관이라면 정기적으로 사격을 한다. 군부대에 가거나 경찰서 사격장에서 38 권총으로 사격 훈련을 한다. 경찰관은 근무복을 입는 동시에 총을 소지하게 된다. 총은 경찰 장구다. 위험한 순간 사용해야 한다. 꼭 필요한 순간에 사용해야 한다. 실제로 총을 사용할 기회는 많지 않다. 총보다도 신체에 위해가 덜 가는 테이저 건을 주로 사용하기 때문이다.

얼마 전 경찰서에 교육을 다녀왔다. 테이저 건 교육이었다. 경찰관인 강사는 테이저 건을 사용해서 문제가 되었던 사례들을 소개해 줬다. 다른 나라 경찰관들의 테이저 건 사용 빈도 또한 높음을 설명해

주었다. 매일 출근해서 근무하는 현장은 실전이다. 범인과 마주하면 반드시 대처해야 한다. 필요하면 테이저 건이나 총구를 사용할 수밖에 없다. 아직까지 우리 팀에서 테이저 건을 사용한 적은 한 번도 없었다.

테이저 건 교육장에서 실제로 실험해 볼 기회를 주었다. 3명에게 주어진 기회였다. 젊은 직원이 손을 들어 실험했다. 두 번째는 지구대장님에게 차례가 갔다. 남은 한 번의 기회는 나에게 돌아왔다. 내가 손을 번쩍 들었기 때문이다. 3번의 경고를 하고 사람 모양이 그려진 보드판을 향해 발사했다. 침이 보드판을 향해 앞으로 다가더니 보드판에 부착되었다. 내 생명과 주민들의 생명을 지켜줄 경찰 장구 사용법은 반복해서 연습해도 지나치지 않는다. 반복적인 연습은 실수를 줄여주고 꼭 필요한 순간에 빛을 발휘하기 때문이다.

경찰은 위험에 노출되어 있다. 교통사고 현장만 해도 그렇다. 골목 안이나 아파트 단지 내에서 교통사고가 나면 교통사고 처리하는 게 그리 어렵지 않다. 그러나 10차선 이상 도로에서 교통사고가 나면 현장 상황은 달라진다. 작년에 부산이 아닌 다른 지역에서 신임 순경이 교통사고 현장에서 크게 다친 적이 있었다. 현장에서 일 처리를 하고 있는데 미처 사고 난 차량들을 발견치 못하고 세게 달려오던 다른 차량에 치여 사고를 당한 것이다.

J지구대 앞길도 10차선 도로이다. 지구대 조금 위 교차로 부근에서 사고가 난 적이 있었다. 차량이 여러 대 사고가 나면 현장에서 경찰관이 해야 할 일이 많다. 순찰차 한 대로는 어려움이 따른다. 순찰차 리프트를 올려 경광등을 켜고 비상깜빡이를 켜두었다. 다친 사람이 있으면 119에 연락을 해야 하기에 신속히 부상자 확인을 했다.

사고 차량들을 포함해서 현장 사진을 촬영하고, 사고 표시를 해둔 후에 차량을 길가로 이동시켰다. 2차 사고를 예방하는 것 또한 경찰의 업무다.

퇴근 시간에 사고가 나면 차량 정체가 심해져 도로가 엉망이 된다. 불봉을 들고 차량이 소통될 수 있도록 해야 한다. 차량이 통행하고 있는 도로 위에서 일을 처리하기 때문에 정신을 똑바로 차려야 한다. 까딱 잘못하면 옆 차량에 부딪칠 수도 있기 때문이다. 위험한 도로에 서서 사고차량 운전자들의 안전을 챙긴다. 동료의 안전도 챙겨야 한다. 일처리 하는 동료가 잘 하고 있는지 살피는 것도 필요하다. 순찰차 지원이 필요하면 무전으로 요청해야 한다.

어떤 신고이든 제복을 입은 경찰관은 도망가지 않는다. 주민은 위험한 상황에도 피해버릴 수 있다. 경찰은 폭행 현장에서도 더 이상의 피해가 없도록 말려야 한다. 말리다 보면 경찰관도 현장에서 다칠 때가 있다. 싸움을 말린다고 경찰관에게 분풀이를 할 때도 있다. 우리 팀에서 자원 근무를 하던 두 분도 신고현장에서 계급장과 흉장이 뜯긴 적이 있었다. 얼마 전에 다른 팀 후배는 지구대에서 싸움을 거는 피의자를 말리다가 주먹으로 얼굴을 강타당한 적도 있었다. 경찰은 다쳐도 해야 할 일을 한다. 왜냐하면 우리가 해야 할 일이고, 국민들은 경찰을 믿고 있기 때문이다. 선택이 아닌 숙명이다. 피해를 최소화하기 위해서는 나 스스로를 챙기고 동료의 안전을 챙겨야 한다. 필요하면 경찰 장구를 사용해야 한다. 위험을 피할 수는 없어도 최소화할 수는 있다.

남편과 연애할 때 남편은 형사계에서 근무를 했었다. 며칠 째 잠복을 서고 있었다. 관내 묻지마 폭행이 유행처럼 번지고 있었다. 밤이면 누군가 나타나 혼자 걸어가는 여성의 뒤에서 무언가로 툭 치고 도망가는 사건이었다. 더 이상의 피해자가 나타나지 않게 하기 위해 형사들은 잠복을 했다.

어느 날 남편이 나에게 전화를 했다. 나의 도움이 필요하다고 했다. 선배들과 의논 끝에 내가 적임자라고 생각이 들어 전화를 했단다. 특정 아파트에 진출할 확률이 높아 거기서 잠복을 해야 하는데 가상의 피해자가 필요하다고 했다. 태권도 유단자가 필요하다고 판단했는지 내가 선택되었다. 형사들이 군데군데 배치되어 있으니 걱정하지 말라고 했다. 무슨 용기였는지, 고생하는 남편이 걱정이 된 것인지 나는 가상의 피해자가 되기로 했다.

나에게 주어진 경찰 장구는 아무것도 없었다. 나의 역할은 아파트에 거주하는 사람처럼 아파트 안을 걸어다니는 것이었다. 혹시 모르니 남편에게 라이터를 달라고 했다. 손에 쥔 라이터는 조금의 위안이 되었다. 남편 팀 사람들의 얼굴을 알고 있어 걸어가면서 군데군데 차 안이나 길에 서 있는 얼굴들이 슬쩍슬쩍 보았다. 긴장이 되었다. 혹시 떡하니 용의자가 나타나서 내 뒤통수를 치면 어떻게 대응할 것인지 생각에 잠겼다. 그날 용의자는 나타나지 않았다. 남편은 미안하다고 했다. 아파트 단지를 돌고 있는 나를 보는데 경찰이기 이전에 여자인 내가 위험할 수도 있다고 생각되었던 모양이다. 한 번의 용기로 용의자를 검거하지는 못했지만 값진 용기였음은 틀림없다.

생명을 구하는 일은 매일 일어나지 않는다. 평범한 일상에서 뜻하지 않는 위험한 상황은 아주 가끔씩 찾아온다. 물론 그런 상황이 닥치면 잘 대처하기 위해 평소에 훈련을 해두어야 한다. 매일 운동을 하고 체력 관리를 하는 이유도 그 때문이다. 경찰관이라면 체력은 기본이다. 필요한 순간에 뛰어야 한다. 체포호신술이나 무도를 익혀두면 도움이 된다.

구조현장에서는 심폐소생술도 할 줄 알아야 한다. 누워 있다고 해서 무조건 심폐소생술을 해야 하는 것은 아니다. 간질 환자인지 다른 곳이 아파서 그런 것인지 잘 살펴야 한다. 상황판단을 잘해야 한다. 하루아침에 모든 판단을 잘할 수는 없다.

경력이 쌓이면서 점점 현장에서의 실수도 줄어간다. 고참 선배님의 대처하는 모습들을 보면서 익힌다. 도로에 여자가 쓰러져 있다는 신고를 받은 적이 있었다. 현장에 도착하니 입에 거품을 물고 있는 상황이었다. 119에 연락할 필요가 있었다. 우루루 몰려서 구경하는 인파는 상황 해결에 도움이 안 되었다. 가족이 아니면 집으로 돌아가라고 했다. 사람이 많은 공간에서는 특정 사람을 찍어서 일을 부탁해야 한다. 고 반장을 불렀다. 119에 연락하라고 말하고 누워 있는 여성을 살폈다. 말을 할 수 없었지만 의식은 있었다. 구급차가 도착해서 여성의 눈을 확인하고 의식여부 등을 확인했다. 병원으로 옮겨졌다. 소지품 중에 자격증 원서가 있었다. 학생인 것으로 보였다.

현장에서 대처한 행동들 중에 아쉬웠던 점은 다음 번 신고출동 현장에서 재차 실수하지 않도록 적어 둔다. 특히 누군가 쓰러져서 위급한 상황은 실수가 용납되지 않는다. 구조현장에서 가장 중요한 것은 사람을 살리는 일이다. 그 무엇도 생명보다 소중한 것은 없다.

언젠가 우리 모두 죽는다. 죽는 걸 알지만 하루하루 최선을 다해 삶을 살아간다. 경찰은 퇴직 후에 평균 수명이 짧다. 70세도 안 된다. 자주 야간근무를 하는 데다 위험에 노출되는 등 근무 여건상 긴장된 상태로 근무하기 때문이다. 지구대 근무 12시간, 긴장 속에서 근무한다. 언제, 어디서, 무슨 일이 생길지 모르니 어쩔 수 없는 노릇이다. 퇴직 후에 여유 있게 농사도 짓고 안락한 삶을 꿈꾸는 것도 어쩌면 현직에서 긴장하면서 살았기 때문일 것이다.

퇴직한 선배님들 중에서 퇴직 후에 일을 하시지 않고 집에서 생활만 하신 분들은 보통 병이 났다. 현직에서 국민을 위해 일하고, 가족을 위해 열심히 일했는데 남은 건 아픈 몸이었다. 퇴직한 선배님들은 현직 경찰관들에게 쉬엄쉬엄 일하라고 말한다. 현직 경찰관은 알고 있다. 자기도 퇴직하고 나면 퇴직한 선배들처럼 같은 말을 하고 있을지도 모른다는 것을.

그럼에도 불구하고 자기 목숨을 바칠 각오로 현직에서 일하는 경찰관이 있다는 사실을 국민이 알아주었으면 좋겠다. 경찰의 도움을 필요로 하는 국민을 위해 현직 경찰은 오늘도 제복을 입는다.

나는 대한민국 경찰이다

경찰의 도움이 필요한 곳이라면 어디든지 달려간다. 순찰 중이었다. 평범한 오후 시간, J 1동 순찰을 돌고 아파트 단지마다 순찰을 다녔다. 도로에 물건이 많이 떨어졌다는 112 신고가 들어왔다. 순찰차가 있는 곳과 아주 가까운 위치에 있었다. 김 주임님과 나는 신고현장으로 향했다. 현장은 오르막길로 초등학교도 위치해 있고 아파트 단지가 있는 곳이었다. 오르막길이 시작하는 곳에 순찰차를 주차했다.

외관상 봐도, 도로에 무엇인가 뿌려져 있었다. 도로에 요구르트 아주머니들이 끌고 다니시는 카트가 보였고 아주머니 한 분이 주저앉아 계신 것을 목격했다. 재빨리 아주머니 쪽으로 다가갔다. 다친 곳이 없는지 물으니, 다행히 다치진 않으셨다고 했다. 요구르트 구형 카트를 잡고 내리막길에서 내려오시다 갑자기 손을 놓쳐 버리셨다. 너무 놀란 나머지 바로 땅바닥에 주저앉아 버리셨다. 주변에 사람이 없어서 다행이라는 말을 하셨다. 더 이상의 피해는 없는 걸로 보였다. 아주머니를 안심시키고 나서 도로에 떨어진 요구르트 병을 줍기 시작했다. 너무 많았다. 지켜보던 아저씨 한 분이 도와주셨다. 세 명이서 떨어진 요구르트 병을 주워 요구르트 카트에 담았다.

아주머니께서 손이 아직도 떨린다며 카트를 오르막 위에까지 옮겨 달라고 부탁하셨다. 아주머니와 함께 뒤에서 밀며 골목 위까지 올라갔다. 조금 전까지 도와주셨던 아저씨 한 분도 옆에서 함께 미는 데 도움을 주셨다.

늦은 저녁 시간이었다. 해는 졌다. 겨울에는 저녁 6시 전에 해가 빨리 진다. 출퇴근 시간만 지나면 도로는 한산한 편이다. 순찰 중인 4차로 맨 왼쪽 차선에 어떤 물체가 떨어져 있었다. 비상깜빡이를 켜고 앞으로 다가가서 차를 세웠다. 가보니 큰 종이 박스가 도로에 떨어져 있는 게 아닌가. 오토바이에 리어카를 끈으로 묶어 운전하고 가시던 아저씨가 리어카에 실린 종이박스를 떨어뜨리신 모양이다. 뒤로 후진을 해서 오시려고 했다. 뒤쪽에서 언제 차가 올지 모르는 상황이었다. 약간 커브길이라 주행 중인 차가 오토바이를 발견하지 못하고 달려올 수도 있었다. 아저씨께 순찰차가 여기 서 있을 테니 유턴해서 돌아서 다시 오라고 했다. 아저씨는 괜찮다며 오토바이를 후진해서 오셨다. 떨어진 큰 박스를 리어카에 싣고, 운행 중에 위험하니 다음부터는 안전을 위해 조심해달라고 부탁했다. 아저씨는 웃으면서 오토바이를 타고 가셨다.

쉬는 날도 제복은 입지 않지만 경찰이다. 지하철을 타고 가다가 계단에서 무거운 짐바구니를 들고 가는 할머니를 마주치면 처음 보는 사이지만 정답게 말을 건다. 내가 만난 할머니의 짐 가방은 제법 무거웠다. 작은 체구로 어떻게 들고 오셨는지 신기할 정도였다. 지하철 역 밑에까지 모셔다 드렸다. 특히 아이를 안고 지하철을 타는 여성이 있으면 내 자리를 즉시 비켜준다. 아이를 키우는 입장에서 아이를 데리고 대중교통을 이용하는 게 얼마나 힘이 드는지 알기 때문이다. 아이가 고집 피우면 안아줘야 한다. 거기에 잠이라도 들면 더 무거워진다.

아이를 데리고 벡스코에 다녀온 적이 있었다. 돌아오는 길에 잠이 오는지 투정을 부렸다. 안아주니 잠이 들어버렸다. 집에 다 와서 지하철에서 내려야 하는데 일어날 기미가 보이지 않았다. 아이를 안고 등에는 가방을 짊어지고 오르막길을 올라 집까지 걸었던 기억이 난다. 나이 많은 어르신들도 예외는 아니다. 양보는 필수다.

동료에게 가끔 전화가 왔다. 외국인 민원인이 찾아오거나 사건상 도움이 필요할 때 걸려오는 전화였다. 사람은 대화가 안 통할 때 가장 답답하다. 게다가 관공서에 찾아온 외국인은 도움이 필요해서 온다. 한 번은 고속도로에서 경찰관이 음주단속을 했는데 외국인이었다. 음주 수치와 간단한 설명을 부탁한다며 외국인이 하는 말을 통역해달라고 전화가 왔다. 식사중인 지인에게 양해를 구하고 성심성의껏 도왔다. 다음날 도와주어 고맙다는 동료의 카카오톡을 보고 흐뭇하게 웃은 기억이 난다.

나는 제복을 입는 경찰이다. 일상에서 돕는다. 10년 전만 하더라도, 쉬는 날 전화 와서 통역 부탁을 하거나 나와 달라는 부탁을 받으면 거절하지는 않았지만 내 시간을 빼앗기는 기분에 마지못해 가곤 했었다. 지내온 세월만큼, 결혼도 하고 아이를 키우면서 의식의 성장이 있었다. 지금은 나를 찾아주는 사람들에게 기쁜 마음으로 응한다. 나를 돌아보는 시간을 많이 가지면서 소소한 일들이 감사하게 느껴지기 시작했다. 다른 사람이 아닌, 나의 변화가 시작되었다. 내가 먼저 인사하고, 내가 먼저 반겨주고, 내가 먼저 말을 건다. 나의 변화가 그 어떤 변화보다 중요했다.

내 지갑에는 경찰신분증이 있다. 사복을 입고 있으면 경찰서나 지방경찰청에 출입할 때 꼭 신분증을 제시해야 한다. 경찰신분증, 근무복에 차고 있는 흉장, 그리고 두 어깨에 있는 계급장은 대한민국 경찰의 징표다. 신분증과 계급장은 진급을 하면 바뀐다. 첫 근무를 할 때 받은 흉장과 거기에 찍힌 흉장 번호는 평생 간다. 국민들이 일상에서 행복을 누릴 수 있도록 경찰은 도와야 한다. 범죄를 저지른 사람이 있다면 체포해서 처벌을 해야 하고, 위험은 최대한 빨리 없애주는 것이 경찰이 할 일이다. 다시 일상으로 복귀할 수 있도록 도와야 한다. 언제 어디서나 주민을 돕는 경찰이다.

"엄마 이게 뭐야?"

요즘 들어 '이게 뭐야'를 입에 달고 사는 딸아이가 내가 근무하는 지구대로 방문한 적이 있었다. 남편이 쉬는 날, 미아방지 지문등록을 하기 위해서였다. 하고 많은 날들 중에 그날이 가장 추웠다. 지구대 문을 열고 들어오는 딸아이의 볼이 빨갛다. 손도 꽁꽁 얼어 있었다. 걱정하는 엄마의 마음을 아는지 모르는지 오자마자 지구대 안을 살폈다. 팀별 작은 서랍장도 열어보고, 정수기도 한 번 만져보고, 프린터기도 만져봤다. 의자에 앉아 '이게 모야', '이게 모야'를 남발하고 있었다. 아이를 의자에 앉혀 사전등록을 하기 위해 오른쪽 엄지손가락을 지문등록 기계에 올렸다. 돌이 안 된 아이도 지문이 잘 나왔는데 우리 아이는 계속 등록 실패가 되었다. 아이 손바닥을 살폈다. 지문이 선명하지가 않았다. 재차 등록을 시도하였는데 실패했다. 그 와중에 신고가 들어왔다. 내가 출동해야 하는 신고였다. 옆에 있던 고 반장이 자기가 가겠다고 했지만 내 일을 미룰 수는 없었다. 아이를 관리반 부장님께 부탁하고 순찰차를 탔다. 신고를 마치고 남편에게 전화를 하니, 다행히 아슬아슬하게 등록을 하고 집으로 가고 있다고 했다. 경찰관으로 근무하다 보면 가족에게 미안해지는 경우가 많았다. 늦게 마치거나 하면 엄마를 기다리다 지친 아이는 잠들어 있는 경우도 있었다. 매번 명절 때마다 함께 못할 때면 맏며느리로서 죄송할 때도 많았다. 둘다 경찰인 우리 부부는 가족행사에 둘 다 빠질 때도 많았다. 딸아이에게 미안한 나는 그날 집에 가서 마음껏 꼭 껴안아 주었다. 하고 많은 날 중에 가장 추운 날 사전 등록하러 오라던 엄마 때문에 딸아이는 지구대를 다녀온 날부터 삼 일 동안 어린이집을 쉬었다. 목감기에 걸려 기침을 너무 심하게 했다. 직장에서는 내 역할을 다하는 경찰인지 몰라도 집에서는 나는 서툰 엄마 그 자체였다.

교대근무자인 지구대 경찰관은 명절 혜택이 전혀 없다. 한 마디로 남들 놀 때 일한다. 명절 날, 가족들과 함께 모여 시간을 보내고 싶어도 근무를 나와야 한다. 명절날 경찰은 더 바쁘다. 옹기종기 모인 가족들은 잘 다툰다. 평상시보다 추석이나 설날에 더 신고가 많다. 명절 날 다투는 가족을 보면 마음이 불편하다. 경찰인 나는 가족과 보내고 싶어도 일을 해야 해서 못 보내는데 말이다. 남들 쉴 때 쉬지 못해도 야간근무를 마치고 집에 도착한 나를 향해 '엄마 사랑해'를 외치는 딸아이의 한마디면 모든 게 보상된다. 스르르 녹는다. 딸은 나를 보며 손바닥을 뒤집어 이마에 대고 '충성'을 한다. 아이에게 엄마이자 나는 자랑스러운 대한민국 경찰이 되어 주고 싶다. 우리 아이에게 대하듯이, 매일 만나는 주민들에게 정답게 대하고 무거운 물건을 들어주는 일이나 지하철 안에서 자리를 양보하는 것처럼 소소한 일상에서 돕는 것이 내가 할 일이다. 대한민국 경찰은 멀리 있는 게 아니라 항상 당신 곁에 있다는 사실을 기억해주길 바란다. 당신을 위해 대한민국 경찰은 오늘도 제복을 입는다.

남들이 가지 않는 길을 간다

나의 하루는 22시간이다. 일어나서 글을 쓰며 하루를 시작한다. 우선순위는 글쓰기다. 하루를 시작할 때 자신이 가장 좋은 일을 하며 시작하는 건 엄청난 행운이다. 30년 이상 글 쓰는 삶을 살지 않았다. 글을 쓴 지 2년이 조금 넘었다. 경찰관이 무슨 글을 쓰느냐는 사람도 있었다.

나는 내 마음 저 밑바닥에서 들리는 목소리에 귀를 기울인다. 글을 쓰지 않을 때는 모든 일을 사람을 통해서 풀었다. 속상한 일이 있을 때면 지인이나 동료를 만나 털어놨다. 술을 한잔 하거나 밥을 먹으면서 세상살이 일을 풀어갔다. 아무리 친한 사이라도 다른 사람에게 말은 옮겨졌다. 절대 알지 말아야 할 사람에게까지 옮겨지는 데는 만 하루도 안 걸렸다. 남이 하는 욕이 내 귀에 들어오는 것을 보면 잘 알 수 있다. 지금은 글로 푼다. 속상한 일도 기분 좋은 일도 백지에 내 마음을 담는다. 내가 쓴 글은 누군가에게 옮겨질 확률이 전혀 없다. 내가 쓴 글은 나만 보게 될 테니까. 그저 내 마음을 푸는 데 사용된 것뿐이다.

내 주변 경찰관 중에서 글을 쓰는 사람은 별로 없다. 그중에서 매일 글 쓰는 사람은 거의 없다. 사회에 기여할 수 있는 일을 해야만 한다는 생각을 항상 갖고 있었다. 2년 넘게 글 쓰는 삶을 살면서 깨달았다. 글 쓰는 삶, 독서와 사색을 통해 점점 '나'를 알아가고 있었다. 모든 것은 끝없는 욕심이었다. 무언가를 특별하게 잘하지 않아도 내가 맡은 일을 잘하면 되었다. 더 잘하고 싶은 경쟁 심리는 동료보다 더 돋보이고 싶은 나의 욕심이었다. 글을 쓰면서 밑바닥까지 내려가 나의 실체를 보았다. 나는 누구보다도 나와의 약속을 지키기 위해 애를 쓰겠다고 다짐했다. 그 누구도 아닌, 나와 한 약속 말이다. 4시 기상, 새벽 두 시간 글쓰기, 일주일 한 권 독서, 필사. 매일 이 네 가지는 지키려고 노력한다. 일상에서 중요하지만 바쁘지 않은 것들을 챙길수록 내 욕심을 억제할 수 있었다. 수시로 나를 돌아보고 내 현재 모습을 알 수 있었다. 오늘도 새벽에 글을 쓰는 이유이다.

예전에는 자기계발서 위주로 많이 읽었다. 요즘은 인문학 책을 많이 읽는다. 같은 경찰서에 다니는 동료 한 명과 친해질 기회가 있었다. 서로 책을 좋아한다는 사실을 알게 되었다. 인문학 책을 좋아한다는 사실도 뒤늦게 알게 되었다. 단 두 명이지만, 독서모임을 시작하게 되었다. 둘이서 일주일에 한 번씩 새벽에 만나 읽은 책과 관련해서 토론을 했다. 교대 근무하는 나는 매주 같은 요일에 모임을 할 수 없었다. 게다가 남편도 3교대이다 보니, 남편이 아침에 집에 있는 날 중에서 골라야 했다. 매주 스케줄을 다르게 정할 수밖에 없었다. 그럼에도 불구하고 동료는 이해해주었다.

작년 4월부터 서양고전 책 읽기를 시작했다. 일주일에 한 번 오전 6시에 커피숍에서 만났다. 이른 새벽 2시간 출근 전에 깊이 있는 토론을 이어갔다. 첫 번째 모임의 내용은 고대 그리스 사람들의 정신이었다. 헤모로스, 소크라테스, 플라톤, 알렉산드로스가 전해주는 이야기였다. 서로 읽은 부분을 마인드맵으로 정리해 고민했던 부분이나 질문을 위주로 의견을 나눴다.

직장에서 힘든 일이 있거나 어려운 문제에 봉착했을 때 옛 사람들의 지혜를 통해 도움을 받았던 적도 몇 번 있었다. 예를 들어, 인간관계에 대해 깊은 고민을 하고 있었던 시점이 있었다. 평소 알고 지내던 지인에게 크게 실망했기 때문이다. 그때 플라톤이 한 말이 떠올랐다. 눈에 보이는 것이 전부가 아니다. 사람은 모두 미완성인데 그 사람을 높게 평가했던 내 잘못이었다.

인문학 공부를 하면서 결국 세상에 필요한 것은 '사랑'이라는 것을 깨달았다. 모든 미움은 내 마음 안에서 만들어진다. 사랑도 내 마음 안에서 만들어진다. 결국 어떤 것을 선택하는 것도 내 몫이다. 나는 지혜로운 경찰관이니, 사랑을 선택했다. 경찰관으로서 근무하는 시간 외에 아이를 키우고 가정을 돌보면서도 남편의 배려로 새벽시간 인문학 공부를 이어갈 수 있었다.

경찰의 길을 걸어갈 때는 자기를 돌아보는 것이 아주 중요하다. 경찰관도 사람이다. 마음의 병이 오기도 한다. 나 스스로도 성격이 털털하고 밝지만 슬럼프가 찾아오기도 했다. 이유 없이 출근하기 싫고, 사람 만나기가 꺼려지고 집 밖으로 안 나가게 된 적이 있었다. 남편이 심각하게 휴직을 해보는 게 어떠냐는 말까지 했을 정도였다. 힘이 들 때 자신을 단단하게 하는 방법을 찾아야 한다. 스트레스도 해소되면서 좋아서 하는 일이 있어야 한다. 나를 단단하게 하는 것은 매일 글을 쓰고 책을 읽고 생각하는 시간을 갖는 것이었다. 매일 나의 행동을 돌아보는 일종의 수행하는 삶이었다.

모든 사람이 나와 똑같이 살기를 바라진 않는다. 같이 사는 남편의 삶도 나와 전혀 다르다. 나처럼 일찍 일어나지도 않는다. 남편은 일어나서 씻고 밥 먹고 출근하기 바쁘다. 나처럼 인문학 책을 읽거나 필사도 하지 않는다. 자신이 관심 있어 하는 분야의 책을 읽고 드라마를 즐겨 본다. 한 지붕 아래 함께 사는 부부지만 서로 가치관이 다르다. 서로가 좋아하는 것을 존중해준다. 나 자신, 엄마, 경찰의 균형을 지켜가기 위해 내가 선택한 삶이다. 사람도 만나고 가족과 시간도 보낸다. 허황된 꿈보다는 일상에서 내가 해야 할 일을 하며 주변에 작은 변화를 실천하는 사람이 되고자 한다.

한마디로 나는 청개구리다. 남들이 수능 공부할 때 경찰이 되겠다며 공무원 가산점을 채우기 위한 공부를 했다. 남들이 대학에서 공부할 때 순경채용시험에 합격하겠다며 경찰 공무원 학원에서 하루 15시간 이상 공부했다. 남들이 경찰 승진시험 공부할 때 생전 안 읽던 책도 사고 책장까지 샀다. 강연장을 돌아다니곤 했다. 남들이 가지 않은 길을 갔다. 모든 것은 내가 선택했다. 경찰, 결혼, 독서, 글쓰기 모두 전적으로 나의 선택이었다.

2015년 9월이었다. 출산한 지 백일도 안 된 무렵이었다. 나는 경기도로 가는 고속버스 안이었다. 아직 산후 조리 중임에도 마지막으로 인사를 할 분이 계셔서 옷을 따뜻하게 입고 가는 길이었다. 버스를 타고 가는 내내 옛 추억이 떠올랐다. 그렇게 원하던 경찰이 되었다. 경찰이 되고 나서 한참 일 배우기 바빴다. 사무실에서 계장님이 시키는 대로 삶을 사는 것만으로도 벅찼다.

내 모든 삶은 사무실에서 하는 일 위주로 돌아갔다. 7시가 되기 전에 출근해서 업무를 시작하는 것은 기본이었고, 1년 내내 휴가도 못 간 적도 있었다. 바쁘기만 바쁘고 실속 없는 삶이라고 느낄 때쯤 메일을 한 통 보내게 되었다. 메일 한 통으로 인연이 된 분이 이영권 박사님이셨다. 내 나이 28살에 처음 알게 되어, 박사님을 통해 몸으로 익힌 좋은 습관들이 지금의 나를 만들어 주었다.

그런 고마운 박사님이 하늘나라로 가셨단 이야기를 듣고 많이 울었다. 가족도 아닌 내게 따뜻한 전화는 물론 부산에 강연을 오실 때면 찾아주었기 때문이다. 박사님과 마지막으로 인사하는 자리에서 나는 이렇게 마음속으로 다짐했다.

"박사님, 감사합니다. 특별한 경찰이 아닌, 한결같은 경찰관이 되겠습니다."

매일 글을 쓰고 인문학 독서를 하며 사색하는 삶은 특별한 경찰관이 아닌, 주민 곁에서 평범한 경찰관으로 살아갈 수 있게 해주었다. 내 삶은 훈련이다. 경찰관의 삶을 통해 나를 알아가고 있다. 나는 그냥 평범한 경찰관일 뿐이다.

삶은 정해진 길이 없다. 내가 이 길이라고 믿고 나아가면 그 길이 나의 길이다. 내가 걷는 길이 최고의 길이다. 내 인생과 다른 사람의 인생을 비교할 필요도 없다. 비교당하는 사람보다 비교하는 사람이 더 힘든 법이다. 비교를 하는 순간 절망하는 것은 나일 테니까.

죽고 난 다음 당신은 어떤 사람으로 기억되고 싶은가? 나는 이 질문을 수시로 나에게 던진다. 삶을 살아가면서 몇 가지 질문을 가지고 생각해보는 것만으로도 삶의 질을 높일 수 있다. 지금까지 이 질문에 대한 답은 경찰관이다. 나는 죽고 나서도 경찰관으로 기억되고 싶다. 소박하고 단순한 삶을 원한다. 유명해지고 남들과 경쟁하는 삶은 원치 않는다. 매일 글을 쓰고, 책을 읽고, 사람들과 나누는 삶을 원한다. 마음속에 미워하는 사람 없이 마음껏 웃는 삶을 원한다. 미움 대신 배려가 가득할 수 있도록 지금도 경찰의 길을 걸으며 훈련 중이다. 내 생명이 다하는 마지막 순간에, 경찰관 한 사람으로서, 후회 없는 삶을 살다

가길 바란다. 남들과 다른 삶을 살지라도 나의 길을 가련다. 한 사람의 경찰관이기 위해, 나는 오늘도 제복을 입는다.

★

엉뚱해도 OK!

여유로운 일요일 아침이었다. 출근 중이었다. 날씨가 너무 추워 점퍼 모자를 뒤집어쓰고 걸었다. 평소 출근길에는 핸드폰으로 오디오 파일로 듣지만 오늘만은 예외였다. 출근해서 재밌는 일은 없을까? 이런 장난기 가득한 생각을 하며 사무실로 향했다. 지구대 문을 열고 들어가니 반가운 얼굴들이 가득했다. 역시 출근은 즐거워야 한다. 사람들과 만나고 이야기 나누는 직업은 매력 있다. 얼굴만 봐도 신난다. 한산한 일요일 쉬는 날 뭐 했는지 이야기도 나누면서 커피 한잔으로 하루를 시작했다.

환자가 보였다. 감기 몸살로 마스크를 끼고 계신 김 주임님이었다. 근무일지를 확인하니 내 짝지였다. 오늘 잘 모셔야 했다. 아침부터 불법 주정차된 차량을 이동해달라는 신고가 많이 들어왔다. 모든 조치는 현장에서 이루어져야 한다. 감기 환자를 조수석에 태우고 순찰차를 몰았다. 오늘 운전수는 나였다. 오늘 미션은 주임님께 감기 옮지 않는 것! 팀장님은 괜히 감기 옮아서 예빈이한테 옮기지 말고 나도 마스크를 끼라고 하셨다. 김 주임님만 마스크를 안 벗으시면 된다며 사양했다. 나는 지구대에서 황 부장 또는 황 여사로 통한다. 그리고 가끔 "미옥아"라고 내 이름을 불러주시는데 "황 부장"이 더 익숙하다. 지구대에서 근무한 지 일 년이 다 되어 간다.

이제는 익숙해질 법도 한데, 내 배꼽시계는 정확하다. 11시에서 11시 반쯤 점심을 먹다 보니 오후 4시에서 5시쯤 되면 슬슬 배가 고프기 시작한다. 그러면 알람시계처럼, 어김없이 하는 말.

"배고프지 않으세요?"

그날따라 저녁 7시까지 이 말을 해댔다. 저녁 7시에 처음 들은 박 주임님이 '오늘은 좀 늦게 하네'라고 하셨다. 옆에서 유부장이 '4시부터 했는데요'라고 반박했다. 배고픔을 달래기 위해 율무차 한 잔을 타 먹었다.

해가 질 무렵 신고출동을 가야 했다. 택시 기사와 손님 간의 시비였다. 택시비를 내지 않아 서로 간의 감정 싸움이 있었다. 현장에서 손님과 대화를 시도하려는데 택시기사분이 계속 화를 내시면서 화를 못 참으시고 욕을 하셨다. 두 분을 분리해서 따로 대화를 했다. 마침내 택시비를 지불한 손님은 계속 순찰차로 집에 태워 달라고 했다. "순찰차는 택시가 아닙니다. 집으로 돌아가세요"라고 자진귀가토록 안내하고 다른 신고출동을 갔다. 아무리 현장에서 속이 상해도 술은 미워하되 사람은 미워하면 안 된다.

순찰차 조수석에 감기환자가 타고 있는 중이었다. 김 주임님은 옛날이야기를 많이 해주신다. 오늘 운전대는 내 것이었다. 관내 순찰을 돌며 1990년대로 거슬러 올라가 한참 이야기를 하고 있는데 철물점에서 신고가 들어왔다. 건너편 공장에 문이 계속 열려 있다는 신고였다. 우리가 있는 곳에서 반대쪽으로 돌아가려면 작은 터널을 하나 지나야 했다. 그 터널은 오래전에 지은 터라 승용차 한 대가 딱 지나갈 정도로 공간이 아주 좁았다. 반대편에서 통과하면 직진 코스라서 수월하게 지나갈 수 있지만 내가 가는 방향에서는 방향을 틀어 차를 넣어야 했다. 솔직히 말하면 J지구대에서 근무한 지 1년이 다 되었지만 이 터널을 내가 운전해서 통과해본 적은 처음이었다. 깊은 호흡을 한 번 하고는 내 운전 실력을 믿고 밀어붙였다. 한 번만에 핸들을 꺾었는데 느낌이 좋았다. 그대로 터널로 들어가면 될 것만 같았다. 흥분한 채 터널을 빠져 나가고 있었다. 무전에서는 "J 1호 아직 도착 안 했는가요?"라는 물음이 들렸다. 거의 다 왔다고 대답하면서 터널을 빠져나왔다. 나는 일기를 쓰겠다며 환호를 했다.

흥분을 가라앉히고 신고 현장에 도착했다. 어제 퇴근할 때 공장 문을 깜빡하고 안 잠그고 퇴근하신 공장 주인을 만나 함께 공장 문을 닫았다.

지구대로 돌아가는 순찰차 안에서 잠깐 동안 선배님의 1990년대 이야기를 다시 들을 수 있었다. 우리의 이야깃거리는 삐삐였다. 김 주임님이 경찰관으로 근무할 때 삐삐가 있었다고 했다. 1990년대에 나는 초등학생이었다. 서로 나이 차이가 많이 나서 대화가 안 될 법도 하지만 이야기는 잘 흘러만 갔다. 나와 똑같이 23살에 경찰에 투신하신 선배님이셨다. 결혼도 같은 26살에 하신 선배님. 선배님은 20년을 넘게 근무하셨지만 아직도 정년까지 10년이 더 남았다. 나는 10년을 걸어왔고 26년이 남았다. 지나온 세월만큼 선배님은 나에게 들려줄 이야기보따리가 많았다. 옛날이야기를 꺼내실 때마다 슬쩍 표정을 보곤 했다. 옛날을 떠올리는 것이 분명했다. 그리워하는 표정이 보였다. 사진을 꺼내 보는 것도 아니었다. 지나간 추억들을 회상하는 것만으로도 사람은 행복할 수 있었다. 과거로 타임머신을 타고 가면 각자 처해 있는 위치는 달랐다. 위치가 달라서 더 이야깃거리가 더 풍성했는지도 모르겠다. 나는 초등학생, 선배님은 경찰관. 지금은 둘 다 한 직장에서 한솥밥 먹는 동료다. 나이불문 우리는 대한민국 경찰이자 동료였다.

나는 특이하다는 말을 자주 들었다. 아무래도 동료들에게 자주 묻는 철학적인 질문 때문인 듯하다.

"주임님, 왜 사세요?"

앞뒤 상황 설명도 없이 뜬금없이 이 말을 한 번씩 던졌다. 어떻게 사는 게 올바른 것인지 자주 물었고 사색하기를 즐기는 나는 상대방은 어떤 생각을 갖고 있는지 궁금했다. 교대 시간 때, 후배에게 내년 목표가 무엇인지 물었다. 책도 읽고 강사가 되고 싶다고 했다. 후배에게 어떤 책을 좋아하는지 다시 물었다. 자기계발서도 좋아하고 경제서적도 좋아한다고 했다. 더 파고들어, 최근에 읽은 책이 무엇인지 물었다. 없단다. 후배가 하는 이야기는 모두 지난 일이었다. 그때부터 엉뚱한 생각이 들기 시작했다. 행동하지 않는 후배를 위해, 우리 집에 초대해 시간 관리 재능기부를 해야겠다는 생각이 들었다. 내년에 초대하기 위해 내 일정에 적어 두었다. 근무 중에 또 다른 후배에게 전화가 왔다.

"부장님, 요즘 번역기 잘되는 것 있어요?"

이렇게 물었다. 나를 찾아주는 후배에게 고마운 마음이 먼저 들었다. 그 어느 때보다도 살갑게 응해주었다. "집에 가서 노트 필기해둔 것 찾아볼게"라고 대답했다. 나는 사람들에게 쓰임새 있는 사람이 되고 싶다. 동료, 가족 모두에게.

10년 전, 지구대에서 근무할 때 어느 명절날이었다. 내 바로 위 고참인 강 반장님은 나에게 이렇게 말했다. "명절 때는 밥 사먹을 데도 없으니까 막내가 집에서 밥 싸오고 하는 거야. 나도 막내일 때 집에서 가져오고 그랬어." 나는 그 말을 철석같이 믿었다. 집에 가서 아빠에게 이렇게 말했다.

"아빠, 명절 때 막내가 밥 싸와야 한대. 내 차례래."

"그래? 그럼 해야지!"

누가 봐도 장난친 걸 알았겠지만, 나는 순수했다. 선배의 말을 철석같이 믿었다. 명절 날 집에 오신 큰아빠에게 부탁했다. 상황설명을 드렸다. 나는 근무 중이었고 큰아빠, 고모 온 가족이 출동해 차에 밥통이랑 반찬을 준비해 지구대로 오셨다. 양도 많았다. 10명이 먹을 수 있는 양이었다. 지구대 안에는 먹을 준비가 되어 있었다. 전기밥솥과 반찬통을 지구대 안으로 가지고 들어왔다. 흐뭇하게 웃고 계시던 강 반장님의 얼굴이 기억난다. 우리 팀은 명절날 지구대에서 맛있게 한 끼 식사를 할 수 있었다. 명절만 되면 지구대에 식사를 챙겨왔던 예전 생각이 떠올랐다. 소소한 추억거리 하나를 남길 수 있었다.

새로 시작되는 하루는 매일 똑같은 하루가 아니다. 나에게 주어진 특별한 하루다. 받아들이는 내 마음은 달라야 한다. 내 마음이 매일 같은 하루라고 여기면 뭐든 새로운 건 없다. 하루가 지겹게까지 느껴질 수도 있다. 오늘의 하루가 나에게 주어진 마지막 하루라고 생각하면 하루의 가치는 달라진다. 항암치료를 받으시던 친정엄마는 가족들과 하루라도 더 시간을 보내기 위해 자신에게 새롭게 주어진 하루를 살 때마다 감사하게 여기셨다. 당신이 흘려보내는 하루가 누군가에게는 아주 특별한 하루다. 지나간 시간은 되돌아오지 않는다. 매일 똑같이 흘러가는 하루 사이에서 중심을 잡고 색다른 하루로 만들어야 한다. 당신 몫이다. 남들이 생각하는 것은 중요하지 않다. 내 생각, 내 마음이 가장 중요하다. 주변 사람들에게 비쳐지는 모습은 나의 일부일 뿐이다. 진정한 나를 찾기 위해서는 오늘 하루에 충실해야 한다. 그 하루가 쌓이면 좋은 결실이 맺어지는 법이다.

나는 내가 제일 잘 안다. 서툴고 엉뚱한 모습도 내 모습이다. 있는 그대로의 나를 인정해주어야 한다. 나답게 사는 것이 가장 아름답다. 당신답게 매일 같은 오늘이 아닌, 색다른 하루로 채워보라. 대한민국 경찰인 나는, 나에게 주어진 하루를 최선을 다해 보내기 위해 오늘도 제복을 입는다.

경찰의 길을 꿈꾸는 청춘들에게

경찰을 꿈꾸는 청춘들은 많다. 주변에 아는 사람 중에 한두 명은 꼭 있다. 요즘 들어 '우리 딸이 경찰 공부하는데 멘토가 되어줄래?'라는 말을 자주 듣는다. 얼마 전까지만 해도 경찰이 되기 위해 공부했던 나에게 조언을 구하는 사람을 만날 때면 새삼 경찰이 된 내가 실감났다.

경찰은 새끼손가락이다. 손가락 중에서 제일 작다. 여러 직업군 중에서 화려하지도 않고, 무슨 일을 하는지 정확히 알려져 있지도 않다. 영화나 텔레비전에서 보는 범인을 검거하고 순찰을 도는 모습들만 생각하기 십상이다. 경찰도 사람들이 던지는 한마디에 울고 웃는 똑같은 사람이다.

평생직장 공무원이라지만, 경찰도 평생 공부해야 한다. 법도 개정되고 바뀐다. 새로운 판례도 생긴다. 현장에서 일하려면 뭐든 알아야 한다. 모르는 것은 배우면 된다. 알려고 하는 자세가 더욱 중요하다. 나태는 금물이다. 알기를 포기하는 순간 게을러지기 때문이다. 경찰 제복이 주는 든든함 속에 잦은 야간근무와 위험이 도사리고 있다. 자기관리도 필수다. 체력과 건강관리는 스스로 챙겨야 한다.

보람되는 직업인 것만큼은 확실하다. 살면서 경찰관만큼 누군가를 도울 수 있는 직업은 많지 않다. 경찰의 일상은 돕는 것에서 시작된다. 사람들이 잠을 자는 새벽 시간 경찰관은 예방 순찰을 돈다. 내가 직접 야간에 근무하며 순찰을 돌기 전까지는 밤잠 안 자며 근무하는 경찰관의 고마움을 알 수 없었다.

경찰관을 꿈꾸는 사람들에게 당부하고 싶은 것이 하나 있다. 합격을 위한 공부는 하지 말아야 한다. 경찰 합격을 넘어서 더 넓고, 큰 꿈을 처음부터 가슴에 품어야 한다. 내 꿈도 경찰합격까지였다. 막상 내가 원하는 경찰이 되고 나서 더 많이 방황했다. 내 꿈은 경찰까지였다. 업무를 배운다고 뚝딱 몇 년이 흘렀다. 특별히 하고 싶었던 것이 구체적으로 없었던 나는 경찰의 꿈을 이룬 경찰 합격생일 뿐이었다.

많은 시간 방황했다. 책과 강연을 접하면서 내 인생을 진지하게 고민하기 시작했다. 꿈 넘어 꿈을 마침내 찾을 수 있었다. 경찰관으로서 근무를 하면서도 내가 행복한 것을 찾았다. 글 쓰는 삶이었다. 많은 시간을 투자해서 '경찰 넘어 꿈'을 찾은 것이다. 하버드 대학교 졸업생 중에 입학 대비 졸업을 못하는 학생 비율은 한국인이 가장 많다고 한다. 한국 학생들에게는 하버드 졸업이 아닌 하버드 합격까지가 꿈이었다. 하버드에 입학해서부터 졸업할 때까지가 더 중요한데 말이다. 경찰을 준비할 때부터 경찰 합격만이 아닌, 퇴직할 때까지의 꿈을 키워야 한다. 경찰관이 쓴 책도 읽어보고, 전문 분야도 간접적으로 접해보는 것이 중요하다. 그래야 현직에서 방황을 덜하고 올바른 방향으로 나아갈 수 있다. 내가 뒤늦게 깨달은 것처럼 명확한 목표를 가지지 않은 채 경찰이 되는 실수를 하지 않길 바란다.

10년 동안 경찰공무원 시험을 준비했던 지인이 있다. 최종면접에서 낙방한 후 결혼을 하고 두 아이를 낳고 나서도 공부를 다시 했다. 3년 전에 경찰공무원이 되어 지금은 배 속에 셋째를 임신 중이다. 30

대 중반의 아줌마도 아이 둘이 있는데도 합격했다. 아이 둘을 어린이집 보낸 오전 9시부터 오후 4시까지 집중해서 공부했다. 중요한 것은 마음가짐과 실천이다. 시간이 없다는 것은 핑계에 불과하다. 경찰학원에서 공부하고 있는 수험생들은 딸린 아이들도 없지 않은가. 저녁에 밥해야 하는 걱정도 없지 않은가. 간절한 사람은 자신에게 주어진 시간을 활용해서 공부를 해낸다. 자신을 믿고 매일 공부를 하는 것밖에 없다. 그래야 현직에서 동료로 만날 수 있다. 꿈은 이루어진다는 말을 믿어라. 포기하지 않으면 이루어진다. 나도 했고, 애 둘을 키우면서도 힘겹게 공부해서 합격한 사람도 있다.

"예빈이가 커서 대한민국 경찰이 되겠다고 하면 경찰을 시키시겠어요?"

이렇게 묻는 사람이 있었다. 부부 경찰인 우리는 경찰이 하는 일이 무엇인지 정확히 알고 있다. 어떤 마음으로 근무를 해야 하는지, 어떤 환경에서 일해야 하고, 만나는 사람들이 누구인지 현장에서 몸으로 익혔기에 누구보다 잘 알고 있다.

우리 딸이 경찰을 한다고 하면 나는 경찰을 시킬 것이다. 경찰 제복을 입은 11년 동안 울기도 많이 울었다. 속상해서 운 적도 있었지만 너무 좋아서도 울고, 마음이 아파서도 울었다. 평범한 직장이라면 보지 않아도 될 변사 현장이라든지, 사람이 생사를 왔다 갔다 하는 현장을 경찰은 봐야 한다. 교통사고 현장에서도 슬퍼하고 있을 시간이 없다. 초를 다투는 현장에서 다친 사람을 병원으로 후송하고 교통이 통행될 수 있도록 해주어야 한다. 폭행 현장에서도 여자라고 뒷걸음질 칠 수 없다. 나보다 덩치 큰 사람을 상대해야 하고, 말로 제압해야 한다. 내가 겪었던 모든 것을 내 딸이 겪는다고 생각하면 고생은 되겠지만 보람은 될 것이라고 생각한다.

나는 경찰이 되어 얻은 것이 참 많다. 결혼도 하고 아이도 낳았다. 방황은 했지만 평생 책을 읽지 않던 내가 책을 읽기 시작했다. 지금은 일 년에 50권도 넘게 읽는 독서광이 되었다. 책을 읽는 것에 그치지 않고 글을 쓰는 작가의 삶을 살고 있다. 글쓰기에 이어 강연까지. 제복을 입은 경찰은 매일 사람을 만난다. 수많은 사람들과 만나고 새로운 부서에서 동료들과 함께 근무하면서 성찰하는 삶을 살아가고 있다. 내가 어떤 사람인지, 무엇을 좋아하고, 어떤 것을 하면 행복한지 나를 알아가고 있었다. 경찰관으로서 경력을 쌓으면서도 동시에 성장하고 있었다. 글을 쓰면서 겸손한 마음과 삶의 여유를 얻었다. 아이를 키우면서 어른이 되어 가고 있었다.

하고 싶다고 해서 모든 일을 다 할 수 없다는 사실도 깨달았다. 아이가 없을 때는 나만 노력하면 무엇이든 할 수 있었다. 공부든 시험이든. 하지만 아이를 키우는 엄마는 달랐다. 아이를 돌봐야 하니 많은 것을 포기해야 한다는 사실을 알게 되었다. 예전보다 자유는 없어졌지만 내적으로 성장하고 있었다. 일상에 감사하고 작은 일에 감사할 줄 아는 마음도 가지게 되었다. 얼굴에 주름살이 늘어났지만, 패기 넘치는 이십대 청춘보다 어른이 되어가고 있는 지금 삼십대 중반이 더 매력적인 이유다.

책을 읽으면 저자에게 연락했다. 궁금한 게 있으면 이메일을 통해 물었다. 책 표지에는 대부분 저자의 이메일 주소가 적혀 있다. 신기한 건 거의 모두 내 질문에 응답해주었다는 것이다. 경찰관 중에 『행복파출소』를 쓴 저자가 있었다. 경찰관이 쓴 책 리스트가 있는지 메일로 물어보았다. 해외 경찰주재관들의 이야기를 엮은 『실제상황』을 읽고, 한국인 여성의 살인누명을 풀어준 이야기에 매료되어 편지를 보낸 적도 있었다. 두 분 다 아직까지도 연락을 하고 지낸다.

국어선생님인 저자가 계셨다. 편지를 통해 작가의 꿈을 꾸고 있다는 사실을 알렸는데 집으로 3권의 책을 보내주셨다. 한 권의 책을 필사한 적도 있었다. 『생각의 비밀』의 저자인 김승호 대표님과 아침 식사를 하며 3시간 동안이나 이야기를 나눌 수 있었다. 지금은 인생 멘토가 되어 주셔서 연락하고 지낸다. 정성을 다해 다가오는 사람에게 저자들은 따뜻한 손길을 보내준다. 그들은 반드시 응답한다.

뚜렷한 자신만의 길을 걸어라. 궁금한 게 있으면 물어라. 당신의 질문에 답을 해주는 것은 물론이고 당신의 새로운 인연이 되어 줄 것이다.

묻는 것에서 그치지 말고 찾아가라. 나에게는 뉴욕경찰주재관이라는 오랜 꿈이 있다. 하루아침에 이룰 수 있는 꿈이 아니다. 하지만 나는 그 꿈을 잊지 않기 위해 새해가 되면 현지에서 근무하는 뉴욕경찰주재관 선배님께 편지를 보낸다. 몇 년 전, 가족들과 뉴욕으로 여행을 가게 되면서 사전에 뉴욕경찰주재관으로 근무하시는 선배님께 만남을 요청했다. 최소한 내가 근무할 곳이 어딘지는 알고 있어야 한다는 생각에서였다. 흔쾌히 허락해주셨다. 나는 순경, 선배님은 총경이었다. 시어머니와 남편과 함께 뉴욕경찰주재관 사무실에 앉아서 차를 마시고 있었다. 편지를 보내 인연이 닿게 된 또 다른 뉴욕경찰주재관 선배님과도 연락을 꾸준히 했었다. 가족들과 여행 중에 제주 서부경찰서장님으로 근무하고 계신 박기남 선배님께 찾아가 뵌 적이 있었다. 찾아오는 사람들에게는 언제는 문은 열려있는 법이다. 두드려라. 열릴지어다!

경찰이 되기 전에는 경찰만을 꿈꾸었다. 순경채용시험에 합격하고 중앙경찰학교에서 훈련받을 때는 무사히 졸업만을 꿈꾸었다. 지구대로 발령을 받아 근무를 할 때는 승진만을 꿈꾸었다. 10년이 지난 지금 나는 소박하고 단순한 삶을 꿈꾼다. 나에게 주기적으로 던지는 질문이 있다.

"당신은 죽고 나서 어떤 사람으로 기억되고 싶은가?"

화려한 삶이 아닌, 내 가족, 내 동료, 내가 근무하는 곳의 주민들을 챙기는 한 명의 경찰관으로 기억되고 싶다. 당신에게도 경찰의 길이 열려 있다. 그 길을 걷고자 한다면 경찰 합격이 아닌, 그 이상을 꿈꿔라. 당신은 죽고 나서 어떤 사람으로 기억되고 싶은가? 이제는 당신 차례이다. 나는 한 사람의 기억 속에 경찰관으로 남기 위해 오늘도 제복을 입는다.

구일신 일일신 우일신(苟日新 日日新 又日新)

내가 좋아하는 일과 해야 하는 일 사이에서 어떤 일을 하는 것이 가장 좋을까? 성인이 되고 나서부터 나는 내가 좋아하는 일, 하고 싶은 일을 하며 살아왔다. 결혼을 비롯하여 독서, 강연 듣기, 각종 자기계발 등은 모든 내가 좋아하는 일이었다. 글을 쓰는 일조차도 내가 좋아서 시작한 일이었다.

아이를 키우는 엄마로서 주야간 근무를 하면서 내가 원하는 일보다는 해야 하는 일에 더 비중을 두는 삶을 살게 되었다. 내가 만나고 싶은 사람이나 하고 싶은 공부가 있어도 다 할 수는 없었다. 아이가 어린이집을 간 시간이나 쉬는 날이 아니면 아무리 하고 싶은 일도 할 수 없었다. 아이와 동행해서 모든 일을 해야만 했다. 불편했다. 내가 하고 싶은 일을 시간의 제약 없이 마음껏 할 수 있는 환경은 나에게 더 이상 주어지지 않았다. 누구보다도 시간을 아껴서 써야 했다.

그렇게 선택한 것이 3년 전 시작한 새벽 4시 기상이다. 아이가 자는 새벽시간만큼은 나만의 시간을 가지기로 했다. 그 시간만큼은 내가 좋아하는 일을 마음껏 할 수 있는 시간이었다. 불규칙적인 주야간 근무를 하며 4일 중에 3일은 새벽 4시에 기상하면서 글을 썼다. 아이를 키우고 일도 해야 하는 책임감 속에서 균형을 찾아가고 있었다. 좋아하는 일보다 해야 하는 일을 우선으로 하는 삶을 살고 있었다.

다른 가정의 아픔과 삶을 매일 만났다. 그들이 하는 하소연과 어려움을 현장에서 만나면서 나뿐만이 아닌 다른 사람들도 힘든 선택을 하며 매일 균형을 맞춰 살아가고 있다는 걸 알게 되었다. 그들도 가족들과 옥신각신 싸우기도 하고 내가 하는 고민보다 더 많은 고민을 하며 살아간다는 사실도 알게 되었다. 내 두 어깨에 짊어진 경찰관으로서의 책임감, 엄마로서의 책임감처럼 그들도 짊어지고 가는 각자의 책임감이 있었다.

매일 아침 주어지는 삶은 특별한 하루이다. 똑같은 하루가 주어지지만 그 하루를 보내는 우리는 제각각이다. '오늘(Present)'이 가장 큰 선물이다. 시간은 되돌아오지 않는다. 내가 보내는 '오늘'은 다시는 돌아오지 않는다. 평범한 하루이지만 그 안에서 특별함을 찾아야 한다. 평범한 일상에서 특별함을 찾는 건 당신만이 할 수 있다. 내 마음을 특별하게 두면 된다. 하루하루를 새롭게 여기면 된다. 연애를 할 때 사랑하는 사람을 만나면 두근거리는 마음처럼 매일 하루를 맞이할 때의 마음가짐을 달리해본다. 당신이 보내는 하루가 최고라고 여길 때 최고의 하루가 찾아오는 법이다. 평범한 사람이 특별해질 수 있는 비결은 같은 일을 반복해서 하는 것이다. 매일 새벽 글을 썼기에 작가가 될 수 있었다. 매일 찾아오는 하루를 새롭게 여길수록 쌓이고 쌓여서 최고의 하루를 반복해서 보낼 수 있었다.

단순하고 검소한 삶을 추구한다. '오늘'을 소중히 여기는 사람이다. 매일 같은 행위로 하루를 시작한다. 글을 쓴다. 내 마음을 단련하는 훈련이다. 단순하지만 같은 행위를 매일 반복한다. 여백 위에 머리가 아닌 손을 바삐 움직인다. 내 생각보다 손이 더 빨리 움직인다. 삼천포로 빠진 게 아닌가 하는 생각이 들 때쯤이면 진짜 하고 싶은 이야기를 하고 있다.

제복을 입는 경찰이다. 나의 고객은 내가 만나는 주민들, 근무하는 동료들이다. 오늘을 귀중히 여기고 만나는 사람을 귀중히 여기는 것이 내가 해야 할 일이다. 머나먼 위대한 꿈보다는 하루에 실천할 수 있는 일을 하며 산다. 매일 글을 쓰며 주민들의 어려움을 들어주고 내 동료와 소통하며 사는 삶을 살아간다. 먼 미래의 특별한 일보다는 오늘 중요한 일을 선택한다. 오늘을 소중히 여길 줄 알고, 지금 만나는 사람을 귀히 여기는 사람만이 훗날의 시간도 잘 쓸 수 있는 법이다.

하루하루를 새롭게 또 새롭게 하자. 당신이 보내는 오늘을 누구보다도 새롭게 하라. 매일 제복을 입지만 나의 하루는 특별하다. 오늘은 가족들과 어떤 일로 울고 웃을지, 지구대에서는 누구와 만나 새로움을 이어갈지 기대된다. 일선 현장에서 위험은 늘 도사리고 있지만 새로운 하루를 맞이하는 기대보다 두려움이 크지는 않다. 지구대에서 근무하는 9명의 경찰동료와의 동행이 아름다웠던 이유는 특별한 하루를 매일같이 맞이했기 때문이다. 나는 오늘도 글을 쓴다. 나는 오늘도 아이를 키우며 울고 웃는다. 나는 오늘도 주민들의 삶의 터전에서 함께 챙기며 살아간다. 나는 오늘도 제복을 입는다.

2018년 4월

황미옥